聖夜が終わるとき

ヘザー・グレアム
宮崎真紀　訳

MIRA®

The Last Noel

by Heather Graham

Published by Harlequin K.K., Tokyo, 2008

季節に関係なく一年じゅうやってくる、特別なクリスマス・プレゼントみたいなすてきな人たちに愛と幸せを――

アーロン・プリースト、スーシー・チャイルズ、アダム・ウィルソン、ダイアン・モギー、マーガレット・マーベリー、ロリアナ・サシロット、ドナ・ヘイズ、クレイグ・スウィンウッド、アレックス・オスツェク、K・O・マーリアー、すべての広報とデザイン担当者、とりわけレスリー・ウェインガー、またの名をスーパーウーマンに。

聖夜が終わるとき

■主要登場人物

キャット・オボイル……音楽専攻の大学生。
デヴィッド・オボイル……キャットの父。パブの経営者。
スカイラー・オボイル……キャットの母。
パトリック(パディ)・マーフィー……キャットの大おじ。
フレイジャー・オボイル……キャットの双子の兄。
ブレンダ……フレイジャーの恋人。
ジェイミー・オボイル……キャットの弟。
クレイグ・デヴォン……キャットの元恋人。
クインティン・ラーク……強盗。
ウィリアム・ブレーン(スクーター)……強盗。
シーラ・ポランスキー……保安官補。
ティム・グレイストーン……保安官補。
ライオネル・ハドソン……〈ハドソン&サン商店〉経営者。
イーサン・ハドソン……ライオネルの息子。

プロローグ

「だが……クリスマス・イブだぞ、今日は！」

骸骨《がいこつ》を思わせるほど痩《や》せ細った弱々しい風情の老人は、彼らをまじまじと見つめた。声がわななき、頼りなく風に揺れる木の葉のように体を震わせている。

「そのとおり。たしかに今日はクリスマス・イブだよ、じいさん。こんな日に店にいるほうがおかしい」スクーターが言った。

クレイグは言葉を失っていた。こんなはずじゃなかった。まさか人がいるなんて。手を組むことになったとき、スクーター・ブレインは地下潜伏中だった。彼とその相棒クインティン・ラークは、裏社会の一部の仲間内では伝説のヒーローとして祭りあげられつつあった。ふたりは長きにわたり、何度も手際よく強盗を成功させ、がっぽり稼いでいた。しかも、人に怪我《けが》をさせたことがない。ただの一度も。

彼らが狙《ねら》うのは空き巣だけだったからだ。本当なら、ここもそのはずだった。

たしかに噂《うわさ》はあった。いざとなれば、あのふたり組は容赦がない、と。だが噂は噂だ。

裏稼業には噂がつきものだし、わざわざ噂をこしらえもする。なぜなら悪党は、噂で生き、噂で死ぬからだ。

とすると、人殺しも噂しだい？

だが、このふたりが、こっそり忍びこんでこっそり抜けだすプロ中のプロだってことは、噂ではなく事実だ。すばやく襲って、さっと姿を消す。

クレイグの知るかぎり、ふたりはこれまで一度も人に怪我をさせたことがないし、綿密な計画のおかげで、襲撃時に店で仕事中の誰かにでくわすようなへまもしたことがない。

クレイグは、彼らの仲間になって初めて、スクーターが驚くほど電気関係に強いことを知った。今夜この店に着いたとき、この目でとくとそれを確かめた。スクーターはものの数秒で警報装置の暗証コードを解き、透明人間の店主にわざわざなかに招き入れてもらったも同然にドアの鍵《かぎ》を開けてしまった。

そしていま……スクーターは電気のみならず、銃の扱いにも慣れていることをクレイグは知った。たとえば、いきなり彼が取りだしたスミス&ウェッソン三八口径。

「そうはいってもこうしてわしはここにいる。そして、わしの大事な店をむざむざおまえらの好きにはさせせん」スクーターの手に握られた銃をものともせず、老人は言い放つ。

八十代と見えるその老人は、おそらくハドソンという名なのだろう。渓谷にひっそりたたずむその店の看板には、〝ハドソン&サン商店　美術品、骨董《こっとう》、記念品、宝飾品〟とある。

彼らの目的は宝飾品と骨董だった。スクーターとクインティンの名は、宝飾店や骨董品店ばかりを次々に襲う強盗として、ニューインググランドじゅうでつとに有名だった。狙うのはいつも家族経営の店舗——巨大ショッピングモールにはないタイプの店だ。大物強盗団なら素通りするか、落書きを残すのがせいぜいの小さな町にあるような店。彼らは盗みに入ってさっさと姿を消し、損害は保険会社が肩代わりする。楽に忍びこんで楽に逃げ、誰も傷つけず、痛むのは懐だけ。

クレイグは、スクーターにしろクインティンにしろ、銃を使うなんて聞いたことがなかった。いや、営業時間後に人が残っている場所にふたりが押しこむのだって初耳だ。とはいえ、なんだって最初は〝初めて〟なのだ。このマサチューセッツの小さな田舎町で、ふたりは残業中の人間がいる店に初めて行き当たった。

クレイグは胸が悪くなった。

いままでふたりの盗みがうまくいっていたのは、電子機器を操るスクーターの天才的な技術のおかげだ。彼らの姿はけっしてビデオに残らない。目撃者がいないから、面が割れることもなかった。つまり、ふたりはこれまで誰にも顔を見られたことがないのだ。

今日の今日までは。

「スクーター、今日はクリスマス・イブだ。早くずらかろうぜ」クレイグは言った。

　スクーターは彼に目をやると、かき集めた宝飾品を鞄《かばん》に投げ入れながら首を振った。

「悪いが、そいつはできない。たとえおれがそうしたくても、いや実際そんな気はないんだが、クインティンが納得しない」

　見ればわかるさ、とクレイグはもうひとりの男を見やりながら思った。すでに察しはついていた。スクーターは自分が仕切っているような口ぶりだが、本当のボスはクインティンだ。そしてクインティンはクレイグをあまり買ってない。だから用心する必要があった。

「どっかに金庫があるはずだ。開けろよ、じいさん」クインティンが言う。

「頼みますよ、ご主人」クレイグは丁寧にハドソンに頼んだ。早くなかに引っこんで、言われたとおりにしてくれ、と心のなかで祈りながら。「金庫を開けてください」

「いやだ」

「撃つぞ、このくそじじい。本気だからな」スクーターがすごんだ。

「やれるもんならやってみろ」老人は言う。

「なあ、嵐《あらし》が近づいてるらしいぞ。吹雪になるまえにここを出ないとまずい」クレイグは言った。「そんなじいさんほっといて、さっさとずらかろうぜ」

「だからこんなやつ入れんなって言ったんだ」クインティンは吐き捨てるようにスクーターに言った。クインティンは大柄だが、太ってはいない。全身筋肉の塊という感じだ。目は小さく暗褐色で、頭はスキンヘッド、オランウータンのようないかつい肩をしている。

服装に妙に気を遣い、いつもしゃれた格好をしていて、デザイナーズブランドの服を好む。年のころは四十代。こんな稼業なのに、ここぞというときには紳士のようにふるまえる。

スクーターは正反対にひょろっとしているが、体は強靭《きょうじん》だ。砂色の髪は少々伸びすぎだし、瞳の色はとても淡い青でほとんど無色に近い。三十代半ばというところだが、つきあううちに、ある種の学習障害があるように思えてきた。すごく乱暴な口を利いたかと思うと、子どもみたいに怯《おび》えた口調になり、ときどき頭の働きが鈍る感じがある。

クレイグは三人のなかではいちばん若く、新参者だ。このふたりといると、自分が浮いていることは自覚していた。年は二十五。余計な肉はついてないと思う。だがこういう人生を選んだのだからそれも当然だ。過去の失敗を克服するため、必死に鍛えたのだ。ブロンドで瞳は濃い青、どちらかというと優等生風だ。クインティンは彼のそういうところが気に入ったらしい。じゃあどこが気に食わないのか、それはクレイグも釈然としない。

そのまましばらく睨《にら》みあいが続いていたが、突然ばりばりっという大きな音が響いたかと思うと、ふいに店内が真っ暗になった。どうやら近くの電信柱に雷が落ちたらしい。

「誰も動くな」スクーターがぴしゃりと言った。

すぐに予備の発電機が起動し、彼らはやや赤みがかったやわらかな光に包まれた。しかしその数秒のあいだに、老人は非常ベルのボタンを押そうとしたらしい。老人のおどおどした目と、かすかに震える体が発散する怯えで、クレイグにも察しがついたし、スクーターも見逃さなかった。

「ばかなじじいだ」スクーターが小声で言った。

「停電してる」クレイグは急いでフォローした。「警報は切れてるよ」

「だからなんだ？」スクーターが言った。「金庫を開けろ。いますぐ！」

　しかし老ハドソンはまったく動じず、ほほえんでさえいる。「わしは撃たれようといっこうにかまわん」

「早く開けたほうがいい。どれほど大事なものがしまってあるにせよ、命と引き換えにするのは愚の骨頂だ」クレイグは言った。クインティンが小ばかにしたように彼を見る。

「いいか、くそじじい」クインティンがハドソンに言う。「こいつはただあんたにぶっ放すだけじゃない。じわじわと苦しませるぞ。まず膝小僧を、それからその萎《しな》びたウィンナーを撃つ。さあ、つべこべ言わずに金庫を開けろ！」

「保険には入ってるんでしょう？」クレイグは説得を試みた。クインティンの迫力にすっかり度肝を抜かれていた。とはいえ、そもそもこの男のことをよく知っていたわけではない。これはふたりとの初仕事なのだ。いままで、彼らのお眼鏡にかなうよう、あれこれ骨を折ってきた。今夜、こうして仲間に入れてもらったということは、晴れて合格したのだと思っていた。たしかに合格点はもらった。スクーターからは。だがまだクインティンという関門が残っていた。

クインティンは彼があまり好きではない。信用もしていない。ふたりがいままで別の男と組んでいたことはクレイグも知っていた。そいつは捕まってもいないし、死体となって出てきたわけでもない。ただ姿を消したのだ。だからこうしてクレイグが代役に収まった。

そうさ、前々から連中の仲間に入ろうとあれこれ画策し、やっと努力が実ったんだ。クレイグはそう思いながらも、心のなかで毒づく。だが、こんなことになるとは思わなかった。このままではまずい。なんとかしなくては。

スクーターはいまにも引き金を引きかねない。しだいにのっぴきならない状況になっていく。

クレイグは何気なく背中に手をやった。ズボンのウエストにグロックが突っこんであるのだ。しかし、銃にまだ手が届かないうちに、クインティンに背中を叩《たた》かれた。「弾は入ってないぜ、相棒」彼は小声で言った。クレイグは顔をしかめ、クインティンに目を向けた。

クインティンの暗褐色の目が冷ややかにクレイグの目を探る。「このじじいを撃つつもりだったのかい？　それともおれたちのどちらかかな？　弾はおれが抜いておいたんだ」

「どうして？」スクーターが突っかかった。

「いま言っただろう？　こいつはおれたちを撃たないとはかぎらない。信用できねえ」クインティンはそう言って、ハドソンのほうに向き直った。「さあ来い、このうすのろ。もうあとはないぞ」

「うすのろはきさまだ、クインティン」クレイグは言った。くそ、弾がなきゃどうすることもできないじゃないか。

ついに老人はこちらにくるりと背を向け、金庫のダイヤルを回しはじめた。開くとすぐ脇《わき》にどいた。もうどうにでもなれというように、ぼんやり宙を見つめている。

クレイグは急にやるせなくなった。このじいさんは、クリスマス・イブにたったひとりでいったい何をしてたんだ？　看板にある息子《サン》とやらはいったいどこに？　家族は？

これが人生の総決算なのか？　男というのは息子を欲しがるものだ。だが息子は車のキーを欲しがる。〝もちろんだよ、父さん。僕が店を手伝うよ〟そう言うものの、やがて興味はほかに移り、家を出ていく。ふと気がつけば父親は年をとり、ひとりぼっちになっている。

「鞄に詰めろ」スクーターは金庫のなかの札束や宝石を指さして命じた。「全部残らず」

「おまえたち、ここからはどこにも行けんぞ」老人は落ち着いた口ぶりで言った。

「そりゃ違うな、おやじさん。おれたちゃ、まっすぐニューヨークに向かう。そしてきれいさっぱり姿を消す」スクーターがうきうきしながら言った。

クレイグは胃が締めつけられた。スクーターは老人に自分たちの行き先まで告げた。もちろん顔も見られている。スクーターの懐にしまわれた死刑執行令状が目に見えるようだ。

「北東風が近づいてる」老人はさらりと言った。「言っておくが、これほどの大嵐はわしも初めてだ」

たしかに、天気は悪化の兆しがある。クレイグは肌で感じた。いつもなら北にそれる低気圧が南に向きを変えたのだろう。それからまた、なぜハドソンはクリスマス・イブにひとりで仕事をしていたのか、とつらつら考えはじめる。

「そうだな。ちょっとは雪がちらつくかもしれん」スクーターが鼻を鳴らす。

この老店主、携帯電話を持っているのだろうか？　クレイグは思う。僕はさっき嘘《うそ》をついた。ハドソンはたしかに非常ベルのボタンを押していた。だが、サイレンの音はいっこうに聞こえない。助けが来る見こみはなさそうだ。

パニックの気配もあわてる様子もなく、老人はスクーターに手渡された鞄に札束や宝飾品を詰めこみはじめている。

「これでいいだろう？　行こうぜ」クレイグは言った。

「おまえは先に行け」クインティンが言った。「運転席に座っておれたちを待て。くれぐれも、逃げようなんて思うなよ」

「みんなで一緒にずらかろうぜ」クレイグは言った。「欲しいものは、全部手に入ったんだ」

「腰抜けめ」クインティンが鼻を鳴らす。「いや、それ以下かもな」

「それ以下ってどういう意味だよ？」スクーターが尋ねた。

「サツだよ」

「僕のどこがサツなんだ？　安っぽいブレスレットぐらいで終身刑を食らうなんてごめんだ。ただそれだけさ」クレイグはそう言いながらも、上唇に汗が滲《にじ》みだすのを感じた。クインティンは極悪非道のくそったれだ。まるでガラスみたいな目をしている。そのまなざしの奥には、怒りも喜びも同情も後悔もない。

「あのじいさんには顔を見られた。それにお調子者のスクーターのおかげで……」クインティンは相棒をじろりと睨む。「逃亡先まで知られた」

「何も見なかったし何も聞かなかった、と警察の前では通すかもしれない」クレイグは食いさがる。

「おめでたい野郎だぜ」クインティンは一刀両断にする。

「僕は人殺しの片棒なんてかつぎたくない」クレイグはそう言って、仲間のもうひとりに向き直った。「スクーター、こいつの言いなりになったらばかを見るぞ。人を殺せば、一生刑務所暮らしだ。僕はあんたたちほど年を食ってない。この先五十年、女なしの毎日なんて耐えられない」

　クインティンが笑いだす。「心配するなって。連中が捕まえるのはマーサ・スチュワートみたいに金をふんだくれるやつらさ。人殺しは野放しだ。おかしな話だろ?」

「クレイグ……クインティンの言うとおりにしようぜ」スクーターは腰が引けている。

「こいつの言うことなんてくそったれだ。そうだろ?」クレイグは尋ねた。

「おまえ、いい加減にしとけよ」クインティンが何気なく銃を抜く。「そうやってほざいてると、刑務所暮らしの心配もできなくしてやるぜ」

　クレイグは状況分析した。もはや猶予はない。いまの自分は体力もあるし、三人のなかではいちばん若い。正々堂々と戦えば、ゴリラ並みの体格とはいえ、クインティンを倒せるだろう。だが相手はクインティンだけではない。互角な戦いにはならない。何しろ向こうは銃を持っている。もちろん装弾済みだ。

　クインティン相手に正々堂々とした戦いなど望むほうがまちがいだ。

　クレイグはまたスクーターに泣きつこうとしたが、すでに遅すぎた。クインティンは、そのごつい体つきからは想像もつかないようなすばやさで銃を振りあげ、クレイグの頭を銃床で殴りつけた。

　クレイグの目の前で星が散り、やがて世界は暗転した。

　彼は床に崩れ落ちながら、何かが破裂するような大音響を聞いた。

　銃声か……。

　くそ、しくじった。

最後に頭に浮かんだ考えがこれだとは、な……しかもクリスマス・イブに。

無意識の闇《やみ》にのみこまれながら思う。まもなくおなじみのクリスマス・キャロルの一節が繰り返し聞こえてくるだろう……。

〝ああ、喜びと慰めの訪れ〟

1

ステレオから、クリスマスらしい陽気な曲が流れてくる。スカイラー・オボイルは、つかのま、女性の高く澄んだ声に耳を澄ました。〝そりが滑るよ、鈴が響くよ……〟

そのとき、曲をかき消すようにして、台所にいる彼女の耳にまで怒声が聞こえてきた。

「言っただろ、ちゃんと木を押さえろ！」

スカイラーは顔をしかめた。

クリスマス、わが家で過ごす休暇、メリー、メリー、ホーホーホー、家族を愛せ、世界に平和を。

わが家にも？　ええ、もちろん。

予想どおりの返事が返ってきた。さっき以上に大声で。「押さえてるだろ」長男が言う。

「まっすぐにだ、フレイジャー、ったく。まっすぐ持て」夫のデヴィッドがいらだたしげに命じる。

スカイラーには目に浮かぶようだった。床にひざまずくデヴィッドは、クリスマスツリーをスタンドに押しこもうとしている。立っているフレイジャーは、木をまっすぐに支えようとしている。〝わが家で過ごす休暇〟とは、田舎町にある古い別荘で家族が一堂に会することにほかならない。すると、こういうことになる。クリスマス休暇のために学校やら仕事やらのスケジュールをみんなが無理にやりくりした結果、ぎりぎりになってありあわせのもので間に合わせるはめになるのだ。

「このいまいましい針みたいな葉っぱが目に刺さるんだよ。これでも精いっぱいやってるんだ」不平たらたらのフレイジャーの声はほとんど喧嘩《けんか》腰だ。

それじゃ、ますますお父さんの怒りを煽《あお》るわ、とスカイラーは思う。

楽しいクリスマスを送る者も世の中にはいるのだろう。でも私のクリスマスは、樅《もみ》の木を巡る夫と息子の喧嘩で幕を開ける。

クリスマス精神はいったいどこにいってしまったの？　とりわけわが家の場合は？　いいえ、もっと哲学的に考えるなら、この世の中のどこにクリスマス精神が存在するの？　ノーマン・ロックウェルのイラストの世界なんて、現実にはありえない。人はみな、救世軍のボランティアの人々になど目もくれない。やかんにお金を入れる人がいたとしても、小銭が増えすぎて重くなった財布を少しでも軽くしたい、という理由がせいぜいだ。そうして身軽になると、発売されたばかりの最新電子機器に、さっそくわれ先にと群がる。

「全然まっすぐになってないぞ」デヴィッドが吠《ほ》える。

「じゃあ自分でやれよ」フレイジャーもどなり返す。

「このくそったれが」デヴィッドがののしる。

〝……おとぎの国の冬を歩きながら……〟

ああ、神様。スカイラーは心のなかで祈った。クリスマス・イブに夫と息子が殴りあいの喧嘩なんて、どうかご勘弁を。

「おいキャット、いるのか？」

よかった。スカイラーは思った。デヴィッドは娘を巻きこもうとしている。

「ええ、パパ。いるわ。私にもその木をまっすぐに支えるなんて無理だから。でも、ふたりがそうしてどなりあう声がブレンダに聞こえてないといいけど」キャットが言った。

スカイラーは、わが一家の大惨事を食い止めるべく居間へと歩きだし、廊下の途中で足を止めた。私がいけなかったのかしら？　ブレンダは連れてこないで、と息子にきっぱり言い渡すべきだった？　息子ももう二十二歳だ。もしそう言っていたらフレイジャーは帰省せず、休暇はブレンダの家族と過ごすと言いだしたかもしれない。つまり、わが家のクリスマスは長男抜き。もちろん、いずれはそういう日も来るだろう。それが人生というものだ。子どもが成長するにつれ、家族全員が揃《そろ》うのはもはや難しくなってきた。

「ほう、つまり私は、息子と寝るためにここに来た娘の機嫌を損ねないよう、気を遣わなきゃならんのか？　ほかでもない、私の家だというのに？」デヴィッドが文句を言う。

デヴィッドはけっして悪い人間じゃない、とスカイラーは思う。けっして悪い父親でもない。ただ、困ったことに、時と場合をわきまえないところがある。結婚したとき、ふたりはまだ本当に子どもだった。彼女は十八歳、彼は十九歳。だからたとえどんなに愛しあっていても、一緒に暮らしたいなどと両親に切りだすべきではなかったのだ。

最近の若い人たちはもっと賢いのかもね。私たちの世代はみんな次々に離婚していく。

「いま何世紀だと思ってるんだよ、パパ?」フレイジャーが食ってかかった。どうやら息子も私と同じような思考回路をたどっていたらしい。「ブレンダと同じ部屋で寝て、どこが悪い? 学生時代からそういう関係なんだから、何をいまさら、って感じだよ。僕の分別を信じてほしいね。まさか、〝私はこんなにご立派な人間なんだから、息子の恋人だってそれなりでなきゃ〟とか言いだすなよな。僕らは王族でもなんでもない。しがないバーを経営してるだけじゃないか」彼はさばさばした調子で言った。

「バーじゃない、パブだ。家族で安心してくつろげる場所だ」デヴィッドがむっとして言い返した。「だいたい、その言い草はなんだ? そのパブの稼ぎでおまえとキャットは大学に行けたんだぞ」

「僕はただ、バーの店主の道徳観念に疑問を持つ連中もいると言いたいだけさ」

「道徳観念だと?」デヴィッドが爆発する。「一度だって、未成年に酒を飲ませて出頭を命じられたことはないし、店で演奏するケルト音楽にかけては全米一と評判も高いんだ」

「パパ、もういいじゃない」キャットがとりなす。「それにフレイジャー……いい加減にしなさいよ」彼女は兄の肋骨《ろっこつ》を小突いた。「ふたりとも、もっとお行儀よく」

スカイラーは、部屋を出て二階に上がっていくフレイジャーを見て息を詰めた。たぶん、親子喧嘩のなかで登場したガールフレンドの名前が、本人の耳に届きやしなかったか、確かめに行ったのだろう。

これでよかったんだわ、きっと。夫と息子はいつも角突きあわせているように見える。一方、仲裁役はキャットで、どんな一触即発の状況でもうまくまとめてしまう。そんなキャットも、十代のころは大人への通過儀礼としてそれなりに反抗期に突入し、しばらくは寄ると触ると家族とぶつかっていた。しかしそれをくぐり抜けたいま、気立てのいい美人の娘は、スカイラーにとって希望の星、平和の象徴だった。

私だって平和の鳩《はと》よ、と思いたかったけれど、実際は違うし、自分でもそうわかっている。私はただの弱虫。怒りをはらんだ口調や鼻を鳴らす音に怯《おび》える臆病《おくびよう》者。ときには、人を怒らせるのが怖くて、嘘《うそ》つきにさえなる。

とはいえ、今日はクリスマス・イブだ。デヴィッドにきちんと釘《くぎ》を刺さなければ。あんな言い方をするものじゃないわ。よりによっていま、この家で、フレイジャーを相手に。

フレイジャーはもう……子どもではないのだ。たしかに、大人とは思えないふるまいをすることもあるけれど、だからといって子ども扱いするのはまちがっている。デヴィッドはなんでもさっさと白黒つけたがり、しかも手厳しい。逆にスカイラーは、波風を避けるためなら多少のことは大目に見てしまう。長年のあいだに、本来なら私が割って入り、断固とした態度で臨むべきだった場面がいったいどれくらいあっただろう。だけどできなかった。いつも許してきたことをいまさらだめと言えるはずがない。

スカイラーはようやく廊下の陰から姿を現し、樅の木に目を向けた。「すてきじゃない」

「だが傾《かし》いでる」デヴィッドが口をへの字に曲げて言う。

「平気よ」スカイラーはとりなす。

「私もそう言ってるのよ、ママ」キャットが言った。彼女も年は二十二歳だ。二番目の子ども、フレイジャーの双子の妹。彼女は母に近づき、肩に腕を回した。「私が電飾を取ってくるわ」

「いや、私が行こう」デヴィッドが言った。「それからおまえが飾りつけをすればいい」

スカイラーは娘を見た。いまもときには癇癪《かんしゃく》を起こすけれど、フレイジャーに比べれば父親に寛容だ。ひょっとするとデヴィッドとフレイジャーの軋轢《あつれき》は、男性ホルモンのなせる業なのかもしれない。たとえば、ライオンがそうであるように。群れに雄ライオンは一頭しかいられないのだ。

でもいまはクリスマス。今日ぐらい仲良くできないの？　せめてクリスマス・イブとクリスマス当日だけでも。自分がどれだけ恵まれているかひとつひとつ数えて、感謝を捧《ささ》げる日だわ。どうしてそれができないの？　私たちには三人のかわいい元気な子どもがいる。末の息子ジェイミーは十六歳、そして双子の兄妹。そのうちの誰も、大きく道をはずれたことはない。ジェイミーが一度ちょっとした悪ふざけをしたのを除けば。でも、あれでもう懲りたはずでしょう？

「ママ」キャットが言った。「飾りつけは私がするわ。異議のある人はお早めに」

　デヴィッドは豆電球とすでに格闘しはじめていたが、一瞬手を止めてスカイラーに目を向けた。その外見はいまだに若者のような力強さを感じさせる。暗褐色の髪はふさふさしていて、ちらほら灰色のものが交じっているが、スカイラーはかえって威厳が増したと内心思っている。子どもたちの豊かな赤毛は母親譲りだが、キャットをとても魅力的に見せているあの金色がかったエメラルドの瞳は父親から受け継いだものだ。

　光陰矢のごとし、ね。スカイラーは夫を眺めながら思う。いまもハンサムでおもしろい人だけど、そんな大切なことも日常に紛れてつい忘れてしまうことがある。そしてふと思うのだ。結婚というのは、永遠の愛の約束というより、単なる習慣にすぎないのでは、と。

　スカイラーは顔をしかめた。私は家族を愛している。心から。

　ひょっとして、愛しすぎてる？

　デヴィッドは小声で悪態をつき、ついに癇癪玉を破裂させた。「月にだって行ける時代に、どうしてこんがらかったり、ちゃんと点《つ》くかどうかひとつひとつ電球をチェックしなきゃならなかったりする電飾しか、世の中にはないんだ？」

「パパ、電球ひとつ切れただけで全部だめになる電飾もあるのよ。うちのは単に古いだけ」キャットが辛抱強く説明する。

スカイラーは娘を見て突然胸がいっぱいになり、涙がこぼれそうになった。どの子も同じように愛しているけれど、いまほどキャットの存在に感謝したことはない。第一、キャットはとてもきれいだ。長く伸ばした赤毛。上背のある、ほっそりした体。とはいえ、若い娘のご多分に漏れず、あと五キロは体重を落としたがっている。金色の斑《ふ》が散るエメラルドの瞳。そして何より、目覚ましく回転の速い脳。

「そうか、しかしな……ボストンにいたままクリスマスの準備をしていれば……」デヴィッドがぼそりとつぶやく。

ずるいわ、とスカイラーは思う。最初にこの家を見つけて、すっかり気に入ったのは夫なのに。昔はよくここに来たものだった。子どもたちは町を離れ、二時間車に揺られて田舎に行くのが大好きだった。州外に出ることはなかったけれど、海やら山やらあちこちに出かけた。そしてみんなとても楽しんでいた。

そのときスカイラーは悟った。なぜこの別荘に来ることに自分がこだわったのか。家族をつなぎ止めるための手段だったのだ。たとえディナーの七面鳥を巡って息子と父親が喧嘩を始めても、ここにいれば、フレイジャーがいきなり席を立って車で友人の家に行ってしまう心配はない。子どもや理想の家族像にこうしてしがみつくのはまちがってるのだろうか？

「ママ、台所仕事、何か手伝う？」キャットが尋ねた。電飾の巻きつけはしばらく時間がかかりそうで、まだ飾りつけを始められない。

スカイラーは首を振った。「そうね、大丈夫。準備はだいたい終わってるから。今夜は昔ながらのアイルランド風クリスマスよ。コンビーフ、ベーコン、キャベツ、ポテトをひとつの鍋《なべ》で煮こんだの。まもなくできるわ。明日は七面鳥よ」

「パパが電球とやりあっているあいだにテーブルの用意をしましょうか？」キャットが言う。

スカイラーはにこっとした。「パパの電飾騒ぎのほうを手伝ってあげて。テーブルの用意は私がするわ。食事は台所ですませましょう。こっちのほうが暖かいし、居心地がいい」

キャットはほほえんだ。

これ以上の娘がほかにいるかしら。スカイラーは台所に戻りながら思った。ふたりは服と信頼を共有する仲となり、娘が車で去っていくたびに気を揉《も》む必要はないのだと、いまではスカイラーも安心して見送れるようになった。

娘がいてくれれば……ノーマン・ロックウェルのクリスマスも夢じゃないかも。

　フレイジャーがブレンダを連れて階段を駆けおりてきた。お似合いのカップルだとスカイラーも思う。フレイジャーはとても背が高く、筋肉はついているけれど大柄な感じはしない。赤毛は妹より色が濃い。そして彼も、目は父親譲りだ。隣にいるブレンダは小柄で華奢《きゃしゃ》だ。そして髪はブロンド。

〝完璧《かんぺき》すぎるわね〟キャットは、初めてブレンダに会ったとき、冗談混じりにスカイラーに耳打ちした。

「テレビをつけて、最新の天気予報を確認したほうがいいよ」フレイジャーが言った。

「吹雪がどんどんひどくなっているみたいですよ」ブレンダが控えめにつけ加える。

「あら、ほんと?」スカイラーはブレンダに笑みを送った。好意的な感じに見えるといいけれど。華奢な体とブロンドの髪、澄んだ青い瞳。まるで小さな白雪姫のようだ。彼女が二十一歳だと聞いて、ほっとしたのを覚えている。初めて会ったとき、フレイジャーときたらまさか未成年の子と、とあわてたものだ。でも単に小柄なせいで幼く見えただけだった。どちらかというと内気だけれど、とても心根のやさしい娘のようだ。

　そりゃあ、フレイジャー以外の家族ともう少し打ち解けてくれれば言うことないけれど、ほかには欠点ひとつ見当たらないいい子だわ。でしょう?

　デヴィッドは電飾にかかりきりで、リモコン捜しを手伝う余裕はなさそうだった。椅子の上にあるのをやっと見つけ、スカイラーはテレビをつけた。アナウンサーが生真面目《きまじめ》な表情で警戒を呼びかけている。

「大規模な停電が起きる恐れがあります。クリスマス・イブとはいえ、すでに天候は悪化の兆しを見せており、万が一停電になった場合、療養中あるいはその他の理由で不安のある方々はただちに病院に向かうか、避難することをお勧めいたします。また、みなさんは停電に備えて、蝋燭《ろうそく》か懐中電灯を必ず手近にご用意ください」

「まったく！」デヴィッドが大声をあげ、その場にいた全員がさっと彼に目を向けた。

彼は軽く肩をすくめた。

「ごめんごめん。絡まった電飾をほどいてたんだ」

「それ、飾っちゃいましょうよ。それから食事にしましょう」スカイラーが陽気に言った。

「うまくいけば、停電まえに食事がすむかもしれないわ。そうしたら、蝋燭を灯《とも》してスクラブルでもしましょう」

「いまいましい天気」キャットはまたテレビに目を戻し、つぶやいた。「ママ、パパ、いっそカリブ海の島に別荘を買えばよかったのに」

「わが家にその余裕はないさ」デヴィッドが言った。でも、さっきよりはるかに機嫌がよさそうだ。彼は一瞬逡巡《しゅんじゅん》してから言った。「フレイジャー、そっちの端を持ってくれるか？」

フレイジャーもつかのまためらって答える。「いいよ、パパ」

「じゃあ電飾はふたりにまかせて、私は料理をテーブルに運ぶわ」スカイラーが言う。

「〝十六歳の反抗〟君も呼んできましょうか?」キャットが言った。「猫の手ぐらいの役には立つかも」

「そうね。ついでにアンクル・パディにも声をかけてくれる?」

とたんに部屋のなかがしんとした。いいえ、ただの気のせいかも。

彼女のおじを別荘に呼ぶのをデヴィッドが快く思っていないことは、スカイラーもわかっている。それでも、夫も自分もアイルランド移民の子だったのは、不幸中の幸いだった。アイルランド人なら、困っている親戚《しんせき》に背を向けるような真似《まね》はけっしてしない。たとえ、飲んだくれのパディが体の不調に苦しんでいるのは自業自得だと、夫が内心思っていたとしても。そんなふうに突き放すのはあんまりだ。でも、デヴィッドにはデヴィッドの意見がある。

アンクル・パディはパブにいると、いかにもアイルランド人らしく、思いきりみんなを楽しませずにはいられない。それも、おじ独特のやり方で。

キャットが場の空気を吹き飛ばすように、いきなり立ちあがった。にやりと笑って階段を途中まで駆けあがると、大声で呼ぶ。「ジェイミー! ジェイミー・オボイル! その怠けた反抗期のお尻を大急ぎで持ちあげて、下に来て! アンクル・パディ……ディナーよ」

「そんなふうに大声を出すだけならママにだってできたわ」スカイラーが口を尖《とが》らす。

「でもいまの私みたいな詩的な表現を使ったことはないでしょ？」澄まして言うキャットに、デヴィッドさえ笑った。


意識を取り戻したとき、クレイグが最初に気づいたのは、頭が割れそうに痛いということだった。

クインティンめ、思いきり殴ったたな。

どれくらい気を失っていたのか、いまどのあたりなのか、皆目見当がつかない。ただ、転がされている場所、盗難車の後部座席で初めて薄目を開けてみたとき、とにかくまわりが白一色だということだけはわかった。

まさか、ありえない。

彼はまた目を閉じ、しばらくしてからまた開けた。あたりは依然真っ白だった。雪だ。だがただの雪じゃない。横なぐりの雪が吹きつけている。くそ。猛吹雪だ。

全身が痛い。ひょっとすると、どこか骨でも折れているのかもしれない。

それに、強盗に入った店にいたあの老人は？

そのとき見覚えのある木立が目に入り、現在位置がはっきりわかった。とたんに胃がぎゅっと締めつけられた。脳裏に記憶がどっとあふれ、痛みさえ打ち消す。と、次の瞬間、突然車がスピンし、雪だまりにはまって急停止した。クレイグの体じゅうの筋肉が委縮し、本能的に身を守ろうとする。

「このばかやろう！」前の座席でクインティンがどなった。

「ばかはおまえだ」スクーターが憎々しげに言い返す。「こんななかで運転してみろってんだ」

「いまさらつべこべ言っても仕方がない。雪にはまっちまった。降りて歩くしかねえ」

「まわりになんにもないぞ、こんなところ！」スクーターは抗議した。

「そうでもない。あの先に家がある」クインティンが指さした。「窓の灯《あか》りが見える」

「なんだと？　クリスマス・ディナーにお呼ばれでもしようってのか？」スクーターが食ってかかった。

「まだクリスマス・イブだ」クインティンは言った。「人と争わず、善意を施す時節だ」

「ほう？　よそんちのクリスマス・イブ・ディナーに押しかけるってわけかい」スクーターの声は疑わしげで、本気にしていないように聞こえ、ひどく不安そうだ。

「そのとおり」クインティンは言った。

クレイグはまだ頭がずきずきした。にもかかわらず、恐怖におののいていた。心のなかで彼はのたうち、叫んでいる。

あの家のことなら知っている。かつて、よく立ち寄った場所だ。僕がいまの僕でなかったころ。

いまでもよく覚えている。小高い丘の上に立つ美しい家。温かくて、心地よくて、家族が――本当の家族が――集まり、料理し、クリスマスを祝う場所。

なぜわざわざあの家を選ぶ？　運命がこうも理不尽なものだとは。だいたい、道に面してさえいないのに。吹雪のなか、あのまま車を走らせていれば、家があることに気づきもしなかったにちがいない。

「このあたりでぐずぐずしてちゃまずいだろう？　逃げなきゃ、なるべく遠くに」スクーターが訴える。

いい考えだ、とクレイグは心のなかで賛同する。

「なるべく遠くに？」クインティンがおうむ返しにした。「頭がどうかしてるんじゃないのか？　この吹雪のなか、どこまで行けるっていうんだよ、車もなしに――誰かさんが新雪に突っこんでくれたおかげでな？　どこか身を寄せる場所が必要なんだ。あほか、おまえ？　まだわかんないのかよ？　今夜はこれ以上どこにも行けやしないんだ」

スクーターはしばらく黙りこんでいたが、おもむろに口を開いた。「今夜、人に顔を見られたらまずい」

「人に顔を見られたらまずいだと？」クインティンは問い返し、笑った。「いまさら何をぬかす？　やるべきことを、ただやるだけさ」

　後部座席では、クレイグがまた目を閉じて気を失っているふりをし、内心震えあがりながら行動の選択肢を考えていた。選びようによっては、まだわずかに残っていた道も閉ざされかねない。

　置き去りにした老人のことを思うと、胸が張り裂けそうになる。そして改めて恐怖に襲われる。心のなかで祈りながら、なんとかして脱出する手立てはないかと知恵を絞り、自分が置かれたいまの状況を呪《のろ》った。なんでこんなことになったんだ？　それも、よりによってクリスマス・イブに？


「うう、体の節々が痛む」ディナーの用意ができたことをもう一度知らせるため階上に上がってきたキャットに、アンクル・パディがうめいた。客間のヒーターのそばに置かれた寝椅子に枕《まくら》をいくつも重ね、寝そべっている姿はいかにも快適そうに見えたのだが。大おじはいまテレビ観賞の最中だったらしい。しかも母にお茶とクッキーまで運ばせて。いましがたキャットがノックしてドアを開けるまでは、体のどこにも痛みなど感じてなかったのではないだろうか。

　キャットは大おじを見つめ、腰に両手をあてがうと彼の訛《なま》りを真似した。「骨にはどこも異常などないはずだ、アンクル・パディ。同情を買おうったってそうは問屋が卸さんぞ」

大おじはむっつりと彼女を見上げた。お得意の表情だわ、とキャットは思う。

「ほんの数滴のウイスキーで見違えるようによくなるんだがな、嬢ちゃん」

「あとでね」

「階段を下りなきゃならんのだぞ」大おじが言う。

「アンクル・パディ、ウイスキーを飲むまえに下りるほうがはるかに楽だって、僕にでもわかるよ」背後から聞こえてきたジェイミーの声に、キャットはぎょっとした。つまり、弟もやっと自分の部屋という聖域から出てきたわけね。まだ十六歳だというのに、すでにキャットより背が高い。ちかごろではフレイジャーすら三センチほど追い越した。瘦身《そうしん》で、細く知的な顔をしている。貧弱な体つきを気に病んでいるが、かといってボクサーになるつもりはない。弟はミュージシャンだった。家系を考えればさもありなん。ギターを愛していたし、彼にバイオリンを弾かせたら大人はみな涙をこぼす。

考えてみれば、去年はあまり一緒に過ごす機会がなかったわ、とキャットは思う。兄や姉からの冷静な助言がいまこそ役に立つ時期なのに。十六歳という年齢のもやもやが、彼女には痛いほどわかる。

異性。同級生との競争。ドラッグ。煙草。

かつてキャットは、ジェイミーをわが子のように思っていた。六歳しか離れていないとはいえ、弟が生まれたときには、もう充分赤ん坊の世話ができる年になっていた。それに、彼らが育った環境はあまりふつうとは言いがたいものだった。家はボストンコモンそばの埠頭《ふとう》に近いパブで、子どもたちはそこで多くの時間を過ごした。ティーンエイジャーのころ、友人たちは、パーティを計画すればキャットが無条件でアルコールを提供してくれるものと勝手に思いこんでいた。みんなに期待される重圧を、違法な計画に彼女は乗る気がないのだと知ったとたん、疑似友人たちがいっせいに離れていったときのあの空《むな》しさを、いまでも思い出す。そして、大学一年で大失恋したときようやく、自分の幸せは自分で掴《つか》まなければならないのだと思い知った。へこんだまま、両親のパブで一生を棒に振ることになるか、自分の力で夢を実現させるか。

年輪と経験。二十二歳にして、すでに私はその両方を手にしている。

その心の声に滲《にじ》む自信に、キャットは思わず笑みを漏らす。そうね、自信過剰なのかもしれない。だけど、両親の過ちを繰り返すつもりはない。配偶者に自分の人生を託すような真似は絶対にしない。もちろん、子どもは欲しいわ。それに、パディおじさんにもつきまとわれるかもしれない。だけど、夫の癇癪やまわりで絶えない喧嘩にじっと耐え忍ぶだけの人生なんてごめんよ。

知ったことじゃない。それが私のモットー。明日は明日の風が吹く、だ。

でも、こといまは、ジェイミーのことが気になった。何かに急《せ》きたてられるように自分の殻に閉じこもってしまった弟。ジェイミーの身にいったい何が起こったのだろう?

母はいつも、子どもに何か困ったことが起きると、自分とその子のあいだだけの秘密にしてしまおうとする。だが、キャットは去年ジェイミーがちょっとした問題を起こしたことを知っていた。幸い、保安官補がじきじきにこの家に来て、最近はどこからかかってきた電話か簡単に足がつくんです、と話したらしい。

「いいから、余計なこと言わないの」キャットは弟に言った。

兄や姉たちが到着するとすぐ、ジェイミーは部屋にこもってしまった。もちろんそれは、休暇のときぐらい、兄さんと姉さんでパパの面倒を見てくれよな、ということだ。ふたりとも二、三日もすればまた大学に逃げ戻り、彼は毎日ひとりで両親の相手をしなければならないのだ。

ジェイミーはにやりとして、アンクル・パディにうなずいた。大おじはいまの言葉にむっとして、威厳を示すために顎をぐいっと突きだし末の甥《おい》っこを睨《にら》んでいる。

「わしぐらいの年になれば、少々のウイスキーは薬なんだよ」彼は言い放つ。

「へえ、そうなの」ジェイミーも負けていない。「でもウイスキーがあるのは一階だよ。だから早く杖《つえ》を持ってよ。僕らがエスコートしてあげるからさ」

キャットはにんまりした。このクリスマス、思ったよりすんなりいきそう。幕開けこそぎくしゃくしたけれど。

「さあ、おいでよ、アンクル・パディ。そこまでの年寄りじゃないんだから、自分で歩こうよ」ジェイミーが言った。

「この家には、年長者に対する敬意というものがまったく欠けているぞ」パディが言った。

「おまえたちの哀れでちっぽけな母さんもこき使われてるし……」彼は首を振る。

「母は哀れでもちっぽけでもないわ」キャットはぴしゃりと言い返した。「さあ早く。今日はクリスマス・イブよ。みんなで楽しまなきゃ」

「そうだよな、くそったれ。好むと好まざるとにかかわらず」ジェイミーがつけ加える。

キャットはパディの腕を掴んだ。うめきながら大おじが立ちあがる。「ああ、体の節々が痛む」

「だけど、下に行けばさっそくご褒美にありつけるよ」ジェイミーが励ます。

パディが眉を吊《っ》りあげた。「おまえもつきあうのか?」

「もちろん。クリスマスだもん」

「未成年じゃないか」

「おじさんだって飲んでたくせに」ジェイミーが目をぐるりと動かす。

「ここはアメリカだ」

「だから?」ジェイミーが言った。「うちの家はバーなんだ。いままでだって何度も飲んだことあるよ」

パディが険しい口調で何か言った。キャットにはすぐに悪態だとわかった。子どものころから、アンクル・パディには絶対にゲール語を習っちゃだめだ、と言われてきたからだ。幸い、ゲール語を話せる人間はそう多くないから、彼がそこかしこでののしり散らしても、相手には意味が通じないことが多い。

いまやアンクル・パディはふたりに手を振り、自力で階段へと向かっている。「若い連中ときたら。敬意が足りん」大おじはぼやき、杖を持ちあげて彼らに振ってみせた。

キャットとジェイミーは声をあげて笑い、大おじに続いた。

スカイラーが最後の料理をテーブルに置こうとしたとき、アンクル・パディが台所に入ってきて、まっすぐ酒のキャビネットに向かった。

「テーブルにビールが置いてあるわよ」少々険のある声でスカイラーは言った。つい肩越しに振り返り、ウイスキーに手を伸ばそうとしているパディの姿をデヴィッドに見られていないか確認してしまう。

「僕もビールをもらうよ」ジェイミーがパディに続いて現れ、陽気に言った。

「ジェイミー……」スカイラーは息子を睨んだ。

「ウイスキーよりはましだろ？」ジェイミーは続ける。

「ビールもウイスキーのワンショットもアルコールの量は同じだと思うけど」キャットが

ジェイミーのあとから台所に入ってきた。

「今度はわが息子まで酒棚に直行か？」デヴィッドがキャットの背後からどやしつける。

夫の言葉で、ジェイミーの〝事件〟を思い出すたびにスカイラーの肩甲骨のあいだにできる緊張のしこりがいよいよこわばった。

「ったく、パパ、そう堅いこと言うなよ」ジェイミーが言い返した。

「またこれだ。やっぱり君の家族と過ごすんだった」口論の真っただなかに現れたフレイジャーがブレンダにささやいた。

手綱を取るのよ、とスカイラーは厳しく自分に命じる。あなたはいままでずっと、できるだけ事を荒だてないように見て見ぬふりを続けてきた。だけど今度ばかりはなんとかしなきゃ。「デヴィッド、ジェイミー、お願い。今日はクリスマス・イブなのよ」

「うちの商売はバーじゃないか」ジェイミーが言う。「いまさらなんだっていうんだ？」

「やめなさい、ジェイミー。いますぐ」スカイラーはぴしゃりと言う。せっかく家族が集まったのに、どうしてこんないざこざが始まるの？

「パブだ」デヴィッドがいらだたしげに訂正する。「それに、うちの子どもが酒を飲む言い訳にはならない」

「おい、それはわしへの当てつけか？」パディも黙っていない。

手綱を取りなさい。スカイラーは自分を叱《しか》る。そしてようやく口を挟んだ。「アンクル・パディ、あなたは飲みすぎだし、それは自分でもわかってるはずよ。ジェイミー、ビールならいいわ。ただし一杯だけ」彼女は夫と目を合わせた。「外で飲ませるくらいなら、家族のいるところで飲ませるわ。この子が飲みたいって言うなら。それに、いずれはどうせ飲むことになるのよ。だから、さあ座って。キャット、フレイジャー、ブレンダ、あなたたちは何を飲むの？」

「私は水でけっこうです」ブレンダがあわてて言った。

こんなに小さくてスリムな女の子がカロリーたっぷりの飲み物に手を出すはずないわよね、とスカイラーは思う。でも、彼女にもいちおう意見というものがあるらしい。ここに来てからというもの、ずっとおとなしかった。きっと内気な子なのだ。うちの家族と違って。

「フレイジャー、あなたは？」

「ビールをもらうよ。その一杯で僕がアル中になりゃしないかとパパが心配するなら別だけど」

デヴィッドがまたむっとして息子を睨む。

「ばか言わないで。あなたがちゃんと限度をわきまえてるってことは、パパだってわかってるわ」

「だよな。パブに入り浸ってる飲んべえたちとは違う」フレイジャーが言う。

「飲んべえ？　おまえたちは連中に生活させてもらってるんだ。ありがたく思え」パディが言った。

「止まり木から転がり落ちるような連中にもかい？」フレイジャーが言い返す。

「うちは酔っぱらいに酒は出さない」デヴィッドがきっぱりと言った。

「パパの言うとおりよ」キャットがにやりとする。「店主には、止まり木から転がり落ちるような連中にはお酒を出さない権限がある」

「たとえそれが親戚の誰かでも」ジェイミーが茶々を入れる。

「ジェイミー……」スカイラーはため息をつきながら注意した。手綱を取るのももはやこれまで。デヴィッドは冗談を真に受けていちいち突っかかる。これでは、楽しく食事なんてできっこない。

「ママは何を飲む？」キャットが尋ねた。

スカイラーは一瞬言葉に詰まり、首を振る。「もういいわ。ウイスキーをボトルでお願い」

驚いたことに、あたりはしんと静まり返った。

それからどっと笑いが沸き起こった。デヴィッドさえ唇を歪《ゆが》めている。

「さあみんな、お行儀よくして」キャットが言った。「私たちのせいでママがお酒に走ったらどうするの？」

「食べましょう」スカイラーも無理に明るくふるまう。「座ってちょうだい」

「席は決まってるの？」キャットが母の背後に回り、その肩をぎゅっと抱く。

「どこでも好きな椅子にどうぞ」スカイラーはそう言って、娘を抱き返した。

「あれ、席が足りないわ」キャットが気づく。

「嘘よ」

「ほんとだって。数えてみて」キャットが言う。

「席は六つでしょ。家族が五人に……ブレンダとパディ」スカイラーは言った。「やだ、ごめんなさい。もうひとつお皿を持ってくるわ」

「私は椅子を見つけてくる」キャットが言った。「書斎に余分がひとつあるはずよ」

「ごめんね、みんな」スカイラーは言い、走って部屋を出ていくキャットを見送った。

「いいって、ママ。数の勘定ができなくても、ママのこと愛してるから」フレイジャーが冗談めかして言い、母にほほえんだ。

彼女もほほえみ返す。「で、パパのことは？」

一瞬フレイジャーの笑みが揺らぐ。「もちろん愛してるよ。ただ、数の勘定はできると思うけどね」

「よかった」スカイラーは言った。「ブレンダ、さあ座って。この家のおかしな家族のことはどうか放《ほう》っといて」

アンクル・パディは怪訝《けげん》そうにこちらを見つめ、ブレンダはひどくばつが悪そうにしている。私ときたら、どうして数をまちがえたりしたの？　スカイラーは思った。ぼんやりしてたんだわ。周囲の会話に気を取られすぎていた。やたらと気を揉んで。

喧嘩は嫌いだ。欲しいのは、平穏さとノーマン・ロックウェルのような家族の風景。

「家族水入らずのクリスマスにのこのこ割りこんだりしてごめんなさい……」ブレンダが謝罪を始める。

「何言ってるの、割りこむなんてとんでもない。あなたが来てくれてとても喜んでいるのに。年のせいで忘れっぽくなってるんだわ」スカイラーは言った。

「長年バーで客の相手をしてきたせいだな」フレイジャーがからかう。

「パブだ」デヴィッドが訂正する。

「原因はビールの蒸気だな」ジェイミーも加わる。

デヴィッドが大げさにうなった。「もうわかった。パブもビールもここまでだ。ブレンダ、われわれみんな、君を歓迎しているよ。さあ座りなさい」

「お願い」スカイラーが続ける。「ジェイミーは、私が成人性の注意欠陥障害だって言いたいだけなの。私は、原因は子どもたちだと思っているけど」彼女は息子たちの顔を交互に睨みつけながら説明した。「さあ、みんな席に着いて。食事にしましょう」

そのとき、玄関のベルが鳴った。

スカイラーは夫に目を向け、デヴィッドも彼女を見返した。もの問いたげに眉を吊りあげている。「ほかにも誰か呼んだのかい？」せめてもの救いは、冗談混じりの口調だったことだ。「ずっと行方不明だった親戚？　迷子の友だち？」

スカイラーは夫をきっと睨んだ。「いいえ」

「こんな吹雪のなか、出歩く人なんているのかしら？」ブレンダが考えこむように言った。

あらまあ、話しかけられなくても話すのね、とスカイラーは思い、とたんに、そんなことを考えた意地悪な自分を蹴《け》り飛ばしたくなった。とはいえ、彼女はほんとにずっと無口だったのだ。たぶん、ブレンダの家族は日ごろあまり喧嘩をしないので、怖くて縮こまっていただけなのかも。

「事故にでも遭ったのかもしれないよ、パパ」フレイジャーが言った。

「怪我人や、立ち往生してる人がいるなら、入れてあげなきゃ」スカイラーが急いでつけ足す。

「それにしても、こんな天気なのに外に出るあほがいるとはな」デヴィッドがぼやく。

またベルが鳴る。

「とにかく、何事か確かめるだけ確かめてみたらどうだ？」パディが言った。

「僕が出るよ」ジェイミーが言う。

「いや、私が行こう」デヴィッドが断固として制した。「みんな座って待ってなさい」

でも誰も座らなかった。

デヴィッドが先頭に立って歩き、すぐにスカイラーが続き、そのあとを全員がぞろぞろと追った。食堂と台所を仕切るスイングドアが、人が通り抜けるたび、ばたんばたんと音を響かせる。台所は玄関ホールの端に面していた。

ベルがまた鳴った。

「急いで。あんまり待たせたら凍えさせちゃうわ」スカイラーは言った。

そう口にしながらも、なぜか妙な胸騒ぎがした。

ノーマン・ロックウェルの世界が遠ざかっていく。

スカイラーは、迷子の子犬がいれば必ず拾ってきてしまう。困っていれば、動物でも人間でも手をさし伸べずにはいられない。なのに、できればデヴィッドには、そのドアを開けてほしくなかった。

2

書斎の椅子は、キャットが持ちあげたとたん、脚が一本取れた。まったく。うめき声をあげ、元どおりにしようとする。はまることははまるのだが、すぐにまたはずれてしまう。肝心のねじがなくなってしまったようだ。どこか部屋の隅にでも転がってないか、四つん這《ば》いになって捜したものの、見当たらない。

まあいいわ。私の部屋の机に椅子がひとつある。さっきパソコンを使ったとき自分で座っていたのだから、その椅子には問題はないはずだ。

玄関のベルが鳴ったとき、キャットはすでに二階にいた。誰だろう、と思って窓辺に近づき、外を見る。家の前庭に続く坂道の下、道路から少しはずれたあたりにできた雪だまりに、正面から突っこんでしまった車が見える。

またベルが鳴って、ふたりの男がポーチの屋根の下を後ずさりながら姿を現し、家を見上げた。見かけない顔だ。ただ、目鼻立ちまではっきり見えない。すごい風で雪が巻きあげられて視界が利かなかったし、男たちはコート、マフラー、帽子で身を固めている。

とはいえその動作から、三十代ではないかとキャットは思った。あるいは二十代後半か、せいぜい四十歳に届くかどうかだろう。

男たちがまた屋根の下に入り、三度目のベルが響くと、キャットは眉をひそめた。

自分でも理由はわからないのだが、椅子を持ったり、階段を駆けおりたりしなかった。代わりに、忍び足で踊り場まで下りると、陰に身をひそめて階下をのぞき、耳をそばだてた。

「クリスマス・イブだということは承知しています」男のひとりが言う。

「本当にすみません」ふたり目の男が続ける。

「じつは、路肩の雪に車がはまってしまって、できれば手を貸していただきたいんです」最初の男が言う。

「ロードサービスもこんな夜には出動してくれないと思うので」二番目の男がつけ加える。

「ディナーを始めようとしていたところなんだ」父の声。不審そうだ。そう、その調子。

「ディナーですか」最初の男が繰り返す。

なぜかまだ姿を見せる気になれず、キャットは手すり越しに注意深く男たちを観察した。ひとりは大柄で身なりがよく、父やフレイジャーより五、六センチ背が低い。ジェイミーの百八十八センチに対してふたりは百八十五センチぐらいだから、男の身長は百八十センチちょうどくらいだろうか。

もうひとりの最初にしゃべった男のほうが細身だ。なんというか……共犯者タイプ？　なんて変なこと考えてるの。でも、とっさに浮かんだのはその言葉だった。髪が伸びすぎているし、コートのボタンもいくつか取れている。毛糸の帽子さえずいぶんくたびれて見える。

大柄な男のほうが帽子を取ると、禿《は》げ頭だった。きれいに剃《そ》りあげたスキンヘッドだ。眉は暗褐色で太く、目と目の間隔が少々近い。

抜け目のなさそうな目だわ。そう思ったところで、『ＣＳＩ：科学捜査班』の観《み》すぎよ、と自分をたしなめる。

「まあまあ、さあお入りなさい。外は寒いわ」母がふたり組に言った。

母なら、相手がチンギス・ハンでも招き入れてしまうわね。とはいえ、予期せぬお客を心から歓迎しているわけではなさそうだ。たぶんクリスマス・イブだからだろう。だけど、どうしようもないじゃない？　今夜あのふたりはもうどこへも行けやしない。

それにしても、そもそもこんな日にいったい何をしていたのかしら？　たぶん、この山地のあたりの住人ではないだろう。ニューイングランドに住む者なら誰でも、ものの数時間で天候ががらりと変わってしまうことを知っているはずだ。そしてテレビもラジオも、嵐《あらし》がこの土地にたどりつく一日も前から、その並はずれた勢力について延々としゃべりつづけていた。家族がここに集まれたのも、ぎりぎりのタイミングだったのだ。

「ありがとう、奥さん。神のご加護を」背の高い男がそう言って手をさしだした。「私はウィリアム・ブレーン、だが人はみなスクーターと呼びます。こっちは仕事仲間のミスター・クインティン・ラーク」

「はじめまして。私からも感謝します」横幅のある男のほうが言った。

父は母に目をやり、顔を見あわせてほほえんだ。その瞬間キャットは、果てしなく続く家族の口論のことも忘れて、自分がどれだけ両親を愛しているか、どれだけ尊敬しているか、しみじみ感じた。パブの仕事を一手に引き受ける働き者の父。酒のケースを運んだり帳簿をつけたりするかたわら、バイオリンやキーボードを持ってバンドの仲間に加わることもある。演奏の途中でも呼ばれればすぐに仕事に戻り、グラスを洗う。父は調理場やカウンター、在庫まで面倒を見ているのだ。

そして母は……仕事をしながら三人の子どもを育ててきた。父同様、母もときどきバンドに参加する。きれいなソプラノで歌い、ピアノの腕もぴか一だ。飲み物や料理を客に運び、カウンターで客の相手をし、汚れに気がつけばいつでも箒《ほうき》や雑巾《ぞうきん》を手に掃除を始める。

店を単なる飲み屋ではなく家庭的なパブにしているのは、やはり母の力だとキャットは思う。母は聞き上手なのだ。母は客のことをよく知っている。ミセス・オマリーの猫が五匹子どもを産み、彼女にとってその子猫たちはミスター・ブラウンにとっての孫息子と同じくらい大事だ、ということも。アデアじいさんのふくらはぎには戦争中――もちろん第二次世界大戦だ――に受けた迫撃砲のかけらがまだ残っていて、どんなに頑固で矍鑠《かくしゃく》として見えても、一時間ごとに脚がしくしく痛むのだということも。母はみんなのことが気になるのだ。少々気にしすぎ、というくらいに。そして、いつも楽しく過ごしたいという一心で、真実に目をつぶることも多い。

いまだって、母は心配そうに眉をひそめている。「事故に遭ったとおっしゃいましたよね？　どこで？　何があったんですか？」

「天気予報を聞いてなかったんです、残念なことに」クインティンが言った。

「ニュース番組ではなく、CDをかけていたもので」スクーターが言った。「おたくの敷地のすぐ脇《わき》の道路で車が道をはずれて雪にはまってしまいまして。じつは、ここまでたどりつけるかどうかも不安だったんですがね」

「心配なさらないで」スカイラーが言った。「食べ物ならたっぷりありますから。さあ、台所にどうぞ」

「もっと椅子を持ってこよう」デヴィッドが言った。

「でもいま――」ジェイミーが口を挟む。

「いいえ」スカイラーがジェイミーをひたと見つめ、きっぱり言った。「いいの……台所でいいわ。椅子だけ持ってくれれば」

キャットははっとした。母が……あの母がお客を疑っている。

そして、私がここにいることを隠そうとしている。

「そうだよ」父も加勢する。「椅子がもう二脚いるな。ジェイミー、クインティンと、えーと、スクーターを台所に案内してくれ。飲み物をお出しして」

「ウイスキーがいいわ」スカイラーが言う。「おふたりとも、ウイスキーをお飲みになってはいかが？　体が温まるわ」声がうわずっている、とキャットは思う。ただし、母をよく知る人間にしかわからない程度に。

「それはありがたい」スクーターが言った。

「みなさん、台所に行きましょう」クインティンが続けた。いまの言葉がなんとなく不穏に聞こえたのは気のせいだろうか？

「椅子を取ってこよう」デヴィッドが言う。

「いや」スクーターがやんわりと止める。

聖なるクリスマスの光景としては完璧《かんぺき》ではないか。吹雪の吹き荒れる寒いクリスマス・イブの晩、立ち往生した旅人を親切に迎え入れる家族。

でも何かがおかしい。ピントがずれてぼけた写真みたいに。全員が妙にぎこちなく立ち尽くしている。そのときふいにクインティンの表情が微妙に変化した。

彼の顔に笑みが浮かぶ。ゆっくりと。身の毛のよだつようなほほえみ。

「全員一緒にいてもらう必要がある。ひとり残らず」クインティンが言った。

なんだか、舞台の一幕を見ているみたい。誰かが台詞《せりふ》を忘れている。

いったいどういうわけで、誰もが勘づいたんだろう？　どうして、人を疑うことを知らないあの母にまでわかったんだろう。それもこんなに早く。このふたりの招かれざる客には何かおかしな気配がある、と。そして、このいけすかないクインティンとかいう男は、どうして父と母が自分を怪しんでいると気づいたのか？

「ここは私の家だ」デヴィッドが言った。「外で凍え死ぬ恐れのある君たちを迎え入れるのはやぶさかではないが、この家に一歩でも足を踏み入れたからには、わが家の流儀に従ってもらう」

「それはできない相談だな、申し訳ないが」スクーターが言った。本気で残念に思っているような表情だ。

「ほう？　まあ、いまから食事にしようとしていたところだ。ともに食卓に着き、クリスマスを祝おうじゃないか」

名演技だわ、パパ。キャットは心のなかで拍手喝采《かっさい》を送ったものの、だからといって状況は変わらないのだと悟る。

クインティンは母に顔を向けている。「そんなふうに人を疑ってかかるのは、あまりお行儀のいいことじゃないな。どう見ても探偵とは思えないが……ひょっとして、精神科医か？　まあいい。たしかにここはあんたがたの家だ。だが、銃を持っているのはこのおれだ。じつは友人のスクーターも持っている。怪我《けが》はさせたくないが、なにぶん、頭数で劣っているものでね。幸い、とても親切で賢いご家族とお見受けする。だから、ひとりでも足並みを乱す者がいては困るとおれが言えば、そのとおりにする知恵はお持ちだろう……ママ、ちょっとこちらへ。残りのみんなはおれたちを台所に案内してもらおうか。ただしみなさんには、ママ抜きで楽しい田舎暮らしを続けていただくことになる。さあ、これでみんな一緒に過ごせそうだ」彼は穏やかに言った。「下手な真似《まね》はするなよ。とはいえ、この家にもどっかに銃がしまいこまれてるんだろうな」彼は父のほうを見た。

「冗談じゃない！」父は大男だし、体もけっしてなまっていない。いきなりクインティンに向かって突進したかと思うと、キャットの兄と弟もそれに続いた。頑張れ！　しかしクインティンはすばやかった。父の手が届くまえに彼は銃を取りだしていた。

「止まれ、さもないとママが死ぬぞ！」クインティンがどなる。

銃声が夜を切り裂き、ガラスの砕ける音が続いた。スクーターがランプに発砲したのだ。

「誰も動くな」クインティンが言った。

全員が命令どおりに立ちすくんだ。ブレンダがすすり泣きはじめる。

「黙れ！」クインティンがわめく。

フレイジャーが彼女の肩に腕を回し、抱き寄せた。

ただひとりアンクル・パディだけはまったく平気な顔をしている。驚くほど冷静なまなざしで、侵入者たちを値踏みしているようだ。

「勇敢なのはけっこうだが、そこまでだ」クインティンが言った。「一度は猶予を与えてやる。次は誰かが死ぬ。なぜなら、おれはもう二度と刑務所に行く気はないからだ。それなら死んだほうがましだ。そしてどうせ死ぬなら、大喜びで人を道連れにする。いいな？」

かわいそうなパパ、とキャットは思う。あんなに苦しそうな父を見るのは初めてだった。家族が危険にさらされているというのに、どうすることもできないのだから。

突然、キャットはパニックに襲われた。冷たい波に体を洗われ、ずぶ濡《ぬ》れになって震えている自分。一瞬、目の前が真っ暗になる。背中を壁に押しつけ、崩れそうになる体を必死に立て直す。氷の手に内臓を容赦なく鷲掴《わしづか》みにされるような吐き気がこみあげる。

大きく深呼吸して、懸命に頭を働かせようとする。あんなふうに脅しているけれど、あのふたり組、本当に人を殺したことがあるのだろうか。たぶん本業は盗みなのだろう。とはいえ……彼らは銃を持っている。そのうえ自己紹介までしたのだ。その意味に気づき、キャットはまた吐き気に襲われた。いままでに人を殺したことがあろうとなかろうと、目撃者を生かしておくわけがない。キャットは身震いした。恐怖が全身を焼き尽くす。自分たちの置かれた恐ろしい境遇に、家族が気づかないことを祈るばかりだった。

泣き言なんか言ってられない。家族にとって、私が最後の頼みの綱なのだから。まずは携帯電話を集めたい。いますぐ」

「さて、ご一同、無茶な真似さえしなければ、何事もなくすむ。

ジェイミーとフレイジャーがポケットに手を伸ばした。ジェイミーは、自分の電話を手渡しながら言った。「どのみちここじゃ、携帯電話は使えないよ。たとえ嵐が来てなくても、屋根にのぼってなんとか電波が入れば運がいいくらいなんだ」

「やってみなきゃわからんぞ。さあ早く。ほかもさっさと出すんだ」クインティンが言う。

デヴィッドがすぐさまポケットから自分の携帯電話を出した。

「私のはバッグのなかだわ」ブレンダが声を絞りだすように答える。

「で、そのバッグはどこだ」

「すぐそこだよ、ドアの脇のテーブル」フレイジャーが答える。

「取ってこい」クインティンは彼に命じた。「あんたはどうなんだ、ママ？　どこにある？」

「〝ママ〟と呼ぶな」ジェイミーが噛《か》みつく。

「ジェイミー……」デヴィッドがたしなめた。

「私の名前はスカイラーよ」母が男たちに言う。

「けっこう。スカイラー、あんたの電話は？」

「台所。いま充電中よ」彼女は言った。

「で、あんたのは、おっさん？」クインティンは、フレイジャーからブレンダの電話を受けとりながらパディに尋ねた。

「わしがそんな流行《はやり》ものを持つわけがない」アンクル・パディが言う。

「いまじゃ世界じゅう持ってない人間はいないんだよ」クインティンが言い返した。

「わしは世界じゅうのどの人間とも違うんだ」パディが言う。

「言葉に気をつけろよ、じいさん」クインティンがすごむ。

「おじさんはほんとに持ってないよ」フレイジャーが口を挟んだ。

クインティンは彼をじっと睨《にら》んだ。「パパに似て、ずいぶんお偉い人間らしいな、熱血君。スーパーマン気取りなど、やめておけ。これは忠告だ。耳を貸さないと、死人が出る」

「この子はスーパーマン気取りなんかしないわ」スカイラーが急いでとりなした。「この子だけでなく、誰も。いいわね？」

「これだけは覚えとけ。おれは二度と刑務所には戻らない」クインティンは言った。

「さあ食おうぜ」スクーターが陽気に言い、デヴィッドの肩を親しげに小突くことまでした。「かみさんの腕前はどうだい？　料理上手かい？」

夫の顔がこわばるのを見て、スカイラーがそっと言った。「いいのよ、デヴィッド」彼を見つめる目が〝お願い〟と訴えている。

デヴィッドはなんとか答えを絞りだした。「料理の腕は最高だよ。それに、君たちが本気だってことはよくわかったから、心配しなくていい。なんでも言われたとおりにするよ」

「ろくでなしめ」アンクル・パディが突然吐き捨て、極めつけに杖《つえ》をどんと突いた。

「パディ、杖がうるさいわ。余計なことを言わないで」母がぴしゃりと言う。「今夜、ここでは誰も死なせやしない。ジェイミーとフレイジャー、スクーターと一緒に居間に行って、スツールを持ってきて。私はそれでけっこう」

「私も行くわ」ブレンダが頬の涙を拭《ぬぐ》いながら加わる。

「クインティン、さあ台所にどうぞ」

母が主導権を握ってしまった。すごい、とキャットは舌を巻いた。

クインティンが笑った。「承知しましたよ、奥さん。どうやらこの家を仕切っているのはアイルランド直伝の女家長らしいぞ、スクーター。かかあ天下は何よりおっかない。しかも聞くところじゃ、名コックだという。願ってもない。何しろおれは腹ぺこなんだ。体も芯《しん》まで冷えきってる」

「すぐそこの、玄関のクローゼットにセーターがあるわ」スカイラーが指さす。「それと、コートを脱いで。そんな汚らしいコートを着たまま私のテーブルに着いてほしくないわ」

ママ、気をつけて！　そんなことを言ったら撃たれちゃう。キャットは身をすくめながら思った。

ところがクインティンはまた笑った。「わかったよ。おまえ」彼はブレンダを呼ぶ。「セーターを取ってこい。そうすればディナーにありつける」

彼がブレンダを見据えると、彼女は、すごい速さで迫ってくる車のヘッドライトにとらえられた雌鹿《めじか》のように怯《おび》えた目で見返した。

「さっさとしろ！」クインティンが言うと、ブレンダは飛びあがって駆けだした。

「どうするんだよ、クレイ――」スクーターがコートを脱ぎ、デヴィッドの古いセーターを受けとりながら切りだした。

「後まわしだ」クインティンがさえぎる。

「だが外は凍える寒さだぜ」スクーターが言う。

「あとだ。ディナーが先」

「でも――」

「なるようにしかならんさ」クインティンは言った。

いったいなんの話？　キャットは思った。〝クレイ〟って何？　あるいは誰？

「おふたりのコートは汚れもの置き場に置いておくわ」スカイラーがスクーターのコートを拾いあげ、彼らがいる玄関ホール脇のタイル敷きの小部屋にそれを放《ほう》った。キャットにも、母が震えているのがわかった。

「おれのは自分でかける」クインティンが言い、そのとおりにした。「さあ行こう。腹が減って死にそうだ」

突然クインティンが顔を上げ、キャットはあわてて奥に引っこんだ。心臓が雷鳴のように轟《とどろ》いている。もしかして見られた？　いや、大丈夫だったらしい。クインティンはスカイラーの肩に手を置き、何事もなかったように繰り返したからだ。「さあ行こう」

「妻から手をどけろ」デヴィッドが言った。

クインティンは驚いた様子だったが、にやりとしただけだった。「よく覚えておけ。みんなお行儀よくするんだ。ひとり残らずだぞ。おれたちはまとまって行動する。仲良し家族みたいにな。そうすれば誰も怪我はしない」

全員、玄関ホールから台所に移動し、ひとり取り残されたキャットの頭のなかではさまざまな考えが嵐のように渦巻いていた。体が固まって動こうにも動けない。でも、そんなことは言っていられないのだ。私がここにいることを母があのふたりに伏せたのは、もちろん理由あってのことだ。家族を救うこと――それが私の使命。

あるいは、たとえ家族が皆殺しにされても、私だけは生き延びること。

だめ。そんなことさせるものですか。なんとしてもそれだけは阻止しなければ。

神様、どうか力をください。キャットは心のなかで祈った。でも、いったいどうしたらいい？　こんな吹雪のなか、どうやって助けを呼べというの？

嵐が収まるのを待ってはいられない。クインティンとスクーターもそれを待っているからだ。そのあとまちがいなくふたりはこの家の車を盗み、逃亡を続けるだろう。

そしてそのまえに……。

家族をひとり残らず殺すだろう。彼らは顔を隠さなかった。軽率にも名前を明かした。もちろん偽名かもしれないけれど、キャットにはそうは思えなかった。考えうるシナリオとしては、ディナーを楽しみ、暖かな室内でのんびりくつろぎ、それから全員を抹殺する。

キャットは回れ右をし、足音をたてないようにして廊下を自分の部屋へと急いだ。携帯電話を試したものの、つながらないことがわかっても別段驚かなかった。一瞬ためらって固定電話の受話器を取る。でも、やはり不通なのか、あの連中が電話線を切ったのか、どちらからしい。

考えるのよ、と自分にはっぱをかける。何か道はあるはず。

ここを出ることはできるかもしれない。でもどこへ？

ああ、すべては私にかかっているのだ。でも頭が混乱して、失敗してしまいそう……。

そこで大きく息を吸う。

失敗はできない。いいえ、絶対にしない。

きっと、ワンテンポ遅れてショック状態になるんだわ、とスカイラーは思った。体が麻《ま》痺《ひ》したり、口が利けなくなったり、あるいは金きり声をあげたりしても不思議ではないのに、いつもとまったく変わらずにしゃべり、体を動かしている。それはほかのみんなも同じだった。どんなに切羽詰まっていても、生存本能というのはとっさに働くものなのだ。

BGMとしてかかっているCDの歌手は《さやかに星はきらめき》を歌いはじめる。さっきまでは、心から静けさを求めていた。でもいまの望みは……。

いまはとにかく、誰も死なせたくない。

「なんだ、こりゃ?」出された料理を見てスクーターが言った。

「ベーコン&キャベツだ。コンビーフと一緒に食べるんだよ」デヴィッドがきつい口調で言った。ありがとう、とスカイラーは心のなかで感謝する。こんなときでも、妻の料理にけちをつけられたことに腹を立てているのだ。

「どこがベーコンなんだよ?」スクーターが言う。

「どちらかというと、カナディアンベーコンに似てる」フレイジャーが解説する。「キャベツとベーコンを煮るのは、アイルランドの伝統料理なんだ」

「ベーコン以上にキャベツがうんざりだ」スクーターは鼻に皺《しわ》を寄せた。

「とにかくひと口食べてごらんなさい。いろいろな味が混ざりあっておいしいんだから」まるで五歳の子どもをなだめているみたい、とスカイラーは思う。「ブレンダ、ポテトを回してくれる?」

大丈夫。私ならできる。みんなだって。生き延びるにはそうするしかないんだもの。あわてず騒がず、最後まで冷静に。それができなかったら……。

少なくとも、キャットだけは助かりますように、とスカイラーは祈った。

スクーターがしぶしぶキャベツの皿に口をつけたとき、スカイラーはデヴィッドをちらりと見た。歯を食いしばり、喉元で血管が脈打っているのがわかる。彼も一瞬スカイラーと目を合わせた。こんな屈辱、耐えられないと訴えている。夫は家族を守れなかった。何か行動を起こしたがっている。

スカイラーは首を振った。だめよ。

「へえ、あんたの言うとおりだ。このくそはうまい」スクーターが言った。

「母はテーブルに〝くそ〟なんか出さない」ジェイミーがむっとして言った。

つかのま沈黙が流れ、やがてスクーターがにやりとした。「ごめん。ただ……家庭料理なんて久しぶりだから」彼はふいにフォークを置いた。「やっぱりおれにはできねえ」

「できないって、何が?」スカイラーはどきどきしながら尋ねた。あと数時間もすれば撃ち殺すことになる人々とテーブルを囲んで食事することが?

「ほっとけ」クインティンが言った。

「でもさ」スクーターが食いさがる。「あいつ、死ぬぜ?」

クインティンは顔をしかめ、腹立ち紛れに悪態をついた。「あいつはサツかもしれない」

「そんなことないって」スクーターは言い張った。

「あいつって？」スカイラーは尋ねた。体が爆発しそうだ。息が詰まり、目の前で星が散り、死の闇《やみ》が降りてくる。

まさか、キャットのことじゃないわよね？

「誰だ、あいつっていうのは？」デヴィッドも吐息とともに声を絞りだす。

クインティンが彼らの興味を振り払うようにフォークを振った。「あんたがたには関係ないことだ」

スカイラーは、デヴィッドが真剣な表情で身を乗りだすのを見て驚いた。「君たち、吹雪のなかに放りだされたことがあるのかい？　こんな日に外にいたら、まちがいなく命はない。数年前には、ある老女が吹雪が通り過ぎたあとに死んだことがある。郵便受けに手紙を取りに行っただけで凍え死んだんだ」

スクーターはクインティンに目を向けた。「あいつはサツなんかじゃねえよ。必要もなく人を死なせるのは趣味じゃない」そこでふと、やわに聞こえたと思ったのか、つけ加えた。「だが、おまえら忘れるなよ。こっちには銃がある。いざというときゃ、いつでもぶっ放すからな」

「最初はママだ」クインティンがやさしげな声で言う。スカイラーは顔を上げ、彼を睨んだ。クインティンはいきなり笑いだした。「そら、まるで雌ライオンだ。子どもが脅されるよりましだとあんたは思っているかもしれない。あんたにとっちゃそうだろう。だが、子どもたちにすれば……自分のせいで母親が死んだとなれば、まともに生きていけるかどうか」

「なるほど、これで合点がいった」突然、パディが声をあげた。

「合点がいっただと？　なんだ、老いぼれアイリッシュおやじ」クインティンが尋ねた。

「あんたも母親に捨てられた口だな」パディが言う。

「捨てられてなんかない」クインティンがかっとなって言い返す。「あの飲んだくれの売《ばい》女《た》は勝手にくたばったのさ。たいがいにしとけよ、じいさん。次はおまえだ」

「捨てられたって話の続きだけど……」スカイラーが割って入る。「あなたたち、外に誰か置き去りにしたの？」

クインティンがにやりと笑う。「仲間をもうひとりここに招き入れれば、いよいよそっちが不利になるぜ。それでもいいのかい？」

ただでさえ頭が混乱しているのに、またしても難しい選択を突きつけられて、さすがのスカイラーも顔をしかめずにいられなかった。

「いいってことさ。あんたたちはほんとに善良な市民だ」意外にも、クインティンはそう言った。

「あいつをあのままにはしておけないよ」スクーターは引かない。

「せっかくのごちそうが冷めるぜ。第一、どうやって連れてくるんだよ」クインティンが言った。

「そいつらふたりに車からここまで運ばせる」スクーターはデヴィッドとフレイジャーに顎をしゃくった。「おまえはここでママに銃を突きつけていればいい。そうすりゃ誰も下手な真似はしないさ」

「地獄の沙汰《さた》のような風だぞ」パディが言う。

「そうらしいな」クインティンはうなずいた。「たっぷり着こんでいくことだ」

頭をずいぶん強く殴られたらしい。クレイグはうめいた。体が震え、歯が鳴る。もう一度、目を開けてみた。

なんとか起きあがって、ここがどこか確かめる。たちまち気持ちが沈む。

ああ。吹雪と痛みで混乱して、ありもしない懐かしい風景が見えてしまうだけだと思いたかったが、頭ははっきりしていた。いま目に見えているものはまちがいなく現実だ。

キャットの家族が所有する別荘。〝いまだに近所づきあいって言葉が生きている、いまどき珍しい現代の秘境よ〟と、彼女がいつも冗談を飛ばしていた場所。

キャット。

彼女の音楽、彼女の笑い声。鮮やかすぎる記憶がよみがえる。家族がいない週末、ふたりでよくここに来たものだった。夜はソファで寄り添い、古い映画を観た。どうしても握らずにいられない手と手。

心のなかのスクリーンで『カサブランカ』が上映される。ハンフリー・ボガードの台詞が聞こえてくる。〝世界に星の数ほど店はあるのに、彼女はおれの店に来た〟

ただし、キャット・オボイルが彼の人生に現れただけではない。彼もまた、彼女の人生に深く分け入ったのだ。

まさか、違うさ。あの家なんかじゃない。そしてもう一度見る。

やっぱりそうだ。白と黒のペンキ。ちまちまと細かい派手なビクトリア朝風の装飾。ポーチ、なだらかな坂になっている前庭……。あの家だ、たしかに。

留守かもしれないじゃないか。だが、家族は揃《そろ》っているとクレイグにはわかっていた。窓の灯《あか》りが見えるし、居間ではクリスマスツリーが色とりどりの電飾で光っている。

まったく、キャットの家族の気が知れない。彼らの住まいはボストンだ。せっかく別荘を買うなら、なぜもっと温暖な土地にしなかった？　ここではないどこかほかの場所に。

でももしかするとキャットはいないかもしれない、とはかない望みを託す。

いや、あのキャットが家族とクリスマスを過ごさないわけがない。

クレイグは目を閉じた。あの家が消えてなくなればいいのに。そしてまた目を開け、いっそ外に出ようかと考えた。でもすぐに思い留《とど》まった。いまや後部座席は、氷山に閉じこめられたかのように冷えきっていたのだが。

たとえたまたま用事があってキャットがいなかったとしても、家族はなかにいる。一度も会ったことはないが、なんだか他人のような気がしなかった。自分の考えをけっして曲げない頑固者の父。双子の兄のフレイジャーだけは一度顔を見たことがある。大学で彼が歩いているところを遠くからキャットに教えてもらったのだ。そして弟のジェイミー。会ってみたかったな。キャットはよく家族について不満を漏らしていたが、それでもそこには愛情が滲《にじ》んでいた。

両親はとにかく旧式なの、と聞かされたことがある。〝ふたりともアメリカ生まれだけれど、祖父母はアイルランド移民で、父も母もアイルランド文化にどっぷり浸って育ったの。じつはこっちに渡ってきたばかりなんじゃないか、と思えるくらい、ふたりとも生粋のアイルランド人なのよ。父に言わせると、メキシコ料理くらい気色悪いものはないし、スシに至っては、そんなもの食ってるとそのうち死ぬぞ、と脅される始末。一度パブにカントリー歌手を招いたことがあるんだけど、そのとき母は、とうとう国を裏切ってしまったと言わんばかりに暗い顔をしてたわ〟

両親は寄ると触ると喧嘩《けんか》してるわ、とキャットは言った。いっそ離婚しちゃえばいいのに、とこぼしたことさえある。

だめだよ、と彼は諭した。結婚の価値を信じて、何があっても続けていこうとするのはすばらしいことだ。自分の両親の仲について彼女に話したことはなかった。もちろん両親は彼を傷つけるつもりはなかったのだろう。本当はきちんとした人間なのに、自分たちの怒りや苦痛にかまけるうちに、息子のことが目に入らなくなってしまったのだ。そうして時が過ぎ、傷は癒《い》え……何もかも取り返しがつかなくなった。

彼はまた目を閉じ、そして開いた……車の窓から顔がのぞいている。

キャットの顔。

彼は目をぱちくりさせて幻を消そうとした。そのときドアが開く音がして、これは現実だと気づく。

「クレイグ？」彼女にも信じられないらしい。「クレイグ・デヴォン？」

「キャット？」視界がはっきりしないし、頭に蜘蛛《くも》の巣がかかっているみたいだ。だがそんなことは言っていられない。すぐにでも脳をフル回転させなければならない。

「まあ！　ここで何してるの？　あの男たちに誘拐されたの？　それとも……」

そこでキャットは口をつぐみ、彼をまじまじと見た。クレイグの体が固まり、心が凍りついて、一瞬にして粉々に砕ける。

「刑務所に入ったと聞いたわ」彼女の声が、周囲に降り積もる雪さながらに冷たくなる。

刑務所？　クレイグは思わず笑いだしたくなった。彼女は何も事情を知らない。もちろん、僕が仕向けたことだ。僕が選んだ人生は、愛する女性と分かちあえるような代物ではなかった。愛し、愛されたいと心から願っていた女性とは。

キャット。

ああ、まさか。世界に星の数ほど店はあるのに……。

くそ、頭が割れるように痛み、舌が喉につかえる。でもしゃべらなければ。大急ぎで。

「君こそここで何してるんだ？」彼は尋ねた。「君の家に入っていったあの連中は――」

「わかってる」キャットが冷ややかに言う。

「じゃあ、どうやって抜けだした――」

「彼らは、私がいることを知らないの」彼女は言った。

周囲の世界が動きを止めたかに思えた。降りつづく雪を透かして届く月明かりに、やさしく照らされているキャット。豊かな赤毛は、彼女の顔のまわりで燃える絹の炎のようだ。薄暗いなかでも、瞳ははっきり見える。懐かしい瞳。分類するとすればはしばみ色だが、それではその複雑な色あいを説明しきれない。緑、金色、ときに太陽のように、ときにエメラルドのように。でも今夜そこには失望があふれ、激しい嫌悪さえ垣間見えた。

「誘拐されたわけじゃないのね？」彼女が尋ねる。

クレイグはなんとか体を起こそうとする。「違う。だがキャット――」

物音を耳にして言葉を切り、振り返る。ちょうど家の扉が開くのが見えた。ふたりの男を連れたスクーターだ。クレイグは目を細めた。おそらく、キャットの兄と父親だろう。

「キャット」必死の思いで、彼女の両肩を掴む。「誰かこっちに来る。あいつらのうちのひとりだ。もし本当に連中に気づかれてないなら、急いでここから離れるんだ。いいな？姿を消せ」

「あなたも仲間なのね」

「違う……正確には。僕はやつらのひとりに殴られて――」

「殴られた？」訝《いぶか》しげにキャットが口を挟んだ。

「ああ。それで僕はここに置き去りにされた。とにかく早く行くんだ！」

男たちは私道をこちらにやってくる。キャットにも彼らの姿が見えはじめた。スクーターと彼女の父親とフレイジャーだ。

「クレイグ、あなたが彼らの仲間なら――」

「頼むよキャット、やつらは何をするかわからない。助けを呼びに行け」

「助けを呼びに？」彼女はおうむ返しに言った。「この風で、ここまでたどりつくのもやっとだったのよ。いま出てきた三人が風に負けないように背中を丸めている様子を見てよ。これでどこに行けるっていうの、クレイグ？　どうやって助けを呼べと？」

どこもかしこも新雪だ。連中は彼女の足跡に気づくだろう。だが風はいよいよ強くなり、咆哮《ほうこう》をあげている。巻きあげられた雪が、足跡を隠してくれるかもしれない。

彼は体を起こし、もう一度キャットの肩を掴んだ。彼女の瞳が見える。黄金とエメラルド。胸が締めつけられる。人生で初めて出会った神様からの贈り物だったのに、僕が自分で台無しにしてしまった。「お願いだ。スクーターに見つかるまえにここを離れ、助けを呼んできてくれ」

「助けなどどこにもないわ、クレイグ」

「じゃあどこかに隠れるんだ」

「隠れる?」彼女は憤慨した様子だった。「家族が人質に取られているのよ。ただ逃げて隠れるなんてできっこない。あなた、銃は持ってる? 持ってたら貸してよ、頼むから」

「キャット、僕は銃は持ってないんだ」

「でも彼らの仲間なんでしょう?」

「キャット、頼むから早く行け!」

「仲間なの? 仲間じゃないの?」

「キャット、僕は……」

痛みと、彼女の軽蔑《けいべつ》のまなざしで、頭がずきずきする。もし彼女があいつらに捕まったら……ああ、もし捕まったら……そこで彼は目を開き、見上げる。

キャットはいなかった。雪のなかに姿を消した。

雪よ、もっと降れ。風よ、もっと吹け。彼女の足跡をすべて覆い尽くせ。

スクーターたちはもうそこまで来ていた。キャットが使ったドアはまだ開いていたし、彼女がいた痕跡《こんせき》もはっきり残っている。力を振り絞って車から転がり落ちると、雪の上に倒れこみ、彼女の足跡の上に身を投げだした。頭に渦巻く思いがクレイグを責め苛《さいな》む。かつて僕はいまとは別の世界に住んでいた。美しい赤毛の学生と恋に落ちた。ふたりは自炊したり、テレビで古い映画を観たりして、お金を節約した。

ボギー。

バーグマン。

カサブランカ。

世界に星の数ほど店はあるのに……。

逃げろ、キャット、逃げろ。

3

台所に残された者は全員クインティンに目を向けていた。例外はアンクル・パディだけで、顔も上げずに食べつづけている。「おまえ、今回はずいぶんと頑張ったな」おじはスカイラーに言った。「ほんとにうまい。そうは思わんか、クインティン？　たしかそんな名前だったよな？」

クインティンはスカイラーとジェイミーを見つめ返していたが、いまの問いかけでパディに視線を向けた。「ああ、すごくうまい」

「ありがとう」スカイラーは告げた。ばかみたい。殺人鬼に料理を褒められて、お礼を言っている。でも、とにかく全員でこの危機を乗りきらなければ。そのために礼儀正しくしなければならないなら、教養学校《フィニッシング・スクール》の卒業生総代にも負けないくらい、とことん礼儀正しくふるまうつもりだった。

「いつも、たっぷり時間をかけて料理するんだろうな？」クインティンが尋ねた。

「そうでもないわ」スカイラーは何気なく立ちあがろうとした。クインティンが身がまえる。「ごめんなさい。ただビールを取りに行こうと思っただけよ」

「じゃあ、ついでにおれにも一本頼む」クインティンが言った。

「おいおい、わしもパーティに加えてくれ」パディが言う。

ブレンダさえ口を開いた。「ミセス・オボイル、私もいただけますか？」

「六本パックを取ってくるわ」スカイラーは言った。かわいそうなブレンダ。こんなところに来るんじゃなかった、と思っているにちがいない。家族と過ごすことだってできたのに。それを言うなら、フレイジャーだってそちらを選べたのだ。

ふたりがここに来たのは、言わば私のせいだ。後ろめたい気持ちにさせようと、それとなくほのめかしたから。〝でもフレイジャー、あの家がまだあるうちに来るべきよ。だってほら、まもなく手放すかもしれないでしょう？　あなたたちももう喜んであそこに行く年じゃないし、持っていても仕方がないもの。だからせめて今年だけでも……〟

せめて今年だけでも。だからフレイジャーは、恋人のブレンダと一緒に、こうしてここで過ごしている。おかげで、私の道連れになって死ぬかもしれないのだ。

そんなふうに考えるのはよしなさい、と自分を叱《しか》る。でも考えずにいられなかった。この連中は、本当に私たちを見逃してくれるかしら？　その殺伐とした様子からすると、すでに人を殺しているのだろう。どうせ終身刑になるのなら、何人殺したって同じじゃない？

「デザートもあるのかい？」クインティンが言った。まるで本物のお客気取りだ。

「ブルーベリーパイ、アップルパイ、チョコレートチップクッキー」スカイラーは告げた。

「すげえ」

「両親はアイリッシュ・パブを経営してるんだ」ジェイミーが言った。

「ブルーベリーパイってのはアイルランド名物なのかい？」クインティンが尋ねる。

「世界じゅうどこにでもあると思うけど」スカイラーはさらりと言う。

「パンプキンはどうさ？　あれを食うのが伝統じゃないのか？」クインティンが言った。

「それは感謝祭だよ」ジェイミーが異議を唱える。

「明日のディナーにはパンプキンパイを作るわ、もしよければ」スカイラーはクインティンに告げた。

「いいね、かぼちゃは好物なんだ」彼は眉をひそめた。「で、店はどこなんだ？」

「ボストンよ」

クインティンが笑いだした。「住まいはボストンで、ここは別荘ってわけか？」

「おい、誰か手伝ってくれ！」玄関から響いたスクーターのどなり声が会話をさえぎった。

全員がさっと立ちあがり、そちらに駆けだす。スクーターの前で、フレイジャーとデヴィッドが意識の朦朧《もうろう》とした男の体を支えていた。男は目を閉じ、彼らが歩くとかろうじて足を動かした。謎《なぞ》の〝サツじゃない〟男ね、とスカイラーは思った。

根っからの悪人という感じがするクインティンやスクーターとは明らかに雰囲気が違う。年もいちばん若い。フレイジャーやキャットとそう変わらないくらいだ。

そして怪我《けが》をしている。流れた血はすでに乾き、額を汚し髪をこびりつかせている。淡い色の髪だ。まつ毛を震わせ、彼女を見上げる。一瞬、その目が大きく見開かれた。まるで彼女のことを知っているかのように。彼女に見覚えがあるかのように。思いすごしだわ。こんな男、一度も会ったことがないもの。

唇に痛々しい笑みを浮かべたかと思うと、また目を閉じ、こうべを垂れた。なんとか立っているのは、夫と息子に両脇《りょうわき》から支えられているからにすぎないようだ。

ここにたどりつく途中で顔から雪に突っ伏したらしい。夫と息子のあいだでうなだれてはいるが、背は高そうだ。たぶんふたりと同じくらいだろう。いまはぐったりしているものの、体は引き締まっていて、泥棒というより運動選手のようだ。

ほんとに？　スカイラーは自分で自分に問いかけた。典型的な泥棒の格好なんて知りもしないくせに。でもほかのふたりは隙《すき》がなく危険で冷ややかで……情け容赦がない。

「ソファに下ろして」彼女は言った。

横たえるとすぐ、スカイラーはその横にひざまずき、頭の傷を慎重に調べた。男はいたたまれずに声をあげ、目をまた開けた。明るいところで見ると濃い青だ。

「おい」スクーターが見とがめた。「手荒に扱うなよ」

「いまさら何を言う」クインティンがつぶやいた。

「傷の程度を確かめていただけよ」スカイラーは言った。「脳震盪《のうしんとう》を起こしているみたい」

彼女はクインティンとスクーターを交互に見た。「車に置き去りにするなんて。死んでいたかもしれないわ」

その言葉に部屋のなかがしんと静まり返る。

たぶん彼らは、あるいはふたりのうちどちらかが、実際に男を殺すつもりだったのだ。もしくは、死んだら死んだで仕方がない、と考えていた。そのときスカイラーは、男を家に運び入れるかどうかで揉《も》めたときのクインティンの憮然《ぶぜん》とした態度を思い出した。

「だから言ったんだ」スクーターは言った。

「報いだよ」クインティンが言い返す。

報い？

じゃあ、誰がこの人を殴ったの？　今晩ここに来るまえに彼らが会った誰か？

それともクインティン？

「ジェイミー、救急箱を持ってきてくれない？　二階の私の部屋のバスルームにあるわ」

かちりという音に、スカイラーはびくっとして目を上げる。クインティンが銃の安全装置をはずし、引き金に指をかけていた。

「救急箱を取ってくるだけだよ。誓って」ジェイミーがクインティンを見つめて言った。

「お願い」スカイラーが小声で言う。「この人、あなたのお友だちでしょう?」本当にそうであることを祈りながら彼女は言い添えた。

「おれが一緒に行くよ」スクーターが言う。

「ぐずぐずするなよ」クインティンが釘《くぎ》を刺した。「食事はまだ終わってない。デザートもだ」

ジェイミーとスクーターが階段を上がる足音が響き、スカイラーがふと気づくと、ほかの全員がまわりに集まっていた。フレイジャーはブレンダを守るように肩を抱きながらも、クインティンと銃を睨《にら》んでいる。アンクル・パディは押し黙ったまま杖《つえ》をついて立っている。デヴィッドはぴんと張ったピアノ線のように緊張して彼女を見つめている。

その目は苦悩に満ち、とても見ていられなかった。自分が撃たれるかもしれない、という恐怖以上にスカイラーはぞっとした。ほかにも恐怖はある。もし家族が皆殺しになったら。もし誰かが誤った行動をとってしまったら。

あるいは、とるべき行動をとらなかったら。

ジェイミーが救急箱を持って戻るとすぐ、スカイラーは消毒液を見つけて傷に塗った。作業に没頭して、恐怖心から目をそむける。男はそんな彼女をずっと見つめている。

ブレンダが近づいてきたとき、スカイラーは驚いて前のめりに倒れそうになった。「骨折箇所などないか診てみましょう、ミセス・オボイル。私、医学部進学課程なんです」

「よかった、ありがとう」スカイラーはつぶやき、驚きを隠そうとした。そういえば、ブレンダは優秀なんだとフレイジャーが話してたっけ。

「脳震盪だけのようです」少しして、ブレンダは自信に裏打ちされた冷静さで言った。「それほど心配はないと思いますよ」

スカイラーとブレンダはたがいに目を見交わした。スカイラーにさえ、彼をこんなソファになど寝かしておくべきではないとわかった。本当なら、いますぐ病院に運ばなければならない。でもそれは無理な相談だった。彼は乗りきるしかないのだ。それも自力で。

クレイグ・デヴォン。

まさか、こんなことが。

キャットは頭がどうかしそうだった。なんとか建物の裏に回りこむことに成功し、そこでなら、少なくとも壁に張りついていれば、激しい風をしのげた。とりあえずほっとしたものの、体の外側だけでなく内側まで冷えきっていた。

クレイグ・デヴォンはこの家に押し入ってきた怪物どもと関係している。

彼と初めて会ったときのことははっきりと覚えていた。大学一年生のキャットにとって、クレイグみたいにすてきな人を見るのは生まれて初めてだった。まさに小説みたいな出会い。混雑する教室の奥にいる彼にキャットが気づき、やがてクレイグも彼女に気づいた。

別れたあとはしょっちゅう思い出ばかりたぐっていたが、思い返すと最初からなんとなくおかしかったのだ。彼にすっかり夢中になり、だからこそ、双子の兄にはあえて紹介しなかった。フレイジャーが兄貴風を吹かせて保護者気取りになったらたまらない、と思ったからだ。毎朝目覚めるたび、ここがクレイグのベッドだったらいいのに、と胸を焦がした。家族内のごたごたについて打ち明けては、ふたりで笑い飛ばしたものだった。両親や兄弟のことは包み隠さずなんでも話した。のみならず、パブやアンクル・パディのこと、祖父母を恋しく思う気持ちについても。子どものころは、祖父母のおかしなアイルランド訛《なま》りが友人の家族との違いを強調するような気がして嫌っていたけれど、大人になってみると、彼らが遠い過去や彼方《かなた》の土地の物語の宝庫だったことに気づき、もっと話を聞いておけばよかったと後悔した。キャットは、まるで開いた本のように、何ひとつ隠しごとをしなかった。

でも彼は短編小説を語ることさえなかった。

あの人は最初から犯罪者だったの？　キャットは考える。いったいどういうわけで、彼とあの怪物どもはうちの別荘の前の新雪に車を突っこんだのか？　ひょっとして彼は……。人を殺したの？

まさか。信じたくなかった。

だけど、私の家族を人質にしているあのふたり組とクレイグのあいだに何か関係があるのはまちがいなかった。

キャットは、ふたりが別れたときのことを回想していた。あのころ未来は明るく輝いて見えた。彼女と違って、クレイグは音楽を専攻しているわけではなかったけれど、よくふたりでデュエットしたり、バンド仲間に加わったりした。彼は、週末だけロックスターを気取る連中と遜色《そんしょく》ないくらいギターが弾けた。国際法を専攻する四年生で、毎学期、優等生名簿に載るほどの秀才。いつの日か、世界を背負って立つ人間になる、そんな予感さえ感じさせた。みんなに人気があり、ジムで鍛え、体の不自由な学生には手を貸す。そういう……すばらしい人だったのだ。

ときどき、ふたりで勉強しているときにふと目を上げると、クレイグがじっとこちらを見ていることがあった。何をするでもなく、ただひたすら、とても温かな目で彼女を見つめているのだ。ふっとほほえんでまた勉強に戻ることもあった。でも、その場で本を伏せ、けっして彼女から視線をはずさずに、ゆっくり、いたずらっぽく唇に笑みを浮かべることもあった。すると突然、彼の瞳に熱い情熱が宿るのだ。そう、あのときふたりは若かった。

クレイグの前は、セックスの経験といえば、高校時代に熱を上げたピート・バローズを相手に三回だけ。それも、いかにもぎこちないものだった。でもクレイグとつきあうようになって初めて、セックスとは何かを知った。興奮。クライマックス。相手の視線や匂《にお》い、言葉、指先だけで高まっていく切実さ。彼はやさしく、力強く、刺激的だった。彼といて気詰まりを感じたことは一度もない。いつも底抜けに楽しくて、笑い声が絶えなかった。

あるとき、ふたりで裸で寝そべり、鼓動が収まるのを、呼吸がもとに戻るのを待っていると、クレイグが突然彼女に向き直り、こう尋ねた。「ねえ、例の海賊映画の新作、子どもと大人とどちらに人気があるか知ってるかい？」

「え、知らない」

「ヨーホー」彼が海賊の真似《まね》をして答えると、ふたりとも大笑いした。

「それって最悪のギャグだわ」キャットはそう言いつつも、また抱き寄せられ、愛の行為が始まると、すぐに彼を許してしまった。

完璧《かんぺき》な日々だった。成績も上がり、毎日楽しくて、どうにかなりそうなほど恋していた。ところがある日、出し抜けに彼が言いだしたのだ。僕は生活を変えるつもりだ、じつは君とのことは遊びだった、卒業したらすぐこの土地を出ていく、と。

ショックで何も考えられなかった。一週間酒浸りになり、泣き暮らし、危うく落第しそうになった。卒業式にも行った。一縷《いちる》の望みを託して……でも彼は現れなかった。

両親に八つ当たりし、兄弟を無視した。いまから考えると、人生の半分と思えるほどの時間、自己憐憫《れんびん》の泥沼でのたうちまわって過ごした。でもついに立ち直った。じつはろくでなしだったあんな男のせいで、人生を台無しにするわけにはいかないと、心に決めたのだ。

そしていま……ふたたび彼が現れた。こんなことってある？

彼はただ……立ち去ったのだ。彼女から、彼のそれまでの人生から。でもどうして？　犯罪者になるために？　ある朝目覚めてふと思いたったの？　なるほど、社会のくずみたいな連中と仲良くして、盗みを働いたり、場合によっては人を殺したりするのも楽しいかもしれないぞ、って？

そのときキャットは気づいた。寝室にあるいちばん暖かい服を着てきたとはいえ、このままでは低体温症になってしまう。移動しなくては。出てきたときと同じように、地下室の窓からまた家のなかに戻ればいい。

かじかむ足を必死に動かして裏口へと向かい、窓からなかに忍びこむ。ドアはきしむので、さっきはあえて使わなかった。この窓から簡単に空き巣に入られるわよ、とパパに注意しとかなきゃ。そう思いながら、噴きだしてしまう。今晩私たちはご丁寧にも玄関から泥棒を招き入れたのだから。いいえ、ただの泥棒じゃないかもしれない。

キャットは身震いし、自分をぎゅっと抱いて、体を温めると同時に緊張をやわらげようとした。階上の食料庫に続く石造りの階段からぼんやりと漏れる光を頼りに、あたりを見まわす。

最初にこの地下室に下りてきたときは、まだ希望があった。何か武器になりそうなものがあるにちがいないと思っていたのだ。庭師はいつも何かしら道具を忘れていくものだ。

ところが今回にかぎって忘れ物をしなかったらしい。そこにあるのは卓球台とラケットとボールだけで、あとはがらんとしている。箒《ほうき》ひとつない。

でもたとえ何か見つかったとしても、それがなんの役に立っただろう？　相手はふたりだ。いや、もしクレイグが少しでも回復すれば、三人になる。

いいえ！　心が声を張りあげる。クレイグには、私の家族だとわかっている。私のことも、家族のことも、彼が傷つけるはずがない。そんなの甘い？　そうよ、いまとなっては私が彼の何を知っているというの？　彼が冷酷に別れを告げて立ち去って以来、一度も会っていないのだ。もしかして、薬物依存症にでもなったの？　だから人生の方向転換をしたの？　車のなかの彼に薬の影響は感じられなかった。ただ怪我をしているように見えただけだ。やつらのどちらかにやられたの？　あるいは、ここに来るまえに誰かを襲って、そのときに負傷したとか？

キャットは食料庫に続く石造りの階段を忍び足で上がり、建物の裏側にある使用人用の階段室に身をひそめた。

もちろん使用人などいないけれど、この屋敷が建てられたのは、マサチューセッツ西部が好景気に沸いていたころだ。そのだだっ広さと利便性の悪さ、それに暖房費がやたらとかさむことが、何年も前に相場よりかなり安くここを買えた理由だった。

近所に助けを求めに行ければそれに越したことはないのだが、いちばん近い人家は一キロ近く離れている。この吹雪のなか、あいだに横たわる森の抜け道を見つけられるかどうか自信がなかった。かといって道路をたどれば三キロ以上あり、とても体がもたないだろう。そもそも、モリソン一家が在宅しているか、いなくてもなかに入れるかどうかわからない。以前アーティー・モリソンが父に、フロリダにコンドミニアムを買って冬はそっちに行くと話していた。すでに夫婦は定年退職し、子どもたちも巣立ってしまったからだ。とすると、次に近いのは骨董《こっとう》品店だが、そこは休日で閉まっている可能性が高い。ハドソンは病気だ。がんを患っているのだ。休暇のあいだは息子のイーサンがいるロサンゼルスに行き、一月中に息子とともにこちらに戻って、店を閉めてしまうらしい。そう母が寂しそうに話していた。残った在庫品は、息子夫婦の住むカリフォルニアに送る手配をするのだという。そのあとは……さらに七、八キロ歩かなければ人家はない。

車での移動もまず無理だ。わが家の車は車庫のなかだけれど、扉はすでに雪に埋もれている。いちばん期待をかけていたのが犯人たちの車だった。なかにいるクレイグを見つけたのはそれが理由なのだ。とはいえ、彼がいなかったとしても、ショックで私の頭が麻痺《まひ》しなかったとしても、あの車は動かせなかっただろう。車は頭から新雪に突っこんで、ボンネットがつぶれていた。あれではどうしようもない。

犯人たちは天気が回復したら、わが家の車を盗むつもりなのだろう。どうせ誰も使うあてのない車だ。ひとりとして生かしておくつもりはないのだから……。

やめなさい、とキャットは自分を諭した。どんな連中かわからないじゃない。逃げおおせる自信があるから、平気で名前を明かしたのかもしれない。たしかに銃は持っているけれど、使うとはかぎらない。

いいえ、楽観的すぎる。せめてもの救いは、それがランプだったことだ。少なくとも、あのスクーターと名乗る痩《や》せた男は、私の家族を撃ちはしなかった。いまのところはまだ。

深呼吸して。キャットは自分に命じた。深呼吸して、頭を働かせなさい。

いいわ、ここからどこにも行けないってことは、助けを呼んでくることもできない、ということだ。第一、外をさまよって行き倒れにでもなったら、目も当てられない。でも、地下室でうろうろしていても埒《らち》が明かない。

どこかに銃がしまってあれば。

でもパパにかぎってありえない。

父はパブにさえ銃を置かない。そんなことをしたらママとの撃ちあいになる、と茶化して。でも本当は、銃を信じていないからだ。父は銃が嫌いなのだ。銃を抜けば、敵を即座に倒す代わりに相手に奪われ、自分や罪のない部外者が死ぬはめになる。父はそれを恐れていた。それに、パブのすぐ近くに交番がある。

だから銃は探すだけ無駄だ。でも、銃を持っている相手と、素手でどうやって戦えというの？　何か手があるはずだわ。

　キャットは食料庫にそっと移動し、身をひそめて耳を澄ました。もれ聞こえる声は明《めい》瞭《りょう》ではないけれど、全員が居間にいて、スクーターという男がしゃべっているのがわかる。応答しているのは母だ。しばらくすると耳が慣れてきて、会話がところどころ理解できるようになった。

「頭に……ひどい打撲の跡……」母が言う。「消毒しておいた……生え際には大きな切り傷が……しばらくは眠らないように気をつけ……」

「こいつなら大丈夫だよ。食事が冷める……」スクーターが文句を言う。

「こいつを……したのはおまえだろ」クインティンが釘を刺す。

「僕は……凍え死ぬところ……ぞ！」

　いまのはクレイグの声だ。彼はクインティンに言い返した。つまり、クインティンに怒りをぶつけることができるくらい気安い仲なのだ。キャットは暗《あん》澹《たん》とした。やっぱりクレイグはあの男たちの仲間なのね。

「台所に……戻ろう」クインティンが言った。

「救急箱を片づけ……」ジェイミーが言う。

「放《ほう》っておけ」クインティンが命じる。

「こいつ……どうする？」スクーターが尋ねた。

こいつ？　キャットは眉をひそめ、それからクレイグのことだと気づいてほっとする。

「ここで……クリスマスツリーでも眺めて……もらうさ」クインティンは答えた。

ごそごそと人が動く音、口々に何か話す声が聞こえた。おそらくクレイグを居間に置き去りにして、ほかは全員台所に戻ったのだろう。戦略も武器もないキャットとしては、退却するほかなかった。彼らがこちらのほうに近づいてくる音を利用して、彼女も使用人用の階段を上がって二階に戻った。


デヴィッド・オボイルはテーブルの自分の席に座り、無力感に打ちのめされ、怒りに震えていた。屈辱どころではなかったが、どうすることもできない。とにかく、口をつぐんでおくことに全力を注いでいた。心のなかで同じ祈りの言葉をひたすら繰り返す。神様、お助けください。どうか神様、お助けください。神様、お助けを……。

何度も妻と目が合い、そこに懇願を読みとった。黙ってゲームを続けないかぎり、全員が殺されずにすむ道はないのよ、と。

たいしたゲームじゃないか。

おそらくは冷酷な殺人にも手を染める薄汚い犯罪者が、ディナーのテーブルを囲んでいる。彼のディナーのテーブルを。やつらは料理を褒め、彼の酒を飲み、まるでここの一員のような顔をして会話に加わっている。

たとえ銃弾を食らうことになろうとも、本当はいますぐどちらかに飛びかかりたい。だが、そんなことをすれば、スカイラーか子どもたちのどちらかが、別のひとりに撃たれるだろう。ああ、せめて相手がひとりだったら……だが向こうはふたり組。

いや、いまや三人組だ。

ひとりは居間でたぶん気を失っているだろうから、いまは勘定に入れなくていい。あいつは若かったし、ほかのふたりほど残忍ではなかろう。いや、楽観はできないが。くそ。

彼はパディのほうを見た。あのじじいめ。まるで、久しぶりに会ったダブリン時代の僚友か何かのように悪党どもとくっちゃべり、グラスに次々ウイスキーを注《つ》いでいる。アルツハイマーじゃあるまいし、同じ話を何度も何度も繰り返しながら。

グラスにウイスキーを満たす……。ひょっとして、やつらを酔わせようとしているのか？

そうかもしれない。考えてみれば、悪いアイデアじゃない。そうさ、いままでいろいろ考えを巡らせたが、これ以上の名案はなかった。英雄気取りはもってのほかだ。クインティンはスカイラーを殺すと断言したし、その言葉に嘘《うそ》はないとデヴィッドにも思えた。

「で、いつアイルランドからこっちに来たんだい、じいさん？」クインティンがスカイラーのとっておきのシングルモルトをもう一杯注がせながら尋ねた。

「六四年の夏だ」パディは言った。「暴力に別れを告げたのさ」彼は一同にウィンクした。「アメリカに着くとすぐ、仏教徒になろうと決めた」

「おじさんは仏教徒なんかじゃないだろ」ジェイミーが言った。

「アルコール教徒さ。そいつがおじさんの信仰だ」フレイジャーがクインティンとスクーターに言った。でもその言葉にけっして悪意はなかった。大おじにちらりと目をやったとき、笑みさえ浮かべていた。

「そのとおりだ。わしは上等のシングルモルトを崇拝しておる」パディはうなずいた。

「じゃあそれからパブを始めたのか？」スクーターが尋ねる。

「いや、わしが始めたんじゃない。すでにこの世にいない愛する姉とその亭主が店を始めたんだ。わしはそこに雇われていたにすぎん」

「渉外担当のつもりだったのさ」デヴィッドもそんな軽口を叩《たた》いた。しかし彼の声にも悪気はない。

　おじをばかにして、ここから出ていってほしいなんて考えた私が悪かった。そうデヴィッドは思った。クリスマスツリーを巡ってフレイジャーと喧嘩《けんか》したことも後悔していた。子どもたちの粗探しばかりしていたことを申し訳なく思った。

　テーブルの向こう側にいるフレイジャーを眺める。あと数時間もすれば、全員この世にいないかもしれないのだ。いや、全員じゃない。そんなことはこの私がさせない。いざというときは……。

その〝いざというとき〟ってのはいつだ？　自分がひとりに飛びかかり、ほかの全員で残るひとりを押さえつけてくれれば、誰かは生き残れるだろう。

だが、まだしばらく猶予はあるはずだ。風と雪が荒れ狂っているあいだは。侵入者たちに出す食べ物があるあいだは。家族が連中を楽しませているあいだは。

ブレンダにも伝えたかった。私たちは君を歓迎している、フレイジャーと君の幸せそうな様子を見てとてもうれしい、と。

だが、女たちのほうには関心が向かないようにしたかった。もしかすると、クインティンとスクーターは人殺しであるだけでなく、強姦魔《ごうかんま》かもしれないのだ。実際、連中がいままで女に手を出さなかったのは、クインティンが二丁の銃をいつでもすぐ使える状態にしておきたかったという理由だけかもしれない。

デヴィッドはまた、何か手はないかと空《むな》しく知恵を絞りはじめた。

彼女はそっと階段を下りてきた。両親のクローゼットで見つけた白いパーカーに赤毛が映え、まるで怒りに燃える復讐《ふくしゅう》の女神だ。

クレイグはぎょっとして、台所のほうに目を向けた。居間に誰かが戻ってくる気配はないが、クインティンとスクーターにはこのままキャットの存在を伏せておきたかった。

「何してるんだ、こんなところで？」近づいてきた彼女にクレイグは言う。

「あなたこそ、何してるのよ？」キャットが問い返す。

「聞いてくれ――」彼女が充分近くに来たところでクレイグはささやいた。

「いいえ、聞くのはあなたのほうよ。私の家族の髪の毛一本でも傷つけたら、あなたの命はない。いいわね？」

「ここからとっとと離れろって言っただろう？」彼は言った。

なんとか起きあがる。部屋がぐるぐる回っていたものの、崩れ落ちそうになる体を必死に保つ。彼女の手が顔に触れた。やわらかくてひんやりしている。

「熱があるわ」キャットが身を引きながら言った。

「ここを出ろ」クレイグは彼女に告げた。

「これだけは教えて。あなたの口から直接聞きたいの。あなた、彼らの仲間なの？」

「君にはわからない」台所の床を椅子がこする音がして、彼は言葉を切った。そろそろ戻ってくるかもしれない。「消えるんだ、いますぐ」

キャットにも椅子のきしみは聞こえていたはずだが、思わずどぎまぎしてしまうほど、ただじっとこちらを見つめている。「あなたも銃を持ってるの？　誰かを撃つつもり？」

「持っていた……だがクインティンに弾を抜かれた」

「つまり、仲間なのね、彼らの」彼女は吐き捨てるように言った。

「違う」

また椅子が床にこすれる音。

「ここを出るんだ」クレイグはもう一度言った。

今度はキャットも言うことを聞き、音もなく階段を上がって姿を消した。おりしもクインティンが部屋に入ってきた。

「起きてるじゃないか。少しは回復したのか?」クインティンが尋ねる。

「おかげさまでな。このろくでなし」

「口に気をつけろ。ろくでなしはおまえだ。それに、ろくでなしの死骸《しがい》をひとつ作ることくらい、わけもないんだぞ。いや実際、撃ち殺しておくべきだな。そうすりゃ、ここの連中もお行儀よくするはずさ」

「なるほど。なぜだ?」クレイグはクインティンを視線でそこに釘づけにした。連中をふらふら歩きまわらせるわけにはいかない。キャットが踊り場にいるのはまちがいない。たぶん話に耳を澄まし、こちらをのぞいているはずだ。

「なぜ?」クインティンは意外そうに訊《き》き返す。

「ああ。なぜあの家族に気を遣う?」クレイグは尋ねた。

「めしがうまいし、居心地がいいし、あったかい。なんだか、家族でクリスマスを過ごしているような気分にさえなってきた」

「そりゃよかったな」

「ほかにどうすりゃいい？　この吹雪じゃどこにも行けやしない。だから今夜はみんなで幸せ大家族だ」クインティンは言った。

「吹雪はそのうちやむ。それからどうする？」

「そのときゃ、おさらばするさ。おまえのことは生かしておくかもしれんし、見きりをつけるかもしれん」クインティンは言った。

「彼らはどうする？」クレイグが声を低める。

クインティンはにやりとした。「彼らはどうするって？」

「彼らの身はどうなる？」

クインティンは肩をすくめた。「そうだな、明日はクリスマスだ。人が死ぬにはふさわしい日とは言えない」

「そのあとは？」クレイグは引きさがらない。

「そのあとは」クインティンがとても小さな声で言う。「もうクリスマスじゃなくなる」

4

「言っただろ、もういらねえ、って」スクーターがいらだちを見せる。

「なんだって?」パディはウイスキーのボトルを宙で振り、しつこく勧める。「いらない?　こいつは最高の品だぜ、にいさん」

「もうたくさんだ、って言ったんだよ」スクーターが言う。

デヴィッドは、彼が本当に切れるんじゃないかとはらはらした。スクーターは口では偉そうなことを言うものの、ボスはまちがいなくクインティンのほうだ。クインティンは冷静に自分を律しているが、スクーターはかっとなると何をしでかすかわからない。

「スクーター」デヴィッドは口を開いた。

スクーターは目を丸くして彼のほうに目を向けた。たぶん、デヴィッドが名前で彼を呼んだからだろう。「なんだよ」

「アンクル・パディは……その……アルツハイマーなんだ」

スクーターは眉をひそめ、それから目を見開いた。「つまり、このじいさんはもうろくしかけてるってことか?」

「ああ」

「なんだと?」パディがむっとして言い返した。だが最初からこれはアンクル・パディの策略だったのだ。うまくいくだろうか?　わからない。だがとにかく誰もが演技をしているし、パディの芝居は誰よりうまかった。彼は一瞬うつむいた。

「べつに」デヴィッドは答える。

「頭がおかしいわけじゃない。ただの酔っぱらいだよ」ジェイミーが口を挟んだ。

「飲んだくれがはしゃいでるんだ」フレイジャーが弟に言う。

「わしはまだ酔ってないぞ、残念ながら」パディが抗議する。

「ほとんどへべれけだよ」デヴィッドはそう言いながらも、パディはまだしらふ同然だとわかっていた。長年脳を酒浸りにしてきたパディだから、ちょっとやそっとのアルコールではびくともしないのだ。

「みんなお行儀悪いわよ」スカイラーは立ちあがって自分の皿を手に取った。「フレイジャー、あの大皿を取ってちょうだい」

「何してるんだ?」デヴィッドが尋ねる。

「洗うのよ、もちろん」彼女は言った。

　まもなくみんな死ぬかもしれないってのに、皿洗いなんてどうでもいいじゃないか。デヴィッドは思った。

ただし口には出さなかった。彼がテーブルを片づけるのを手伝おうと立ちあがったとき、クインティンがさっき運びこまれた男と台所に入ってきた。

男はまだ顔色が少し悪かったが、好感の持てる笑みを浮かべた。「夕食の時間に少々遅れてしまいました。何かいただけますか？」

スカイラーは彼のほうを見てほほえんだ。「もちろん。何になさる？」

いつもながら、どこまでも慈悲深いスカイラーだ、とデヴィッドは思う。パブに鼠《ねずみ》が出ても、おいそれとは退治できない。まずいちばん人道的な鼠捕りを買ってきて、捕まえた鼠は山まで行って逃がさなければならない。たとえそれが、年じゅう残飯を漁《あさ》りに来る野良猫より大きな鼠でも。

「気分はよくなった？」スカイラーが新顔に尋ねる。

男は肩をすくめた。「お腹《なか》が空《す》いて。台所から漂ってくる匂《にお》いで元気が出たみたいです」

おめでたい話だ。こいつをわざわざ元気にしてやるなんて。「まあ座れ。皿を取ってこよう」デヴィッドは言った。仕方がないだろう？　少なくともこの男は礼儀を心得ている。

「誰がピアノを弾くんだい？」クインティンが尋ねた。

「うちじゅうみんな弾く」デヴィッドがそっけなく答える。

「家族全員ピアノのまわりに集まって、クリスマス・キャロルでも歌うってのか？」スクーターが笑い飛ばす。

「そのとおりよ」スカイラーが冷ややかに答えた。

「クリスマス・キャロルねぇ」クィンティンが思案顔で言う。「そいつは……一興だな。テレビでニュースを観《み》てもしょうがないし」

デヴィッドの背筋を悪寒が駆け抜けた。連中はニュースを観たくないらしい。なぜだ？　私や家族たちに何か知られてしまうからだろうか？　いや、この大吹雪では、まだ発覚していないのかもしれない。

「クリスマス・キャロルか、いいね」クレイグはジェイミーに目を向けた。「君の得意の楽器はいまはピアノかい？　それとも、居間にあったギターは君の？」

ジェイミーは肩をすくめた。「ギターは僕のだけど、ピアノもギターも好きだよ」

いまは？　デヴィッドは首を傾《かし》げた。この新顔は〝いまは〟と言った。まるで昔からジェイミーを知っているみたいに。だがそんなことありえない……そうだろう？

「ピアノはフレイジャーのほうが僕よりはるかにうまい」ジェイミーが続ける。

「だがその上にはパパがいる」フレイジャーが言った。「もちろんママも。クリスマスにピアノを弾くのはたいていママだ」

「ママはクリスマスが大好きなんだ」ジェイミーが言い添えた。

「クリスマス・キャロル、七面鳥……温かな家か」スクーターはほとんどひとり言のようにつぶやいた。

「つまり、家族全員、楽器ができるのか」クインティンはスクーターのほうを見て顔をしかめた。

「パブのおかげさ」デヴィッドは説明した。「スカイラーの両親から店を譲られたとき、われわれにはあまり資金がなかった。バンドを雇う余裕などなかったから、自分たちで演奏したまでだ」彼は妻を見てほほえんだ。過ぎ去った日々がふとよみがえる。貧しい時代、苦労続きの毎日、でもなんとか乗りきった。古いアイルランド音楽を聴いて育ったスカイラーは、その澄んだ美声を披露し評判をとった。息子たちはケルト音楽の流れを汲《く》むもう少しハードなロックを好むようになった。フレイジャーはブラック47というバンドのファンで、よくニューヨークまで聴きに出かけた。

突然デヴィッドは、クインティンがうらやましそうに彼を見ているのに気づいた。「おれもギターが弾きたかったんだ」彼が本心を見せたのはたぶんこれが初めてだろう。「だがてんでだめだった。ひどい音痴だった母親の血を受け継いだんだ」

「父親は?」

クインティンは肩をすくめた。「会ったことない。というか、どこの誰かも知らない」

「コードをいくつか教えてあげるよ」ジェイミーが率先して言った。

「まあ、そのうちにな」クインティンはまたもとのぶっきらぼうな口調になる。

「クリスマス・キャロルを聴こうぜ」スクーターが言った。

パディが口を挟む。「音楽はまさにアイルランドの伝統だ。うまいウイスキーとともにな。うまいウイスキーを飲めば、音楽ののみこみも早くなるってわけさ」

「歌うのはクリスマス・キャロルだよ、アンクル・パディ」フレイジャーが言った。

「みんなで先に始めていて」スカイラーが告げた。「後片づけを終わらせちゃうから」

「全員一緒にいてもらう」クインティンがきっぱり言う。

「いいわ。じゃあ先に片づけをさせて」スカイラーも引かない。

「後片づけにどんな意味がある？」クインティンが小さく言った。剣呑《けんのん》な口調だ。

しかしスカイラーはくるりと彼のほうを向いた。「明日は七面鳥を食べたいのだとばかり思ってたけど。だとしたら、今晩じゅうにここをきれいにしてしまわないと。そうして初めて物事は回っていくの。物事には順序ってものがあるのよ」

クインティン相手に堂々と渡りあっている妻に、デヴィッドは目を丸くした。スカイラーには謎《なぞ》が多い。昔からずっとそうだった。いさかいを嫌い、ふだんは世界一温厚な人間だ。なのにときどき……道理に合わない行いを前にしたら、けっして自分を曲げない。

「わかったよ。さあみんな重い腰を上げて手伝え」クインティンが言った。

スクーターはクリスマスを楽しみたがり、クインティンは七面鳥を食べたがっている。ということは、とデヴィッドは考える。少なくともいまはまだあわてなくても大丈夫、ということだ……。

 デヴィッドはそっと移動して、流しにいる妻の隣に立った。彼女が皿を水で流し、デヴィッドが皿洗い機にセットしていく。その合間に彼は妻にささやいた。「私がなんとかする」

「だめよ」

「スカイラー……」

「彼らを怒らせないで」

「スカイラー……」

「彼らは、ここを出ていくまえに私たちを殺すつもりだわ。それは確か。でもお願いだから待って。いまはまだクリスマス・イブだし、吹雪も収まってない。時間はあるわ」

「なんの時間が？」

「わからない。でも……いまはクリスマスだもの」

 そのとおり、クリスマスだ。安らぎと慰めの訪れる季節。ほんの数時間前は、パディがそこにいることに、フレイジャーが恋人を連れてきたことに、ジェイミーが部屋に引きこもっていることに、クリスマスツリーがまっすぐ立たないことに、いらだっていた。でもいまは……全員が生き延びて大晦日（おおみそか）を祝えればそれで満足だった。

 妻が澄んだ瞳でまっすぐにこちらを見つめている。奇跡を祈っている目だ。誰が拒める？　くそ、私だって、死に急ぐつもりはない。

「救世主はきっと来るわ」妻はささやき、そこで言葉を切った。ふたりともわかっていた。キャットがどこかにいるはずだと。

「そうだな」デヴィッドは言い、気を紛らせるために《きよしこの夜》をハミングしだす。そのとき、背中に何か固いものが突きつけられた。すぐに、クインティンの冷たい銃だと気づく。

「こそこそ話はやめろ」クインティンが険しい声で言う。

デヴィッドは銃をものともせずに振り返り、クインティンを見据えた。「こんなところで、どんなたいそうな相談ができるっていうんだ？」

クインティンは考えこんでいたが、やがて肩をすくめた。「まだ終わらないのか？」彼はスカイラーに尋ねた。

「あとはテーブルを拭《ふ》いて、皿洗い機のスイッチを入れるだけ。電気がもてばの話だけど」

「発電機があるだろう？　外で見かけたぞ」スクーターが部屋の奥から声をかける。

「ああ、たしかに。それに約十二時間ぶんのガソリンも」デヴィッドが言った。

「皿洗い機を回して燃料を無駄にしたくないわ」スカイラーが言った。「明日の料理に必要になると思うから」

「居間に戻る時間だぞ。全員いっせいにな」クインティンがまだ銃を構えながら言った。

ブレンダが小さく声をもらす。すすり泣きというより、思わず出てしまったため息という感じだ。

「泣くな」クインティンが言った。「その気になりゃ、もっとタフになれるはずだぜ」

フレイジャーがブレンダを抱き寄せ、クインティンを睨《にら》みつけた。

クインティンがにやりと笑う。彼は支配権を握っている。自分で承知しているし、それを楽しんでもいる。ここまでは、ただみんなをもてあそんでおもしろがっていた。だが、もし本気でブレンダに手出ししようとしたら……息子はどうするだろう？　そして私は？

全員がまとまって居間に入っていった。フレイジャーは侵入者たちを睨みながら無言でソファの隅に座り、ブレンダを抱き寄せた。ジェイミーは近くの椅子に腰かけ、兄のそばを離れない。スカイラーはピアノの前のベンチを選んだ。クレイグはソファの反対側の隅に腰を下ろし、暖炉のそばの肘掛け椅子に座った仲間たちとは距離を保っている。デヴィッドは考えた。人質に目を行き届かせるため？　それともこの男はじつは連中の一味ではないとか？　たしかクインティンはクレイグを警察だと勘ぐっていた。本当にそうなのだろうか？

「このクリスマスツリー、飾りがないじゃないか」スクーターが文句を言った。

「まだ取ってきてないんだ」デヴィッドが答える。

「でも、あることはあるんだろ？」スクーターがしつこく尋ねる。

「当たり前だろう」デヴィッドはうんざりしたように言った。

「どこにあるんだよ」スクーターが訊《き》いた。

「屋根裏部屋だ。これから下ろしに行くところだった」デヴィッドは説明した。

スクーターはクインティンに目を向けた。「やっぱ飾りは必要だろう」

クインティンがいらだたしげに睨みつける。「ああわかったよ、スクーター。おまえとパパで屋根裏に上がれ。そしてパパに飾りを持ってこさせろ」

「すごく重い箱なんだ」デヴィッドが言い返す。「しかもたくさんある。ひとりじゃ無理だ」

「おまえ、パパと一緒に行け」クインティンはジェイミーを指さした。

「いいけど」ジェイミーはそう答えながらも、煮えきらない。

「今度はなんだ？」クインティンが尋ねる。

「いつもはパパとフレイジャーが箱を下ろす係なんだ。そして僕のあ……母と僕がどの飾りをつけるか考える。そういう決まりなんだよ」ジェイミーは強情を張った。

「ったく、めんどくさい！　わかったよ、おまえ……」クインティンはフレイジャーを指さす。「パパと行け」

ブレンダが恐怖に目を見開き、フレイジャーにますますしがみついた。

「ブレンダ」スカイラーがなだめるように言い、彼女に近づいた。「一緒にピアノのほうにいらっしゃい。楽譜を見つけましょう、ね？」

ブレンダはうなずき、なんとか笑みを作って立ちあがった。

「飾りはあとでもいいだろう」急にクインティンが言った。「先に何かピアノで弾いてくれ」

全員がその場で凍りついた。ふとデヴィッドは、安全な屋敷の外では恐ろしいほどの勢いで風が吹き荒れていることに気づいた。

いま娘はどこだろう？　助けを求めに行ったのだろうか？　どこかで雪に巻かれ、行き倒れになっているのでは？　いや、そんなことはない。キャットは頭が切れる。この荒れ模様ではどこにもたどりつけないと判断したはずだ。どこかに隠れているほかない。そして、家族が撃ち殺される音をひとりで聞くはめになるのだ。

そんなふうに先走るな。デヴィッドは自分を戒めた。信じるんだ。

信じるって、何を？　神か？　奇跡か？　母の口癖がふいによみがえる。神は自ら助くる者を助く。もちろん私は自分を、家族を助ける……神にかけて。そのときが来たら。たとえどんな窮地にあっても。

「誰かピアノを弾けよ」クインティンが命じた。

スカイラーがベンチに腰を下ろし、ブレンダの手を引いて隣に座らせた。妻は鍵盤《けんばん》に指を置き、音階を奏でる。何を弾こうか考えているのだろう。

妻は《ウィー・ウィッシュ・ユー・ア・メリー・クリスマス》を歌いだした。デヴィッドは改めて思った。なんて奇妙な光景だろう。彼の家族と、たぶん彼らを殺すつもりでいる男たちが、クリスマス・イブにピアノを囲んでいる。

驚いたことに、ジェイミーがピアノに近づき、一緒に歌いだした。やがてフレイジャーも加わり、それにブレンダが続き、そのうちデヴィッドも歌いはじめていた。

そしてスクーターも。

家のなかは暖かく、食事を終えて誰もが満腹で、気持ちのいい音楽があって、おかしな話だが、どこから見ても幸せな家族の団欒《だんらん》の風景だ。

スカイラーは最初の歌を終えると、次は《ああベツレヘムよ》に移った。やがて《リトル・ドラマー・ボーイ》へと流れ、ジェイミーが主旋律を歌う。アンクル・パディがアイルランド仕込みのテノールで下のパートを担当した。

歌が終わると、クレイグが拍手し、スクーターもそれにならい、クインティンさえ笑顔を見せた。

「さあ、飾りを取りに行こうぜ」スクーターが興奮気味に言った。「でも、ママはピアノを続けなきゃ」彼はスカイラーを指さしてきっぱり言った。

「そうだな」クインティンも同意する。

スカイラーはすぐにアップテンポで《赤鼻のトナカイ》を弾きはじめた。

言葉のひと言ひと言に、声の調子の微妙な変化に注意しながら二階の踊り場に座って耳を澄ましていたキャットは、知らず知らず頬を涙で濡《ぬ》らしていた。

家を離れることはできない。たとえ外に出ても一キロも進めないだろう。それではどこにもたどりつけやしない。嵐《あらし》が収まるまで待つしかないのだ。問題は、犯人たちもそのときを待っている、ということだった。そして彼らはここを出ていくまえに……。

それに、立ち去ることが怖くもあった。いないあいだに何かが起きるような気がして。家族が生き延びる唯一の希望が私。なのにどうすることもできず、ただ音楽を聴き、心をさまよわせている。そうすれば、頭のなかは混乱していても、潜在意識が答えを導きだしてくれるような気がして。

クリスマス・キャロルは、休暇中の家族をつなぐいちばん大切な要素なのだ。相手の髪を引っこ抜きかねないくらい大喧嘩《げんか》をしていても、その時間が来ると、みんなぴたりと争いをやめてピアノのまわりに集まる。

体が怒りでかっと熱くなる。あの怪物たちは私の家の、私のピアノのまわりで、母が弾くピアノを囲む私の家族をおびやかしている。

キャットはまだパーカーをはおっていた。着ていないと見つかりそうな気がして。ただし室内は暖かいので、ジッパーは下ろしている。

暖かく、心地がいい。おいしい夕食と母が飾ったベイベリーのキャンドルの香り。いつもながら驚かされる。ここにはめったに来ないし、滞在してもわずかのあいだだが、それでも家族で休暇を過ごすとしたらこの家しか考えられなかった。たとえ喧嘩ばかりしていても、ものの数時間もすればそこに家族のまとまりが生まれるのだ。

喉に何かがつかえ、胃がうねる。クレイグ・デヴォン――背が高く、ブロンドで、鍛え抜かれた体躯《たいく》を持つ、かつて私が愛した〝ミスター・ゴージャス〟――もいま階下で私の家族と一緒にいる。彼がよく知っているはずの家族。私は家族についてなんでも話したけれど、彼は何ひとつ語らなかった。

なぜなら、その優等生面にもかかわらず、彼は犯罪者にほかならないからだ。

あんなに前途有望に見えた人が、どうしてこんなことに？　階上から彼を眺めるうちに、吐き気がこみあげて思わず嘔吐《おうと》しそうになる。そういえば、ニューイングランド一帯の小型の宝飾店や骨董《こっとう》品店が次々に空き巣に荒らされているという記事を読んだことがある。狙《ねら》われるのはおもに地元の店で、しかも犯行は夜間がほとんどだ。考えてみれば、ハドソンの店はここのすぐ近くだ。警察は、犯人は武装しておりとても危険だと警戒を呼びかけていた。ある記事には、被害に遭った宝飾店の近くで銀行の警備員が遺体となって発見され、警察がその犯人あるいは犯人たちを追っているとあった。もっとも、その殺人事件は空き巣とは直接関連はないだろう、との見解が示されていた。だけど、もしかしたら関係しているかもしれないじゃない？

もしこれまでにも人を殺しているとしたら、罪を重ねることに躊躇《ちゅうちょ》はないだろう。もし……。

いいえ、彼らがその警備員を殺したとはかぎらない。窃盗事件が起き、遺体が見つかった。でも犯人はただの通り魔かも。たしかニューハンプシャー州での事件だった。〝自由に生きる、さもなくば死を〟どうやら連中は州の標語を座右の銘としているらしい。

キャットはわずかに体勢を変え、歯ぎしりをし、記事の内容をもっと思い出そうとした。体を動かしたとき、ポケットにある役に立たない携帯電話の存在に気づく。通じるかどうか試してみても害にはならないだろう。キャットは電話を引っぱりだした。

まったくアンテナが立っていないのを見て心のなかで毒づいたとたん、ほんの一瞬だけ画面が光って真っ暗になった。人をたやすく裏切るその電話をまさかという思いで凝視するうちに、音楽が止まり、みんなが屋根裏部屋に行く相談を始めた。

キャットはあわてて立ちあがった。このあとどこに行くにしろ、急がなければ。

「さて、行くか？」スクーターがデヴィッドに尋ねた。

「ああ」デヴィッドが言った。「フレイジャー、箱を下ろしに行くぞ」

「ちょっと待て」クインティンが止める。「屋根裏部屋にはほかに何がある？」

スカイラーがピアノを弾く手を止め、彼のほうを向いた。「銃なんかないわよ。それを心配しているなら」抑揚のない声ではっきり言う。

クインティンはにやりと笑い、首を振った。「感情論を振りまわす、銃の絶対的反対論者かい？　銃が殺すんじゃない。引き金を引くのは人間だ」

「ありがとう。肝に銘じるよ」デヴィッドが言った。

「あんた、猟はしないらしいな？」クインティンが尋ねる。

「ああ、しない」

クインティンは肩をすくめた。半人前だと言わんばかりに。

「猟に興味を持たない男もいるのよ」スカイラーはクインティンを睨んだ。「それなら銃は必要ないわ」

クインティンは笑った。「なるほどな、だがいまおれは銃を持っている。そのおかげでみんながおれに一目置いている、だろう？」

「スカイラー……」デヴィッドがとりなすように声をかける。

「銃を持っているおかげで、その気になればそこのかわいいブロンドのねえちゃんも、あんたの女房も息子たちもおれのものになる」クインティンがデヴィッドに言った。「つまり、すごく偉くなった気分になれる」

「飾りを取りに行こう、フレイジャー」デヴィッドがこわばった声で言った。

「スクーター、目を光らせとけよ」クインティンが念を押した。

「おれを役立たず扱いするのはいい加減によせ」スクーターが言い返す。

「おまえは役立たずじゃねえ。ただのがきだよ。クリスマスツリーを飾りつけたがるなんてな」クインティンは喧嘩を買った。

「おい！」クレイグが口を挟んだ。「やめろよ、ふたりとも。クインティン、クリスマスツリーと音楽のどこが悪い？」

「クリスマスを楽しんだっていいじゃないか」スクーターが挑みかかる。

クインティンは目を鋭く細めた。「よかろう、クリスマスを楽しもうじゃないか」彼はデヴィッドのほうを向いた。「ばかな真似《まね》だけはするなよ。でなきゃ、おまえの女房を撃つ。それにあそこのブロンド娘もな」

ブレンダがまたあえぎ声をもらす。

「ったく、うるせえな」クインティンがどなる。

「大丈夫よ」スカイラーが言い、ブレンダの肩に腕を回して一緒にスツールに座る。

「飾りを取りに行く」デヴィッドが言った。「ただそれだけだ」

スクーターが銃を取りだし、階段のほうに振った。「すぐ後ろについていくからな」穏やかな口調だが、どことなく不安をかきたてる声だ。

デヴィッドはのっしのっしとわざと音をたてて階段のほうに向かった。もしキャットがこの家のどこかにいて、様子をうかがっているなら、注意を喚起しなければならない。無茶なことをするなよ、キャット。彼は心のなかで祈る。おまえは生き延びろ。

すぐ後ろに息子の足音がし、そのあとにスクーターが続く。二階のホールにたどりつくと、デヴィッドは屋根裏部屋に上がる梯子《はしご》を引きおろし、のぼりはじめた。

「余計なことはするなよ」スクーターが釘《くぎ》を刺した。

「余計なことなどしない」うんざりしながら約束する。

全員が助かるうまい方法など考えつかない。いまはまだ。クインティンが残りの家族に銃を突きつけているいまは。

そのときふと思いついた。もしスクーターの銃を取りあげることができたら？　少なくともフレイジャーは生き残れるかもしれない。

そして私は家族と愛する妻のために、この身を犠牲にする。

「父さんに近づきすぎるなよ、にいちゃん。箱を手渡してもらえ」スクーターが言った。

「せめて梯子の二段目にのらないと手が届かないよ」フレイジャーが告げた。

「ああ、わかったよ。いいから急げ」スクーターがもどかしげに言う。

なるほど、スクーターは神経質なたちらしい、とデヴィッドは思った。三人の性格をもっと把握できれば役に立つかもしれない。

彼は飾りの箱を掴《つか》むと、振り返ってフレイジャーに手渡した。息子と目が合い、今回にかぎっては、父親に主導権をゆだねようとしていることがわかった。

彼はほほえみ、なんとかしてこの状況を切り抜けよう、とまなざしで力強く訴える。うなずくフレイジャーを見て、デヴィッドは息子それぞれの長所を頭のなかで書きだした。ジェイミーはまだ若く痩《や》せてはいるが、背は高く強靭《きょうじん》で、洞察力がある。フレイジャーはいつも父親に逆らってばかりいるものの、力が強く聡明《そうめい》で、創造力が豊かだ。いまは何もできないが、必ずチャンスは来る。そのときまで生きてさえいれば。

とにかく生き延びること。そうすればやつらもミスをする。

相手はいまや、怪我《けが》人のクレイグも含め三人だ。だがあの男もほかのふたりと同様に危険だろうか？　なんとも言えない。実際、怪我はどの程度なのか？　もう少し観察する必要があるだろう。やつらと行動をともにはしているが、明らかに確執がある。ひょっとするとそれが答えかもしれない。連中を内部分裂させるのだ。

「フレイジャーはそれを下に持っていかなきゃならないんだろう？」デヴィッドが尋ねた。

「どういう意味だ。何か企《たくら》んでいるんじゃないだろうな？」スクーターが訝《いぶか》しげに尋ねた。

デヴィッドは半分笑いながら言った。「企みのひとつもあったら、と思うよ。フレイジャーにその箱を下に持っていかせ、また戻ってこさせれば、次のを渡せるんだがな。それとも、あとで私たち全員で階段を上がったり下がったりして箱をひとつひとつ運ぶかい？」

スクーターは顔をしかめ、それからフレイジャーのほうを向いた。「そいつを下に持っていって、すぐに戻ってこい。それとおまえ」彼は銃口でデヴィッドを指した。「息子がここに帰ってくるまで動くな。小細工はなしだぞ、にいちゃん」彼はフレイジャーにまた目を向ける。「何かあったら、このご老体の胸に風穴が空くぜ」

「残念ながら、小細工なんて何も考えつかないよ」フレイジャーが言った。

デヴィッドには、フレイジャーがいつ居間にたどりついたかすぐにわかった。彼にもスクーターにも、クインティンの罵声《ばせい》がはっきり聞こえたからだ。

「スクーター！」

「なんだよ？」スクーターが手すりに近づく。

「おまえ、こいつをひとりでここに来させたな！」クインティンがわめく。

「おれは銃をパパに向け、おまえはママと彼女に向ける。それが役目だろう？」スクーターは言った。「そいつはただ箱を下に持っていっただけだ。すぐに戻るよ」

クインティンがぶつぶつ文句を言っているのがデヴィッドの耳にも届いた。スクーターがこちらを振り返り、デヴィッドはにやりと笑いたいところを必死にこらえた。「クインティンにすっかり主導権を握られてるんだな」

「握られてねえ」

「いや、ばっちり握られてる」

「うるさい。おれたちは組んで仕事をしてるだけだ。おれは誰の指図も受けねえ」

「ほう。あんたがそう言うならそうなんだろう」

「ほら、にいちゃんが戻ってきた。次の箱を取ってそこから下りろ。おまえの仕事は終わりだ」

「わかったよ」デヴィッドはもう一度、屋根裏部屋に上がった。梯子の二段目に戻ってきたフレイジャーが、次の箱を受けとろうと待ちかまえている。箱に手を伸ばしたデヴィッドは、思わず〝ひっ〟と声をもらしそうになった。

　そこにキャットがいた。

　一メートルほど奥で、彼のほうに片手でそっと箱を押しやりながら、もう一方の手を唇に押し当て、昔ながらの〝静かに〟の合図を送っている。「ここからは出られない」かろうじてデヴィッドの耳に届くくらいのささやき声で言う。「携帯電話の充電が切れた」

　彼は聞こえたことを示すためにうなずき、返事を口の動きで伝える。「充電器はベッド脇《わき》のたんすのいちばん上の引き出しにある」

「愛してるわ」娘の言葉に胸が熱くなる。

「私も愛している」

「何もたもたしてるんだ?」スクーターがいらだつ。

「べつに。いま箱を持ちあげたところだ」デヴィッドは娘をしばらく見つめ、それから力づけるようにほほえむとささやいた。「気をつけろ」

彼女はうなずき、物陰に姿を消した。デヴィッドは梯子を下り、フレイジャーに箱を渡した。

「これで完了だ。文句ないな?」デヴィッドは、キャットの無事を確認してほっとしたことを隠すために、わざといらだたしげに言った。

「はいはい」スクーターは銃を振った。「さあ、ふたりともさっさと下りろ。いいか、いまママは《ひいらぎ飾ろう》を演奏中だ。おれたちもさっそく飾ろうぜ」

5

これは正気の沙汰《さた》じゃないわ、とスカイラーは思った。こうしてみんなで古いピアノのまわりに集まっている図は、まさに家族で過ごす理想的なクリスマスだ。ところが実際は、世にも恐ろしい状況なのだ。それでも、努力すれば現実になるとでもいうように、彼女はできるだけ陽気なクリスマス・キャロルを必死に歌いつづけた。たとえば茶目っけたっぷりに歌う《フロスティ・ザ・スノーマン》。一方で、ジェイミーが飾りを選んでいき、ブレンダが勇気を振り絞ってそれを手伝っている。室内は暖かく心地よく、スカイラーの大好きなベイベリーのキャンドルとかすかに残るディナーの匂《にお》いが漂っている。

こんなにクリスマスらしいクリスマスってない。ソファに座り、まだ少し青ざめた顔でこちらを眺めているクレイグを無視するかぎりは。

心を宙にさまよわせていれば、パニックは収まっている。本当は何が起きているかついえてしまうと、思い出したようにそれは頭をもたげるのだが。

突然大きな笑い声がして、スカイラーは現実に引き戻された。クリスマスツリーの飾りつけをおおいに楽しんでいるらしいスクーターだった。

「すげえ飾りだな」彼はジェイミーに言った。「みんなアイルランド製かい？」

「違うよ。デパートで買ってきた珍しくもない代物さ」ジェイミーが答える。

「こいつも？」スクーターが赤い涙形のガラスの飾りを手に取る。

「それは古いよ」フレイジャーが言う。「おじいちゃんとおばあちゃんから譲ってもらったんだよね、たしか、ママ？」

「ええ。私の両親がアイルランドから持ってきた飾りのセットにあったものだわ」スカイラーが歌の合間に答える。ちらりとクインティンに目をやると、無表情で曲を聴いている。いったい何を考えているの？　そう思いながら、あといくつクリスマス・キャロルを知っているだろうと頭を巡らせる。

《グリーンスリーヴス》の旋律を用いた《御使《みつか》い歌いて》を始める。またクインティンのほうに目を向けると、彼はほとんど目を閉じ、妙に満ち足りた様子に見えた。

「アイルランドのクリスマス・ソングは知らないのかい？」歌い終えたスカイラーにクインティンが尋ねる。

「森のなかに熊のくそがあるぐらい当たり前だろ」ジェイミーが思わず口にした。「ごめん、ママ」

スカイラーは肩をすくめた。その程度の表現は聞いたことがある。認めたくはないけれど、たぶん自分でも何度か使った。うっかり子どもの前でも。

「もっとクリスマス・ソングを続ける?」彼女はクインティンに尋ねた。「それともふつうの曲にする? ジェイミーがギターを弾くわ」それからフレイジャーに目を向ける。

「バイオリンを加えることもできるし」

「いいね」クインティンが言った。「いいじゃないか、なかなか」

全員が彼をまじまじと見た。

「子どもたちの楽器は二階のそれぞれの部屋にあるの」スカイラーが言う。

「ふたりと一緒に行って、銃を向けておけ」クインティンがスクーターに命じた。

「なんでだよ?」スクーターが言い返す。「こいつらはもうわかってるはずだ。何かすれば、ママの眉間《みけん》に風穴が空くって」

スカイラーはぎくりとした。どのみち最後にはママの眉間に風穴が空く、ってことね。それならいっそデヴィッドと私でこいつらに飛びかかり、子どもたちだけでも……。いいえ、まだだめ。夜は長い。嵐《あらし》は依然このちっぽけな世界をすっかり凍《い》てつかせている。時間はまだあるわ。

「一緒に行け」クインティンはあくまで命じる。

ふいにクレイグが口を開いた。「僕が行くよ」

クインティンが彼のほうを向いた。顔が妙に歪《ゆが》んでいる。「だが銃がないだろう?」

「スクーターから貸りるさ。二丁とも下にある必要はない」

「感心しねえな」クインティンはクレイグを見つめながら言った。「仰せのままに」

クレイグは、どうぞご勝手に、というように肩をすくめた。

スクーターが不満げな声をもらした。「次はおまえだぞ」彼はクインティンに言った。

「四の五の言わずにさっさとしろ」クインティンは有無を言わせぬ口調だ。

スクーターはジェイミーとフレイジャーに目を向けた。「来い」

驚いたことに、息子たちがいなくなると、クインティンがデヴィッドとスカイラーを交互に見てこう言った。「すごくいいな。こんなふうに家族が集まり、音楽を聴く」そこで急に彼の目が鋭くなる。「だから、せっかくの上機嫌を台無しにするような真似《まね》をするなよ、いいな？」彼はブレンダのほうを見た。「あんたはどうなんだ？　楽器はやらないのか？　そうしてただかわいいお嬢さんを演じてるだけかよ？」

スカイラーは彼女に腕を回した。「ブレンダは医学部進学課程に在籍してるのよ」

「医者になるってのか？」クインティンが笑いだした。

「何がおかしいの？」ブレンダの毅然《きぜん》とした態度にスカイラーも目を丸くする。

「手術台に背が届くのか？」クインティンがからかう。

「背丈だけじゃなく、頭脳だって充分だわ」スカイラーははねつけた。

「くだらんことでふたりに絡むな」デヴィッドが言った。声は低く、威厳に満ちたその口調に、スカイラーは胸を鷲掴《わしづか》みにされた。

「まあな」クインティンが涼しい顔で言う。「だがおれの勝手だ。第一……こっちにゃ銃がある」

スカイラーは立ちあがり、腰に両手を当てて、家族をめちゃくちゃにしようとしている男を睨《にら》みつけた。「ブレンダは成績がクラスでいちばんなのよ。いつかあなたが誰かに撃たれたとき、脳に残った銃弾を取りだす手術を彼女にしてもらうかもしれないんだから。ブレンダは必ず医者として成功するわ。あなたがなんと言おうと」

デヴィッドがさっと立ちあがる。いまの言葉でクインティンがかっとなって暴力を振るうのではないかと、夫を心配させてしまったようだ。

「ふたりとも座れ」クインティンが辛抱強く言った。「おれは頭が古いから、男尊女卑の考えがなかなか抜けないだけさ……悪かったな。お利口さんだって？　けっこうじゃないか。あんたとあの若者は婚約してんのかい？」彼はブレンダに尋ねた。

「いいえ」彼女は言った。

クインティンはデヴィッドに目を向ける。「で、あんたはこいつらにわが家でいちゃつかれてもかまわないのか？」

デヴィッドはクインティンを見返した。「そんなわけないさ。だが、私は息子を愛しているし、ブレンダには敬意を払っている」

「それでも、あんたががきの時分はそんなふうじゃなかったろ?」クインティンが尋ねる。

「まあな」デヴィッドは取りつく島のない口調で言う。「時代は変わる」

「ああ」クインティンの口調は穏やかだったが、どこか危険の匂いがした。「ほんとに」


二階の手すりのところで様子を観察していたキャットは、スクーターと兄弟たちが階段を上がってきたのを見ると、あわてて退散した。

自分の部屋に駆けこんで充電器から電話をひったくると、閉じたドアに寄りかかり、どきどきしながら耳を澄ました。

そうしながら、電話のボタンを死に物狂いで押して、緊急電話にメールを送る。でも先方にきちんと届いたかどうかはわからなかった。

届いたからって、どうなるものでもないけれど。嵐が収まるまでは、どうせ誰もここにはたどりつけやしないんだから。キャットはまた耳に神経を集中する。

「さっさとしろよ」スクーターが廊下を歩く兄弟を急《せ》きたてている。「あいつはくそったれ音楽を楽しみたいだけなんだ。だから胸くそ悪いバイオリンをとっとと取ってこい」

「バイオリンに何か恨みでもあるのか?」フレイジャーが喧嘩《けんか》腰になる。

「落ち着いて、そうかっかするなよ。それじゃまるでパパだ」ジェイミーが諌《いさ》める。

「僕とパパを一緒にするな!」そう言われてはフレイジャーも黙っていなかった。

「へえ、そうかな？　誰かが時間に遅れるたびにがみがみどなり散らすじゃないか。だけど遅れるのはいつも兄さんだよな。どうせみんな遅刻するんだから、って言い訳してさ」

「よく人のことが言えるな。車を手に入れてからというもの、家族の集まりがあっても半分も姿を見せないじゃないか」

「ほかは四六時中べったりだからだよ」ジェイミーはここぞとばかりに主張した。

「しょうがないだろ、おまえはまだ十六歳だ」フレイジャーが言い返す。

「兄さんはいいよ、双子なんだから。いつも近くにキャットがいた。僕はひとりでママとパパの相手をしなきゃならないんだぜ」

「双子だって？」スクーターが聞きとがめた。「どこにいる？」

壁の向こうでキャットが息を詰めた。

「逃げた」フレイジャーが急いで言う。

「逃げた？」スクーターがおうむ返しにした。

「今年のクリスマスはまんまと家族から逃げたんだ。僕もそうすべきだったよ」フレイジャーがあわてて説明する。

彼らが廊下を遠ざかるにつれ、声が小さくなっていく。足音からすると、いまフレイジャーの部屋の前にいるらしい。そこでキャットは思いきってドアを開け、隙間《すきま》から外をのぞいた。兄と弟がちょうどこちらに顔を向けていて、キャットに気づくと目をみはった。

彼女がだめよというように首を振り、ふたりはかすかにうなずいた。

わかってくれることを願いつつ、電話を見せてボタンを押すジェスチャーをする。それから声は出さずに〝愛してる〟と言うと、そっと部屋に引っこんで慎重にドアを閉めた。すぐに彼らがこちらに戻ってくる足音がした。

突然、手のなかの電話が鳴りだし、キャットはその場に凍りついた。

「なんだ、いまのは?」スクーターは彼女の部屋のすぐ前にいたのだ。

「え?」ジェイミーが訊《き》き返した。

「音だよ」スクーターが言う。

「音?」フレイジャーがもどかしそうに問い返した。「この家は古いんだ。しょっちゅうきしんだりうめいたりしてるよ」

「ぼろ家がきしむ音とは違った」スクーターが即座に打ち消す。「電話の呼びだし音だ。さあ戻ってこい。あのドアを開けるんだ」

フレイジャーがなんとか時間を稼ごうとする。「あのドア?」

「おまえはばかか?　そうだよ、あのドアだ。開けろ」

彼らの声はキャットにも聞こえた。すでにクローゼットに飛びこみ、服の陰にできるだけ身を隠すようにして隅に縮こまりながら、古い羽根布団をひっかぶってはいたのだが。

「なかに入れ」スクーターはジェイミーとフレイジャーに頭ごなしに命じた。

キャットはどきどきして心臓が破裂しそうだった。呼吸の音が雷鳴にも思え、とにかくクローゼットの隅っこで身を縮めて耳を澄ました。

「おまえら、おかしな真似はするなよ」スクーターが釘《くぎ》を刺した。

「僕らに何ができるっていうんだよ？」ジェイミーが食ってかかる。

どすんという音がした。スクーターが膝をつき、ベッドの下を確かめているらしい。

「なんにもありゃしないさ、まったく」フレイジャーが言う。

「ここは誰の部屋だ？」スクーターがフレイジャーを無視して尋ねた。

「姉だよ」ジェイミーが答えた。「姿を見せたときには、の話だけど」

「だが姿を見せなかった？」スクーターが訊く。

「じゃあ、どっかで見たかい？」フレイジャーが質問にいらだっているように問い返す。

「彼氏ができてさ」ジェイミーが言った。「いまごろそいつと一緒だよ」

「へえ、そうなんだ？」疑っていることがありありとわかる。

「さあ早く、確かめたいならどこでも好きなだけ確かめろよ」じれったそうにフレイジャーが言った。「さっさと戻らないと、両親と僕の彼女と一緒にいる頭のねじがぶっ飛んだあんたの友だちが、何かあったのかと気を揉《も》みはじめるぞ」

「あのクローゼットを開けろ」スクーターが言った。

フレイジャーがばかにしたように鼻を鳴らす。「なぜだ？　クローゼットのおばけでもいるって？」

「つべこべ抜かすな！」スクーターがわめいた。いまにもぷつんと切れそうだ。

ドアが開く。

「何もないよ」ジェイミーがいらだたしげに言った。でも弟には、キャットはそこだとわかったにちがいない。

隠れ場所のすぐ外で、床板に足音が響くのがキャットにも聞こえた。スクーター？

「たしかに何か聞こえた」スクーターは断言する。

「じゃあ、教えてやろうか」ジェイミーが言った。「きっと煙感知器だよ。電池切れを起こしかけているか何かだと思う」

「煙感知器だって？」スクーターが問い返す。

「ああ。ほら、あれだよ。天井にあるやつ」

「そうは思えねえ」スクーターが言った。「もう一度鳴らしてみろよ」

「鳴らし方なんか知らないよ」ジェイミーは言い返した。

「じゃあ考えろ」スクーターはにべもない。「知恵を絞って見つけるんだ」

クインティンが銃を手に立ちあがった。

デヴィッドは座ったまま懸命に冷静さを保とうとした。クインティンは銃をしっかり握っている。彼が銃の使い方を心得ていることは明らかだった。過去に使ったことがあるにちがいない。この男の目でわかる。氷の冷たさ。良心の完全な欠如。

こいつはおふざけやお楽しみが大好きだ。そしていま、われわれはこいつを楽しませている。それがねた切れになったとき何が起きるか、デヴィッドは考えたくなかった。

クインティンはいらいらしはじめている。デヴィッドにはそれがわかった。階上に行った連中は時間を食いすぎている。

おそらくクレイグもそれを感じとったのだろう、突然こう切りだした。「クインティン、僕が上の様子を見てこようか?」

クインティンが彼をきっと睨む。「だめだ」

「僕に何ができるっていうんだ? すっかりへばってるし、銃も持ってない。ただ上に行って、その必要があればスクーターに手を貸すだけだ」

「階段の下に行け」クインティンは言った。「そして大声で呼べ。それで充分だ」

クレイグはうなずき、立ちあがった。「いいとも。おい、スクーター!」階段にたどりつくと叫んだ。「どうしたんだ?」

「とんまもいいところなんだ!」ジェイミーがどなってよこす。

デヴィッドは胃がよじれた。お願いだ、ジェイミー。頼むから口には気をつけてくれ。一手まちがえば死を呼ぶ危険なゲームなんだから。

「なんだと？」スクーターが聞きとがめる。

クレイグは眉をひそめてクインティンのほうを見た。

ジェイミーが踊り場に姿を見せた。「煙感知器のブザー音をもう一度鳴らせ、とさ」

ブザー音？　デヴィッドは考えを巡らせる。彼らはブザー音を聞いたのか？　キャットの電話にちがいない。よかった、と希望を持っていいものか、逆にいよいよ恐怖におののくべきか、判断がつきかねた。

「おい、スクーター、下に戻ってこい」クレイグが呼びかける。

手すりに掴まらないと立っていられないのだ、と彼を見てデヴィッドは気づいた。体調は悪そうだが、体は基本的に鍛錬されていて、怪我《けが》をしているうえ、あの極寒のなか置き去りにされたにもかかわらず、ちゃんと立って歩く体力もある。

そういえば、さっきスクーターはクレイグを弁護していた。だがクインティンは彼を信用していない。デヴィッドはこの情報を頭にしまいこんだ。あとで役に立つかもしれない。

スクーターが、若者たちの後ろから階段の最上段に現れ、見下ろした。「煙感知器がぶーっなんて鳴るか？」彼はクインティンに尋ねた。

「鳴るさ」デヴィッドは答えた。適度にいらいらして聞こえることを祈る。

「ほんとか？」クインティンが彼に尋ねる。

デヴィッドは、まともな演技ができていることを祈りながら、顔をしかめた。喉から心臓が飛びだしそうだった。これならクインティンは銃を撃つ必要もない。このままじゃ、心臓発作で勝手にあの世行きだ。「煙感知器は電池交換が必要になると音が鳴るんだ」

「じゃあどうしていまは鳴ってないんだ?」スクーターが大声で尋ねる。

「鳴る間隔が最初はゆっくりなんだ」デヴィッドは答えた。

「部屋のなかを全部確認したんだろうな?」クインティンが尋ねた。

「もちろん」スクーターが答える。

「それで?」

「何も見つからなかった」

「じゃあいますぐ戻ってこい」

「わかったよ。あとちょっとだけ」

デヴィッドは息をのんだ。キャットは見つかってしまうのか? そしてそのブザー音というのは……?

キャットの電話が通じたってことか?

ここは私がなんとかしなければ。デヴィッドは立ちあがり、階段のほうに歩きだした。

「おい、どこに行く?」クインティンが止める。

「二階だよ」

クインティンが首を振る。「おまえはここに残れ」

「なあ、私ならすぐ解決できるんだ。スクーターにやり方を教えてやれば、あなたたちふたりの心配の種もなくなる」

「僕が行こう」クレイグが言った。

「なんだと？　おまえらみんな耳が聞こえないか、おつむが空っぽなんじゃないのか？　ここにいろ、とおれは言ったんだ」クインティンは言いきった。

デヴィッドは胸騒ぎを抑えてしぶしぶ腰を下ろし、スカイラーに目を向けた。見交わした目は大きく見開かれ、怯《おび》えているようだった。様子がおかしいとクインティンが気づかないことを祈るばかりだ。

妻も危険を悟ったのだろう。すぐに目をそらし、ピアノの鍵盤《けんばん》に指を流しながら言った。

「さあ、みんな急いで。アイルランド音楽を始めるわよ」

「〝オー、ダニー・ボーイ、バグパイプの音が呼んでいるよ……〟」アンクル・パディが歌いだす。

スクーターがまた部屋のなかをごそごそ探りはじめた。クローゼットに隠れているキャットにも音が伝わってくる。

「早く、頼むよ」ジェイミーの声には紛れもない恐怖が滲《にじ》んでいる。「聞こえないの？　あんたの友だちはまじでやばい感じになってきている」

「なってきてる?」スクーターがうわの空で言う。「あいつはいつだってやばい感じさ。やばい男なんだ」

「だから早く下に行こう」

「言ってるだろ? たしかにぶーって音を聞いたんだ」

「なんだよ? 爆弾でも隠してるってのか?」フレイジャーが尋ねた。

「直感さ。何か……おかしい」スクーターが言った。

「ほんと、頼むよ」ジェイミーはいまや懇願している。「とにかく下に行こうぜ」

キャットは意志の力で全身を石のように固める。耳の奥の鼓動の轟音《ごうおん》が外にもれていないことを心から祈った。

スクーターが室内を歩きまわるのに合わせ、床板がきしむ。永遠のようにも思えたけれど、実際には数秒のことだったのだろう。いきなりクローゼットの扉がふたたび開き、スクーターがハンガーを押しのけだした。

いましも彼がキャットを見つけ、それで家族は一巻の終わりだ。

かぶっている羽根布団にスクーターが手を伸ばすのが、肌に感じられるような気さえした。近づいてくる手のひらの圧力。そのときだった。悲鳴があがり、屋敷じゅうが闇《やみ》に包まれた。

とうとう電力を使い果たしたのだ。

6

「ひどい夜だね」シーラ・ポランスキー保安官補はそう言って、少しでも暖を取ろうと空《むな》しく手をこすりあわせた。

保安官事務所が停電になってからずいぶん経《た》つ。非常用発電機にはスムーズに切り替わったものの、事務所の設備は市民の血税でまかなわれているため、室内をがんがんに暖めるわけにはいかなかった。

ただでさえ、ここマサチューセッツ州は、その高い税率《タックス》を揶揄《やゆ》して〝タクサチューセッツ〟などと呼ばれているのだ。

たしかに、シーラ自身、愛するわが州をそう呼ぶこともある。ところが、市民からそれだけ税金を搾りとっても、この片田舎の小さな保安官事務所には充分な暖房費さえ割り振ってはもらえない。めったに事件など起こらない土地にあるちっぽけな事務所だから、わずかな予算で細々とやっていくしかないのだ。

今夜、彼女の呼びだしに応《こた》えてくれたのはただひとり、ティム・グレイストーンだけだった。ティムは、事務所の新人として、クリスマス・イブの当直という誰もがいやがる仕事を自ら引き受けた。この仕事に就いてまだ数カ月の彼は、年若く、経験も浅い。とはいえ、正直なところ、経験の浅さはたいして問題にはならない。この地域は人口も少なく、窃盗犯の絶好のターゲットとなるような、観光客が押し寄せる近隣のスキー・リゾートからは東にかなりずれている。スプリングフィールドは大きな町で、それだけトラブルも多いが、ここからは西にずいぶん離れている。

とはいえ、二十年間この仕事を続けてきたシーラには、世の中いつ何が起きても不思議ではないとわかっていた。三年前、このあたりのたいていの住民と同様、ふだんは穏やかなバリー・ヒギンズが、酒を飲みすぎて泥酔し、市民会館で乱射騒ぎを起こして、自分が通う教会の牧師を撃ち殺してしまった。一九九五年には、アーサー・ダガンが妻を殺害した。悲しい事件だったが、予想はできたことだった。ソーシャルワーカーたちが親身になって、家を出なさいとか、夫に対する逮捕状を請求しなさいとまで、妻に助言していたのだ。いつか殺されるぞと何度も説得したのに、結局そのとおりになってしまった。

しかし、これまでに起きた凶悪事件といえば、その二件だけ。だから事務所にたったふたりしか詰めていないとはいえ、まだ頼りない若者ティムに今夜出番が回ってくることはまずないだろう。電話線も電力も断たれ、外は相変わらずの吹雪。こうしてただ座って天候を呪《のろ》うことぐらいしかすることもない。

ティムがにやりと笑った。彼はまだ二十七歳になったばかりのハンサムな青年だ。途中兵役によるブランクはあるものの、この保安官事務所に入るまえに警察学校と大学に行っており、エドワード・フォード保安官の直属の部下だ。この郡保安官事務所に所属している職員はわずか十二名で、日直六名、宿直六名ということになっているが、しょっちゅうたがいに当番を交替するので、スケジュールはあってないようなものだった。ここの所長で、正当な投票によって選ばれた唯一の保安官であるエドワードは、いつもは進んでクリスマス・イブの当直を引き受けてくれるのだが、最近再婚し、新妻のミセス・フォードは四十歳という年齢にもかかわらず、出産を決心した。そういうわけでエドワードの妻は、数あるマサチューセッツ医大の付属病院のひとつに入院し、エドワードはフォード・ジュニアの誕生をいまかいまかと待ち焦がれているのである。

その結果、シーラはこうして今宵《こよい》ティムと任務に就くことになった。ティムがなぜここで働くことになったかといえば、兵役を終えて帰郷すると、父親はすでに心臓病でこの世になく、残された母が幼い妹を女手ひとつで育てなくてはならなくなっていたからだ。彼は、妹が十代のあいだは家に残って面倒を見、母を少しでも経済的に支えようと覚悟を決めた。シーラは誰にでも愛想よくするタイプではないが、ティムのことは気に入っていた。

もし子どもを持つとしたら、こんな子がよかったな。でも実際には子どもは授からず、それを理由に夫は彼女のもとを去った。

　シーラは座っていたが、冷えた体を温めるためときどき室内をうろうろ歩きまわらなければならなかった。ティムは、過去数年間は温暖な土地にいたはずなのに、寒さをまるで感じていないように見えた。彼は机の前に座り、頭の後ろで手を組んで、両足を机の上に投げだしている。

「ここではまだ出会いに恵まれないみたいだね」シーラがからかう。

　ティムは肩をすくめた。「二、三人ってとこかな。あなたは？」

「あたし？」シーラは問い返す。

「結婚のご予定は？」

「ティム、あたしの顔が見えてんの？　年は六十二だし、姿ときたらまるでモップ。がりがりで、髪は灰色の縮れ毛で」

「そのブルーの瞳、すごくきれいだよ」彼はそう言って、シーラをまっすぐに指さした。

「朝の六時にはお役御免になる。何時間か寝たらベッドから体を引っぱがして、僕の家に来たらどう？　母さんの七面鳥は天下一品なんだ」

「そうねえ。まさか、あたしと見合いさせるために、やもめじじいたちを集めたりはしてないでしょうね？」

「ばかな。僕だって、嫁さん探しをあなたに頼むつもりはないし。ただ、楽しいクリスマス・ディナーはいかが、と誘ってるだけだよ」

シーラは肩をすくめた。

「どう？」

「いいよ」シーラが答えたそのとき、突然ティムが両足を床にどすんと下ろしてパソコンの前で姿勢を正したので、シーラは面食らった。

「どうしたのよ？」

「これ見て」彼が言った。

停電になり、非常用発電機が機能しだしたとたん、緊急電話の回線は即座にパソコンにつながれた。とはいえそれは当座しのぎのシステムで、受信しかできず、応答することもこちらから電話をかけることもできない。いまふたりが画面で目にしているのは、携帯電話から送られてきたEメールのメッセージだった。

〝助けて。緊急です。エルム二二五〟

「エルム二‐二‐五」ティムがつぶやいた。

「オボイル家の別荘だね。休暇にはいつもボストンからやってくるんだよ。去年あそこんちの子が仕組んだいたずらなんかとは違うといいけれど」

ティムは彼女に目を向けた。「でも、あそこまでとてもたどりつけな――」

「本物かどうかはっきりするまで待つ？　そんなわけにいかないよ。さあ、たっぷり着こんで、相棒。仕事だよ」

「わかりましたよ」ティムは気乗りがしないことを隠しながら腰を上げた。「でも、どうやってあそこまで行くんですか？」

そのときふいにパソコンからぽーんという音がして、別の電話を受信したことを告げた。安物のスピーカーから聞こえてくる声は消え入りそうだったが、店に遅くまで残っていまだ家に戻っていないらしい父親の身を案じ、確認してもらえないかと頼むイーサン・ハドソンの声は明らかに不安にいろどられていた。

「かわいそうに。きっと新雪に突っこんじゃったんだよ」シーラが言った。「とにかくなんとかしてたどりつかなきゃ。せめてもの救いは、どちらも同じ方向だってことだね」

叫び声のあと、静寂があたりを満たした。異様なほどきんと静まり返っているので、キャットは宙に漂う金属粒子のようなものが舌で味わえるような気さえした。

いまだ。チャンスはいましかない。

兄弟はそれを逃さなかった。誰かに掴《つか》まれてスクーターが声をあげ、うめき声や揉《も》みあうような音がときどき挟まれながら、長い時間が経過する。

やがて発電機がまた作動した。

永遠にも思えたけれど、じつは数秒しか経っていないことにキャットは気づいた。まったく、気まぐれな発電機め。みんなでねだって、父に買わせた発電機。でも、その発電機がなければこういう結果になったかどうか、キャットにはわからなかった。

廊下から漏れてくるぼんやりした光で、床に倒れているスクーター、そこに馬乗りになるフレイジャー、スクーターの脚の上にのっているジェイミーの姿が見えたとき、キャットはまだクローゼットのなかだった。

フレイジャーの顔は痣《あざ》で黒ずんでいたが、スクーターはもっとひどいすり傷ができているように見え、唇が血で濡《ぬ》れている。そして銃が床に転がっていた。

ジェイミーがそれに飛びつき、スクーターが手を伸ばすまえに奪った。

「こいつを狙《ねら》え、ジェイミー……」フレイジャーが命じる。

ジェイミーが銃を構えた。幽霊のように青ざめた顔でなんとか狙いを定めている。

フレイジャーが急いで立ちあがった。スクーターは用心深くその場に留《とど》まり、不安げに銃を見つめる。「撃ち方も知らないくせに」彼は言った。

「狙いをつけ、引き金を引く。ただそれだけだと思うけど」ジェイミーが応じた。

すでにフレイジャーも彼の横に並んでいた。「こっちに貸せ、ジェイミー」

ジェイミーは無言で兄に銃を渡した。

「立て」フレイジャーが安全装置をはずしながら命じる。「ゆっくりと。あんたを殺したくはない」

「そうなのか？　やるならやれよ」スクーターが落ち着いた声で尋ねた。

落ち着きすぎている、とキャットは思う。死のうが生きようがかまわないのかしら？ふつうは生存本能が即座に頭をもたげるものじゃない？

「これから下に行く。ゆっくり、騒がず。あんたが先頭だ。くれぐれも下手な真似《まね》はしないこと」フレイジャーが言う。

「わかったよ」スクーターが言い、ドアのほうに歩きだした。

キャットもそこでクローゼットから出ようかと思ったのだが、前を通りしなにフレイジャーがだめだ、というように首を振ったので、彼女はそこでじっと三人が部屋を出ていくのを見守り、それからやっと外に這《は》いだした。

そのとき二度目の悲鳴があがり、銃声が響いた。クローゼットを出ようとした私を止めてくれてよかった、とキャットはとっさに思った。

突然暗闇《くらやみ》に襲われたスカイラーはつい声をあげてしまい、あわてて立ちあがった。少しでも動いたら何かにぶつかってしまいそうで、その場に凍りつく。そのとき、階上から物音――揉みあいをするどたんばたんという騒々しい音――が響き、スカイラーは息をのんだ。

発電機が作動を始めたらしく、いきなり灯《あか》りが点《つ》く。

彼女とブレンダが恐怖で立ち尽くすあいだ、ほかは全員闇に紛れて行動に移っていた。

パディは杖《つえ》を振りあげ、いまにも打ちおろそうとしている。ただし、彼はどこに誰がいるか判断を誤り、その杖はスカイラーの頭上に振りあげられていた。彼女はまた金きり声をあげ、同時にデヴィッドがクインティンに飛びかかった。

ところがそこに割って入ったのがクレイグだった。クインティンをデヴィッドから守ろうとして？　それとも……？

まさか、彼もクインティンに飛びかかるつもりだったとか？

その答えを考える暇はなかった。スカイラーの叫び声が消えるか消えないかのうちに、耳を聾《ろう》するような銃声が空を切り裂いた。クインティンだった。彼はもう一方の手ですばやくパンチを繰りだし、クレイグはふたたびソファに押し倒され、デヴィッドはかすれた叫び声をあげた。

すぐにクインティンは銃をまた構え、まっすぐスカイラーに銃口を向けた。その瞳は冷たく凍りつき、温《ぬく》もりのかけらも見えない。

「ママ、ピアノに戻れ。じいさん、椅子に座れ。残りも全員……座れ。今度銃を撃つときは宙ではなく、迷わずおまえらを狙う。言っておくが、おれは的をはずさない」彼はクレイグのほうにさっと顔を向けた。「ったく、なんて足手まといなんだ」そこで考えを巡らす。「さっさと片づけたほうがいいのかもしれねえな、こんな役立たず」

クインティンが引き金を引くまえにデヴィッドが口を挟んだ。「名案だ。撃つといい。

彼は、あんたに飛びかかろうとした私を阻止してくれたってのにな」どこか嘲笑《ちょうしょう》するような口調で言う。

一瞬クインティンが動きを止める。それから銃を下ろした。「わかったよ、クレイグ。まあ、多少の使い道はあるだろう。だが覚えとけよ、監視の目はゆるめないからな」

次の瞬間、クインティンはスカイラーの脇《わき》に立っていた。彼女はあばらに押しつけられた固く冷たい銃口を感じた。

「スクーター、とっとと下りてこい！」クインティンが声を張りあげる。

「いまはおれのほうが銃を突きつけられてるんだよ！」スクーターがわめき返した。

「そしておれは、おまえに銃を突きつけているにいちゃんの母親の脇腹に銃を突きつけている」クインティンは歪《ゆが》んだ笑みを浮かべた。「おれは前にも人を殺したことがあるんだぜ、にいちゃん。失うものは何もねえ。スクーターを撃つもよし、おれを撃とうとするもよし。ただしおまえの母親も死ぬことになる。スクーターに銃を返して、ここに戻ってこい」

「だめよ、フレイジャー！」スカイラーが叫んだ。「ふたりとも撃ち殺して！」そのとき衝動的にデヴィッドが彼女をかばおうとし、スカイラーは恐怖のあまり声をあげる。

クインティンの動きは稲妻のようにすばやかった。スカイラーに銃口を押しつけたまま、不意を衝《つ》いてデヴィッドを壁に投げ飛ばしたのだ。デヴィッドは壁に激しくぶつかって床にへたりこんだが、スカイラーの耳にはたしかに頭蓋骨《ずがいこつ》のひしゃげる音が聞こえたような気がした。

「パパ！」フレイジャーが、ジェイミーとふたりでスクーターを居間に押しやりながら声をあげた。

「パパは死んではいない。だがママは死ぬかもしれない」クインティンが言った。

「頼む、やめてくれ」フレイジャーはこうべを垂れ、銃を床に置いた。振り返ったスクーターが即座にそれに飛びつき、フレイジャーの顎を思いきり殴りつけた。

後ろによろめく息子を見て、スカイラーは銃などおかまいなしにクインティンの手を振りほどいた。「息子に触らないで！」スクーターに飛びかかりながら金きり声をあげる。スクーターはぎょっとして後ずさった。するとスカイラーはクインティンに向き直り、睨《にら》みつけた。そのあまりの形相に、さすがのクインティンも、夫に歩み寄る彼女を止めるのをためらった。「デヴィッド？」

夫が小さくうめき声をもらす。

「僕が起こそう」クレイグがすばやく手を貸してくれた。夫はけっして小柄なほうではないし、クレイグ自身、本調子ではないというのに、彼はデヴィッドをかつぎあげ、ついさっきまで自分が寝ていたソファに横たえた。

「わかったわかった、おおいにけっこう」クインティンが言った。「さあ、全員ここに集まるんだ。冷静に。気を沈めて。何か温かいものでも飲もうや。アイリッシュ・コーヒーでもあれば、みんな元どおり落ち着くだろう」

スカイラーはごくりと唾《つば》をのみこみ、夫の怪我《けが》の程度については極力考えないようにした。「そうね」彼女は台所に行こうとした。

「おいおい、だめだ、だめだ。あんたひとりじゃ危険すぎる。さっき、あのばかを相手に無謀なことをしてみせた」クインティンが言った。

「なんだと?」スクーターが〝ばか〟のひと言を聞きとがめた。

「おまえはあのふたりに銃を奪われたんだぞ」クインティンが言った。「それが利口な人間のすることとか?」

スクーターは顔を紅潮させて、怒りの形相になる。まさかまた子どもたちのどちらかを殴ろうっていうんじゃないでしょうね。スカイラーがフレイジャーのほうを見ると、まだ顎をさすっていた。

「全員、台所に行くぞ」クインティンが言った。

「夫はどうするの?」スカイラーが心配そうに尋ねる。

クインティンは、まだ意識を失っているデヴィッドのほうに目をやった。

「僕が見てるよ」クレイグが彼に言った。「僕はあんたを救ったんだし、あんたが何度も言うように、銃を持っているのはあんただ。こんな半分死ん……いや、気を失った男と一緒にここにいて、何ができる?」

「わかったよ。じゃあほかは全員行くぞ」クインティンが言った。

さっき彼が銃を撃ったせいか、まだ火薬の匂《にお》いがするわ。スカイラーは台所に向かいながら思った。「さあ、子どもたち、行くわよ。それとジェイミー、拝んでもだめよ。あなたはココア。アンクル・パディ、あなたもよ」


キャットは震えながらまた踊り場にそっと出てきた。

いったい何が起きたの? 兄と弟はスクーターを倒した。本当ならあのまま首尾よく運ぶはずだったのに……。

クインティンの悪党め! マサチューセッツ州に死刑がないことに腹を立てている自分がいた。私がこの手で彼の首に綱の輪をかけてやりたいくらいだわ!

唾をごくりとのみこみ、考えを巡らせる。これからどうする? みんな、母の作るアイリッシュ・コーヒーのために台所に行ってしまった。居間に父とクレイグを残して。

クレイグ……。

階下をのぞくために手すりに近づきながら、心に鍵《かぎ》をかけようとする。クレイグは髪が伸びすぎているし、顔の肉も以前よりそげ落ちている。そげ落ちすぎているわ……この三年間にずいぶんと苦労を重ねたかのように。だとしても、当然の報いね。

あのミスター・ゴージャスが、どうして最悪の蛆虫《うじむし》になりさがってしまったの?

ふと気づくと、彼は父に話しかけている。耳を澄ましたが、内容までは聞こえなかった。とにかく、父が意識を取り戻したことだけは確かだ。父も返事をしていた。クレイグが立ちあがり、台所のほうに歩きだした。

「おい」父がかすれた声でそっと声をかける。

「なんですか?」クレイグが足を止めて尋ねた。

「ありがとう」父が小声で言った。

ありがとう? 相手は侵入者じゃない? なぜ父はお礼を?

クレイグは台所に向かった。「何してるんだよ、ここで?」スイングドアを押し開けたクレイグをクインティンがとがめた。

「気がついたみたいなんだ。だから、頭を氷で冷やそうと思って」クレイグがそこまで口にしたところでスイングドアが閉まり、会話は聞こえなくなった。

キャットは躊躇《ちゅうちょ》していた。父以外の全員が台所にいる。どれくらいで戻ってくるだろう?

もうどうでもいい。そう思った。階段を駆けおり、父のそばに走り寄る。

「パパ?」彼女はささやいた。

「おまえ、だめだよ、ここに来ちゃ」

「でもパパが心配で」

「私は大丈夫だ。いまごろ、遠くに行っててほしいと思っていたのに」がっくりした様子で父が言う。

家族全員が命を落としても、私だけは生き延びてほしい。そう願っていたのね。

「私……外は吹雪なのよ、パパ」

父は悲しそうにほほえんだ。「わかってる。二階に戻りなさい」

「パパ、警察にメールを打ったの。たぶん送信できたと思う」彼女は言った。「だからもうちょっと頑張って」

「頑張ってるよ」

そのときふたりの耳に、台所のスイングドアを押す音が飛びこんできた。

「行け！」

「行ってるわ！」

キャットは階段を駆けあがり、さっきまでいた見通しの利く場所に戻って、氷嚢《ひょうのう》を手に父のもとに戻ってきたクレイグを眺めた。

どうしてなの？　また思いを馳《は》せる。下手な冗談を飛ばし、世界一チャーミングな笑顔を振りまいていたあなたが、なぜこんな……？

〝ある晩、お楽しみに繰りだした三人の男の話、聞いたことある？　そのうちふたりはバーに入っていったんだ〟

〝それで？〟

〝だけどひとりは入らなかった〟

〝どこがおもしろいの？〟

〝バーだけに、くぐったのさ〟

ふたりとも噴きだして、それからキャットは彼の腕に抱き寄せられた。いまでもまだ、素肌を滑る彼の指の感触がありありとよみがえる……。


クインティンはアイリッシュ・コーヒーを楽しんでいるようだった。「うまい」スカイラーににんまりする。家族に銃を突きつけている怪物などではなく、わが家に招かれた大切なお客様か何かみたいに。

「気に入ってもらってよかったわ」スカイラーはさらりと返事した。「さて、夫の様子を見に行ってもいいかしら？」

「パパなら大丈夫だよ。あいつが面倒を見てる。おやさしいやつだからな」クインティンはそう言ったが、それはけっして褒め言葉ではなかった。

「それって悪いこと？」

「いつか、それがあいつの命取りになる」スクーターがぶっきらぼうに言った。彼はテーブルで自分のコーヒーを飲みながら、ふたりの息子をずっと恨めしげに睨みつけている。

「もう一杯いかが？」スカイラーはクインティンに尋ねた。

「おれを酔わせようってのかい？」彼が問い返す。

「アイリッシュ・コーヒーで？」

クインティンは肩をすくめた。「そうだな、もう一杯頼む」

スカイラーは立ちあがって尋ねた。「そのドアを開けて、お友だちに夫の様子を尋ねてもらえない？」

「スクーター、やれ」クインティンが言った。

「おれはおまえの奴隷じゃねえ」スクーターが口を尖《とが》らす。

「そりゃそうだ。奴隷じゃなく、ただのあほだもんな。おまえのおかげで危うく殺されかけた」クインティンが当てつける。

スクーターはそこにいる全員をねめつけ、しぶしぶ立ちあがった。「おれにもお代わりをくれ」

「承知しました」いまはまだスクーターのご機嫌をとっておいたほうがいい。たしかにクインティンのほうが危険は危険だが、スクーターも追いつめられれば何をしでかすかわからない。「それと、ありがとう」スカイラーは言い添えた。

「いいってことよ」スクーターは台所のドアを開けた。「おい、クレイグ」

「なんだい？」

「パパの様子はどうだ？」

「意識ははっきりしてるよ。大丈夫そうだ」

スカイラーは飲み物を用意することに集中し、どんなにほっとしたか表に出さないよう努めた。

「もう一杯ココアをくれよ、ママ」ジェイミーが言った。

「もう一杯ココアをくれませんか」スカイラーが訂正する。

「ああ、どうぞどうぞ、好きなだけお召しあがりください」ジェイミーは茶化した。「ボスはママだ」

「ジェイミー……」

「はいはい、くれませんか？　お願いします」

「もちろんあげますよ」スカイラーは振り返った。「ほかには？」

「わしも喜んでもう一杯いただくよ」パディが言った。

「僕も。ありがとう」フレイジャーも言った。

ブレンダはさっきの勇敢な行動で精根尽きたのか、またぼんやり宙を見つめ、自分の世界に入りこんでいる。そのとき突然、彼女が目をぱちくりさせて、力を分けてもらおうとするかのようにフレイジャーをじっと見つめたあと、おもむろに立ちあがったので、スカイラーはびっくりした。「ミスター・オボイルの状態を確認してきてもいいですか？　ご存じのように、本気で医学の道に進む予定なので」

クインティンはふんぞり返った。ブレンダの頼みを純粋におもしろがっているようだ。「ああ、なるほどな。だが言わせてもらえば、おれはなんの資格も持っちゃいないが、この程度の診断なら簡単だ。あいつは頭を打ったが、たいしたことはない。しばらく頭痛は続くかもしれんがね」

「ただ様子を見てくるだけです」ブレンダはすでにドアのほうに歩きだしていた。

「ちょっと待て」スクーターが引き留める。

「まあいいじゃないか」クインティンが言った。

「いつもがみがみ言うのはおまえじゃないか」スクーターが文句を垂れる。

「あの娘はあんなにちびだし、パパはまだぼんやりしてるだろう。それにクレイグもついてる」クインティンは言った。

スクーターは立ちあがりながら、スカイラーからお代わりを受けとった。「おれも向こうに行くよ。銃を持ってるのはおまえとおれだ。とにかく、何が起きるかわからねえからな」彼はジェイミーを睨んだ。「いつだって面倒を起こすのは、いちばんおとなしそうに見えるやつなんだ」

ジェイミーは、スクーターが部屋を出ていったあと、クインティンを見た。「あいつが間抜けなのは、僕のせいじゃないぞ」

クインティンは前に乗りだした。「たしかにそのとおりだ。だが、もしまたおまえたちが何かしたら、ママを撃つ。明日の七面鳥のディナーをみんなが楽しみにしてるのに、そんなことになったら悲しいだろう?」

スカイラーはクインティンのカップを彼の前に置き、それからカウンターに戻るとほかのカップを手にして、それぞれパディや息子たちに配った。

パディがクインティンを眺め、様子を観察しているのにスカイラーは気づいた。彼らがこの家を、私たちの命を手中に収めてからずっと、おじはそうしている。

「私もデヴィッドを見に行くわ」有無を言わせない口調でスカイラーは言った。

クインティンはカップを彼女のほうに持ちあげた。「ご自由に。そのあと今夜の寝床を確保することにしよう」

「え?」

「明日、七面鳥を料理するには、あんたも少し眠っておく必要があるだろう」クインティンが陽気に言う。「居間でごろ寝するなら、毛布と枕《まくら》がいる」

理解できずにいる彼女を見て、クインティンが笑いだした。

「家族は二階のおのおの部屋で、あったかなベッドで布団にくるまれるとでも思ってたのかい? 頼むよ、ミセス・オボイル。みんなでまとまってなきゃ。仲良し大家族みたい

「にな」ふいに何か思いついたかのようににやりとする。「それにまだアイルランド音楽を聴いてなかったぞ。この飲み物とよく合いそうだ、違うかい？」彼はまだにやにやしながら立ちあがった。「アイルランド音楽とパジャマ・パーティか。申し分のないクリスマス・イブだ」

7

「よかった、少しは収まってきたみたいだね」シーラはティムに言った。ふたりは事務所のスノーモービルを調べている。建物の裏の屋根つき駐車場に置いてあったにもかかわらず、半分雪に埋まっている。「さあ、掘り起こさなきゃ」

幸せ大家族で楽しむクリスマス・イブのパジャマ・パーティか。目の前のお祭り騒ぎもどきを眺めながら、クレイグは思った。

クインティンは頭がどうかしている。異常者だ。やつは本気でこのパーティを楽しんでいる。この一家をもてあそび、クリスマス・イブにふさわしい夜を無理やり演じさせているのだ。命令に従いさえすれば生き延びられるかもしれない、という淡い望みを抱かせて。だがもちろんそんなことはしない。立ち去るときが来たら、やつは平気で彼らを殺す。

でも、ほかにどうしようもないではないか。とにかくいまはやつの意向に従い、たとえ全員ではなくても誰かは助かるかもしれないと祈るしか。

停電になったとき正体がばれずにすんだことに、クレイグは驚いていた。飛びかかろうとしたのではなく助けようとしたのだ、という言い訳を、クインティンが信じたことも信じられなかった。

デヴィッド・オボイルが彼をかばってくれた。それもとてもうまく。

なぜだろう？

オボイル一家とは面識がない。キャットとは、家族ぐるみのつきあいをするような関係になるまえに別れることになった。それでも彼女の父親は、僕には一家を殺す気はないこと、タイミングさえ合えば、むしろ彼らを助けたがっていることを察知したらしい。

血が流れるまえに、あの二丁の銃をやつらの手からもぎとることさえできたら。だがいまはまだそのときではない……。

せめてもの救いは、キャットがまだ無事ということだ。どこかで。これからもずっと見つかりませんように、と祈るしかなかった。

そう、僕は彼女を愛している。いまだに。三年近く会っていなかったというのに、キャットはほとんど変わっていない。少なくとも外見は。でも中身は……ずっと強くなっている。少女っぽい脆《もろ》さなど、どこにも残っていないようだ。そして、無邪気に人を信じる心も。

全部僕のせいだ。

「ブラボー！」オボイル一家がCDになってもおかしくないような《きよしこの夜》の演奏を終えると、クインティンが喝采《かっさい》した。

そのときたまたま顔を上げたクレイグは、二階の踊り場で目に涙をためてこちらを見下ろしているキャットを見つけた。一瞬目と目が合い、自分が身をさらしていたことに気づいた彼女はたちまち姿を消した。

「おい、何見てるんだ？」クインティンが尋ねた。

クレイグは彼に顔を向け、あわてずに答えた。「べつに。ただ、トイレはどこかなと思ってさ」

「顎が痛くて死にそうだ」フレイジャーが力なく言った。「ちょっと抜けてもいいかな？」

「ゲームでもしない？」ジェイミーが提案する。

「ゲーム？」クインティンが言った。例の妙にうきうきした口調だ。そうだ、おれを楽しませろ。

胸くそ悪いのは、クインティンを楽しませているかぎり、おそらく全員の命は保証されることだった。そして、こうして雪に閉じこめられつづけ、クインティンが明日、七面鳥を食べたいと思っているかぎりは。

「ゲーム？」クレイグは言った。「たとえば……？」

「トリビアル・パスートとか。チーム戦にすればいい」ジェイミーが言った。

「上に何か取りに行くのはもうなしだ」クインティンがぴしゃりと言う。

「コーヒーテーブルの下にあるわ」スカイラーが答えた。

「わかったよ。持ってこい」クインティンも許可した。

クレイグはもう一度、二階にちらりと目をやり、すでにキャットの姿が見えないことを確認して、心のなかで感謝の祈りをささやいた。


吹雪はまだやんではいないが、たしかに勢いが弱まりつつある。

キャットはずっと考えに考えつづけてきた。戦う方法はいくつかある。それは事実だ。でも残念ながら、クインティンが言うこともまた真実だった。今度こちらから攻撃をしかけたら、まちがいなく誰かが死ぬ。

キャットは地下室の窓辺に立ち、ここを出て助けを呼びに行くとしたら勝算はどれくらいあるか、つらつらと考えはじめた。

とはいえ、考えることなど実際それほどないのだ。彼らの前に姿を見せれば死ぬことになるかもしれないけれど、やってみる価値はある。ずっとここに隠れていても道は開けないのだから。クインティンがなぜ有利かといえば、向こうに銃が二丁あるのもそうだが、彼は仲間が死のうと気にも留めないということが大きい。でも私の家族はたがいを守るために命がけで戦うだろう。考えてみれば、私たちは家族としてはばらばらだけれど、いざというときはいつも駆けつけて力を貸した。それに、だいたい家族なんてみんなそういうものじゃない？

キャットは身震いした。

勝つ方法はひとつしかない――クインティンを倒すこと。

クレイグが私たちに危害を加えることはないはずだ。たしかに彼は道を誤った。とんでもないろくでなしかもしれない。それでも、私の家族を襲うとはどうしても思えなかった。何甘えたことを言ってるの？　彼は私を愛してはいなかった。はっきりそう言われたじゃない。

クレイグの身に何かが、人生を大きく狂わせるような何かが起きたのだ。でもそれがなんだったにしろ、彼が私や家族の誰かを殺すとは思えない。思いたくなかった。だって、もしそう考えることを自分に許したら、私の勇気は萎《な》え、家族の命運も閉ざされてしまう。それにスクーターもいる。あらゆる点でクインティンより抜けているけれど、銃を持っていること、ただそれだけで危険な存在だ。

決心がつかなかったし、恐ろしかった。もし何か行動を起こして、それがまちがった選択だったら？

でもそこで気力を奮い起こした。家族全員が生き延びる道はひとつしかない。あのふたりから同時に銃を取りあげるのだ。それには、人がいることを祈りながら、なんとかして保安官事務所にたどりつくほかない。

もし途中で見つけられたら……私は死ぬ。

でも私は死にたくない。

だけどもし臆病風《おくびょうかぜ》に吹かれてこのままここに留《とど》まり、家族が殺されるのをただ手をこまねいて待つことになったら……生きてはいけない。

キャットは首に巻いたマフラーをきつく縛り直し、窓を押し開けた。


デヴィッドはスカイラーに目をやり、安心しなさいというように笑顔を作った。

ふざけた話だ、と彼は思う。私は一家のあるじ、家族の防波堤となるべき人間だ。なのに、どじを踏んだのはこの私だ、そうだろう？

でも妻が返すまなざしは、けっして彼を非難するものではない。いつになくつらそうな表情だが、真心にあふれている。クリスマスの過ごし方について、ふたりはいつも喧嘩《けんか》をしてきた。自宅を離れてあれこれ準備をしなければならないのはすごく大変なのよ、と妻はもう何年も文句を言いつづけていた。だから今年はこちらが折れて、ボストンに留まるつもりでいたのに、別荘に行きたいと主張したのは妻のほうだった。

家族のまとまりを保つためよ、と彼女は言った。別荘に行かなくても子どもたちはディナーには集まるでしょうけど、遅れてきたり早めに帰ったりするかもしれない。不平を並べたり、喧嘩したり。そして五時か六時にはみんな行ってしまうわ。ひょっとしたらジェイミーさえ。最近あの子、家族より友だちと過ごすほうが楽しいんだもの。

だが、そんなふうに力ずくで家族をひとつにまとめることなどできるのだろうか？　そして子どもたちは、ここに来たいと心から思っていたのか？　私たち夫婦だって、長年何かというとぶつかりつづけて、おたがいのことが本当にわかっているのかどうか？

それでも……。

スカイラーはじっとこちらを見ている。久しく見たことがなかった、愛情と慈しみに満ちた瞳。だがそれだけではない。そこにはメッセージがこめられていた。〝あれは勇気ある行動だったわ、あなたを愛している……これから何が起きようとも〟

彼も視線に思いをこめようとした。必ず全員で生き延びよう、と。

彼らが交わしたメッセージはそれだけではなかった。ふたりは同じ決意を共有していた。自分たちがどうなろうと、子どもたちの命だけは助けなければ。

もちろんキャットのことも、男たちには知らせていない共通の秘密だった。どこかにいるはずのキャット。

デヴィッドはゲームに意識を戻した。クインティンに演じさせられている、ばかげた家族ごっこ。いまにも爆発しそうな気持ちを必死に抑えこむ。

突然クインティンが立ちあがった。「いま何か聞こえた」全身に緊張がみなぎっている。

「ああ、僕たちの声だろう?」クレイグが眉をひそめる。

「違う。外だ」クインティンが言った。「外に誰かいる」

依然として風は吹き荒れ、雪が降りしきっている。だが、ティムは二台のスノーモービルを必死に掘りだした。

傍《はた》から見たら自分でも自分だとわからないくらいたっぷり着こんだシーラは、スノーモービルに乗りこみ、エンジンをかけるとさっそく出発した。すぐあとにティムが続く。

道のあちこちに乗り捨てられた車があった。なかで誰か凍えていないか、一台一台確認する。丘を越え、谷を渡ってふたりは進んだ。黒雲に覆われた夜空では、満月がその光でなんとか雲間を貫こうと四苦八苦している。ようやく道路際にぬっと立つ建物の影がシーラの目に入り、目的地にたどりついたことがわかった。

彼女が物心つくよりまえからそこにある古い建物。〝ハドソン&サン商店　美術品、骨《こっ》董《とう》、記念品、宝飾品〟という看板が掲げられている。

「ねえ」無線でティムを呼ぶ。「そこがハドソンの店だよ」

「行こう」

ティムはスノーモービルを降り、シーラの先に立って玄関に向かった。

シーラも続く。鼻が凍りそうだ。これだけ寒いと凍傷になるかも。鼻の先がなくなったらどんな顔になっちゃうんだろう、とつい考える。きっと見られたもんじゃないわね。

建物にたどりつくと、ドアの前には雪がどっさり積もっていたが、ティムはひるまなかった。彼はスノーモービルに走って戻り、後ろに積んであった雪かき用シャベルを持ってきた。

「気が利くじゃない、あんた」シーラは後輩を褒め、彼が除雪をするあいだ、あたりを見まわした。そのとき目に飛びこんできたものを見て、瞬時に血が凍りついた。

「見て」彼女は建物の裏を指さした。

ふたりは押し黙ったまま動きを止めた。ライオネル・ハドソンのばかでかいおんぼろキャデラックが駐車されたままになっていて、建物の脇《わき》で雪の山を作っている。

「まだなかにいるらしいね」シーラが言った。

ティムは倍速で雪かきを進めた。作業が終わるとすぐ、彼はドアノブを回した。鍵《かぎ》が開いている。吹きつける風に逆らい、ティムはドアを開けた。

ふたりとも銃を抜き、緊張した面持ちでしばらくたがいを見交わしていたが、やがてシーラがうなずいた。シーラは直感的に、銃は必要ない気がした。どんな邪悪がここを訪れたにせよ、すでにここにはいない。

それでもふたりは慎重さを崩さず、所定の手順を踏んでなかに入った。

ふたりを迎えたのは闇《やみ》と静寂だった。ティムは懐中電灯を取りだし、室内をひととおり照らしだした。

「ライオネル?」シーラががらんとした室内に呼びかける。

返事はない。

シーラも自分の懐中電灯を点《つ》け、接客カウンターを迂回《うかい》してなかに入る。ライオネルの姿はない。ティムは店の奥へと向かった。突然、彼が息をのむ声がシーラの耳に入る。

「シーラ?」

「何、ティム?」

彼女もティムのそばに行き、横でしゃがむ。とたんに膝がぼきっと鳴った。

「血だ」彼は言った。

シーラの心臓がばくばくしはじめる。「彼を人質にしたのかな?」ティムが尋ねた。

彼女は首を振った。

「じゃあ、どこに?」

シーラは長いことティムを見つめていたが、つと立ちあがった。闇も風も激しく吹きつける雪もものともせず、表に飛びだす。新雪に足を取られながらも、古いキャデラックにたどりついた。

「シーラ、待って」ティムがあわてて追いかけた。

「だって——」

「雪に血が落ちてる」彼が静かに言った。「僕が見るよ」

「あたしはもう何十年も保安官補をやってるんだよ」シーラは彼に言った。「ずいぶんひどい現場も目にしてきた」

「でも、彼はあなたの友だちだった」

だった。

シーラは息をのんだ。

「手伝って」彼女はティムに言った。

ふたりは一緒に手で雪をかき分け、キャデラックのドアをむきだしにした。開けるとすぐ、シーラが懐中電灯で後部座席を照らした。

「ひどい」ティムが息を吐きだした。

8

　クインティンはスクーターに全員をひとところに集めろと命じ、玄関に近づいてドアを開けた。凍《い》てついた突風がどっとなだれこむ。大量の煉瓦《れんが》を叩《たた》きつけられたかのようだ。

「クインティン、なんだよ、いったい？」スクーターが不平をこぼす。

「聞こえたんだよ」クインティンは答えた。

「風だろう、きっと」フレイジャーが言った。「何かを吹き飛ばしたんだ」

　クインティンはじろりと彼を睨《にら》み、また夜の闇《やみ》に視線を戻した。

　ほとんど何も見えない。すべてが雪で覆い尽くされている。

　デヴィッドが咳払《せきばら》いをした。「発電機を今夜いっぱい、そして……明日のディナーまでもたせたいなら、電力を使いすぎるのはまずい。暖房を切らすわけにはいかないだろう？」彼は理詰めの説得を試みた。

　それでもクインティンは耳を貸そうともしない。「外に誰かいる」ふいに彼は振り返り、一団に銃を向けた。「クレイグ、スクーター、コートを着ろ。いますぐ探しに行くんだ」

「おいおい、クインティン。冗談はよせよ」スクーターが抵抗する。

「おれは大真面目《まじめ》だ」クインティンは意味ありげにスカイラーのほうにうなずいてみせる。

「あの女が撃たれたって、おれは気にしない」スクーターは口ごもった。

「じゃあ何を気にする？　刑務所で死ぬまで暮らすことか？」クインティンが言った。

「いずれにせよ、そこにいるミスター・おセンチは気にするだろうよ」

スクーターは悪態をつきながら汚れもの置き場に向かった。クレイグもそれに続く。スクーターはコートのボタンを留めながら、クインティンに顔を向けて尋ねた。「何を探せっていうんだよ？」

「外に誰かいる」クインティンが言った。

「こんな吹雪のなか、いったい誰が？　たとえ人がいたとしても、いまごろもう凍え死んでるだろう」デヴィッドはまた理を説いた。

クインティンは冷ややかに彼を見つめ、それからスカイラーのほうを向いた。「ママ、こっちに来い。いますぐ」

デヴィッドがいまにも飛びかからんばかりに、身をすくめる。

「忘れたのか？　次はママが死ぬぞ」クインティンがとても小さな声で言った。

「落ち着いて、みんな。大丈夫だから」スカイラーは言い、クインティンに近づいた。彼はスカイラーを脇《わき》に引き寄せ、体に腕を回した。だがもちろん親しみをこめたしぐさではない。クインティンは彼女の頬に銃口を押しつけた。

「早く行け」クインティンが冷たく言い放った。「もしおまえらのどちらかが何か下手な真似《まね》をしようとしたら、ママの頭の半分が吹き飛ぶことになる。いいな?」

クレイグはスクーターに従ってドアのほうに向かいながら、そういえば、こいつはまだ銃を持っているんだった、と思う。

「見ろよ、このどか雪。おれたちにどうしろってんだ」スクーターがつぶやいた。

クレイグは肩をすくめた。「雪をかき分けて進むしかないな」心臓が雷鳴のように轟《とどろ》いている。きっとキャットが外に出たのだ。だがこれだけ雪が深いと、彼女の足跡を隠す方法はない。この家は白く分厚い雪の毛布にすっぽりと包まれているのだ。そしてもしスクーターが彼女を見つけたら……。「なあ、クインティンには捜索しているように思わせておいて、実際にはここでじっとして、ある程度時間が経《た》ったら戻ればいいじゃないか。だってそうだろう、スクーター?　デヴィッドの言うとおりだよ。こんな吹雪のなか、生きていられる人間がいるはずない」

正面の私道を通って道路に出られるかもしれないと思っていたが、これではそれも難しい。風がまだ強かったし、雪も降っている。そのうえ地面に積もった雪がこれだけ深いと、自分の現在位置さえわからなくなるかもしれない。

「おい、聞こえたか?」ふいにスクーターが声をあげた。

「何が?」

「エンジンの音だ」

「エンジンの音? まさか」信じられない、というふうを装ったものの、じつはクレイグにも聞こえていた。ただ、この家の近くではない。ふつうなら聞こえるはずのないかなり遠方の音を、風が運んできたのだ。

「なんだと思う?」スクーターが緊張しながら尋ねた。

クレイグは肩をすくめた。「この近くじゃないよ」どうにか聞き分けた、というように、しばらくしてやっと答える。

「そうかな?」スクーターが彼の顔をのぞきこむ。

僕を仲間に引き入れたのはスクーターだぞ、と自分に念を押す。クインティンと違って、彼は僕を信用している。これを利用しない手はなかった。

「なあスクーター」彼は冷静に切りだした。「たぶん消防車か救急車だよ。誰もこの家になんか来やしない。来る理由がない」

「車がある」スクーターが言った。

「いまは雪の下だ。誰にも見えない」

スクーターは空を見上げ、厚い雲からなんとか顔をのぞかせようとしている月を眺める。痩《や》せこけた顔に雪が舞い落ち、まつ毛に引っかかる。やがて彼はほほえんだ。「今夜は何事もなく過ごしたいよ」

「わかるよ。あの家は暖かくて居心地がいい。食事もうまい」

「クリスマスを味わいたいんだ」スクーターが言った。「がきのころはクリスマスなんかなかった。父親の顔は知らねえ。母親は……酔っぱらいだった。そして男どもがいた。母親はプレゼントを買うとしても、わが子じゃなく、自分と結婚してくれそうな薄らばかに贈るような女だったよ」彼はクレイグに目を向けた。「だが、あの女のそばに居つくようなやつは誰もいなかった。そのうち酒に溺《おぼ》れてくたばったよ。だから自分で祝えるようになるまではクリスマスなんかおれにはなかった。母親が死んで最初の年にデパートに盗みに入り、クリスマスツリーやら飾りやらを手に入れた。だけど捕まっちまってさ、そのときにはすでに実刑を食らうだけの年になってた。それ以来、クリスマスなんてやったことがないんだ。おまえは？」

「僕？」

「父親が誰かくらい知ってるんだろ？」

「ああ、まあな。父親の顔は知ってるよ」

「母親は？」

クレイグは肩をすくめ、目をそらした。「若くして死んだ」

「酒のせいで？」

「いや」

「じゃあ――」

クレイグはスクーターに向き直った。「なあ、僕もクリスマスを祝いたいと思ってる。明日は七面鳥が食べたい。あのクインティンだってそう望んでるはずさ。だから努めて騒ぎを起こさず、あいつを落ち着かせなきゃならない。物音がするたび目くじら立てられたらたまったもんじゃない」

「ああ、そうだな。だが……あいつはおまえのどこが気に入らないんだろう?」スクーターはクレイグを見つめながら言った。

「さあね」クレイグは肩をすくめたが、内心はらはらしていた。

あいつがあの老人を殺すのを阻止したかった。いや、もしかしたら殺してはいないかもしれない。もしかしたら……。いや、殺したはずだ。それは確かだった。僕はしくじった。くそ、しくじってしまったのだ。

だから今度ばかりは失敗できない。なんとかしてこのふたりから銃を奪い、攻撃の対象をオボイル一家からおたがいに向けさせなければならない。

スクーターが急に振り返った。「おい、何か聞こえたぞ!　あっちだ」

スクーターは銃を抜き、新雪のなかを進みだした。驚いて小さく悪態をつくと、クレイグもあとを追う。地下室の窓から続いている足跡を見たとたん、クレイグは目の前が真っぽっと暗になった。

キャットだ。

クレイグは必死になって雪をかき分け、先にスタートを切ったスクーターをなんとか追い抜いた。そのとき、猛烈な吹雪の風音にも負けない息ぎれの音が彼の耳にも聞こえた。山のように積もった雪のなかを、キャットが懸命に走っている。

とたんに銃声が響き、続いて、弾丸が雪を貫いてやわらかく湿った地面に食いこむ、ぽすっという静かな音がした。

「やめろ！」彼はスクーターにどなった。

「人がいる。やっぱりいるじゃないか！」

また銃弾が夜を切り裂く。

「撃つな！」クレイグはスクーターにわめく。「おれに当たったらどうする！」

自分が先にキャットを捕まえなければ。躍起になって走ったものの、キャットは若いし体力もある。おまけに命がかかっているのだ。必死になるのも当然だろう。

クレイグは全力で走り、雪に埋もれた溝に足を取られて足首をひねったときには、思わず顔をしかめた。

また銃声が轟き、キャットがひっと声をもらす。さっきよりははるかに近い。

「スクーター、このあほ、やめるんだ！」クレイグはどなった。

彼女はすぐ目の前にいた。クレイグは全力で飛びかかり、キャットの肩を掴《つか》んだ。ふたりは重なりあい、そのままうつ伏せで雪に倒れこむ。彼女は金きり声をあげ、必死に抵抗したが、クレイグの力がまさった。

彼はキャットを仰向けにした。相手が誰か気づいた瞬間、彼女が目をみはった。
「頼むから暴れないで」クレイグはささやいた。
「逃がしてくれればよかったのに！」
「わからないのか？　君は撃たれていたかもしれないんだぞ。僕が捕まえなかったら、あいつは君を殺していた」彼は小声で言った。

つかのま、キャットは彼の目を見つめたまま動きを止めた。そしていきなり彼に唾《つば》を吐きかけた。

クレイグは息を詰めた。スクーターが背後に迫っている。急いで伝えなければならない。
「頼むから、君の命のため、家族の命のため、君は僕を知らないことにしてくれ。君は一度も僕に会ったことがない。そして、抵抗をやめること」

彼女はクレイグをまじまじと見た。不思議な光を受けて輝く宝石のようなエメラルドの瞳、頬にそっと降りかかる雪。そして真っ白な雪面に広がる深紅の髪。

まるで血だ。雪に流れる血潮。
「悪党！」彼女は歯のあいだから絞りだすようにして言った。

クレイグは息をのみ、うなずいた。やがてスクーターがそこにたどりつき、それ以上言葉を交わす余裕はなくなった。

「クインティンは思ったほどあほじゃなかったようだな」スクーターが言った。「さてさて、獲物はなんだ?」彼はにやにやしながらキャットの横にしゃがみこんだ。

クレイグはそのにやにや笑いが気に食わなかった。そのあとスクーターが彼女の頬に手を触れたのは、それ以上に気に食わなかった。

キャットがまた唾を吐きかける。

「このあま――」スクーターが彼女をひっぱたこうと手を振りあげる。

クレイグがその手を掴んだ。スクーターが彼を睨む。目に不信感が兆しはじめている。

「違う……いまはクリスマスだ、な?　スクーター、今夜は暴力なしでいこうぜ」

どうやらスクーターにも納得がいったらしく、うなずいた。「二度目は勘弁しねえ、いいな?」彼はキャットに釘《くぎ》を刺した。「クリスマスだろうがそうでなかろうが、次は叩きのめす」それから立ちあがる。「こいつをなかに連れていって、クインティンの指示を仰ごう」

クレイグはうなずき、キャットを助けて立たせようとした。もちろんそのときもキャットは抵抗した。

「何ごちゃごちゃやってんだ?」クインティンが家のなかからわめいた。

「女を捕まえた！」スクーターが叫び返す。「かなりのはねっ返りだ。上の息子は双子だって話だから、それがこいつだと思う」

「そのはねっ返りに、お行儀よくしてないとママの命はない、と言っとけ」

キャットががっくり肩を落としたのがクレイグにもわかった。絶望がエメラルドの瞳に影を落としている。

「行こう」彼はぶっきらぼうに言った。

どうしたら今夜を乗りきれるだろうと思い、身震いする。雪の上に広がる彼女の髪が何かの予兆だとしたら……。

まるで、雪に流れだす鮮血を思わせたあの髪。


ライオネル・ハドソンは眉間《みけん》に一発だけ銃弾を撃ちこまれていた。

シーラは目尻に滲《にじ》む涙の刺激を感じていた。ライオネルは生涯善良なる市民、公正な人間として生き、困っている者には進んで手を貸した。なのにこうして死んだ。殺されたのだ。

そう思うと、無性に腹が立った。頬に降りかかる雪も、服を通して忍びこんでくる冷気さえも忘れるほど。

ティムが彼女の肩に腕を回した。「シーラ」

「何？」

「彼はがんだったと言ってたね？」

「ええ」

彼が大きく息を吸いこむ。「がんで亡くなった人を見たことがあるよ。緩慢で苦痛に満ちた死だ」

シーラはそのひと言にかっとなり、彼に目を向ける。「だからむしろよかったと？」

「ただ、その痛みから彼はもう解放された、と言いたかっただけさ」

シーラは息をのみ、首を横に振った。あらゆる苦痛から解放されたってわけ。苦い悲しみの波が押し寄せてきて、大声で笑い飛ばしたくなる。

「シーラ」

「何？」

「誰のしわざにしろ、犯人はまだどこかにいる」

彼女はまだ現実感を掴めぬままうなずく。

「シーラ、もうひとつのメッセージの発信元はここからわずか数キロの場所だよね？」

彼女はうなずく。

「殺人犯はそこだと思う」

もう一度彼女はうなずく。「どっさり応援を呼ばなきゃ。スプリングフィールドのＳＷ

ATチームとか」

「応援は来られないよ。あなたと僕、それだけだ」

「でもティム、もしライオネルを殺した男が――」

「たぶんふたり組だろう。もしかすると三人かもしれない。ライオネルがここまで引きずってこられたとすると……ひとりじゃとても無理だ」

「わかった。じゃあもしそいつらがオボイル家のところにいるとしたら……慎重に事に当たらないと。連中はすでに一度は人を殺している。次もためらわずに殺すよ」

ティムはうなずいた。「もしかすると……」彼は目をそらした。

シーラは顔をしかめた。膝ががくりと折れてしまいそうだ。「もしかすると、みんなもう死んでるかも」彼が口にできなかったことを、そうして補った。

ティムは悲しそうに肩をすくめ、彼女と目を合わせない。

「よし、大急ぎでオボイル家に行こう」

「それから……?」

「着いてから考えよう」


怒り狂うクインティンを見て、クレイグは心底恐怖を感じていた。

彼らが屋敷に到着すると、クインティンは怒りに燃える目でキャットを睨んだが、彼女に触れようとはしなかった。代わりにデヴィッドの頬を手の甲で思いきり張った。スカイラーがやめてと叫びながら、すでに娘に駆け寄っている。

ほかも全員がばたばたと彼女のところに集まった。

ああ、なんてことだ。もうだめだ、とクレイグは思う。いまにも銃弾が飛び交い、あたりは血の海となる。

「待ってくれ！」クレイグは前に一歩進みでて、声を張りあげる。

しかし同時にデヴィッドも大虐殺の阻止に乗りだした。「みんな……落ち着くんだ。頼む！」

「おまえ、この娘が表にいたことを知ってたんだろう！」クインティンが憤怒《ふんぬ》の声をあげて、まずデヴィッドを睨み、それから家族ひとりひとりを責めるように見まわした。「おまえら全員が」

フレイジャーが凍てつくような冷ややかな口調で答えた。「もう死んだものと思ってたよ。この吹雪だから」彼はきっぱり言った。

クインティンはめちゃくちゃに銃を振りまわし、玄関ホールを行ったり来たりする。

「なあ、おれは努力したんだ。ほんとに努力したんだぜ。だがおまえらはちっとも学ばない。誰かひとり殺すほかねえな」

「やめて！」スカイラーが叫んだ。

「なあクインティン、そんなことをすればクリスマスはなくなるぞ」クレイグが口を挟む。

「クインティン」スクーターもあわててとりなす。「落ち着けって。女は捕まえたんだ。第一、たとえ捕まえられなくても、こんな嵐《あらし》のなか、この女がどこに行けたっていうんだ？　な、どのみち同じことだったたんだ」

彼はキャットにほほえむことまでした。こうして時間を稼いでやったんだ、感謝しろ、おれを憎むのは筋違いだぞ、と言わんばかりに。クレイグは無理やり口をつぐんでいた。

「おまえらはみんな嘘《うそ》つきだ」クインティンはデヴィッドに銃を向けた。「嘘つき一家め！」

クレイグは恐る恐る室内を見まわした。いま誰かが動けばすべては水の泡だ。部屋にみなぎる緊張がひしひしと感じられた。「頼む、クインティン。おれたちは女を捕まえたんだ」

「捕まえたのはクレイグだ」スクーターが言った。

クインティンがクレイグに目を向け、クレイグも無表情のまま視線を返す。

「お願いよ」スカイラーはささやき、クインティンに近づいた。「誓うわ、キャット以外にもう子どもはいない。誰もあなたがここにいることを知らないわ。あなたは頭がいい。私たちがあの子を隠そうとしたのは当然だと思わない？」

「それに彼女は僕たちを襲撃したわけでもない」クレイグが言った。「逃げようとしていただけだ」

沈黙が下りた。いまにも爆発しそうな沈黙。

緊迫した空気がどんどん厚みを増し、ナイフがあればさっくり切りとれそうだ。もしクインティンが銃を撃ちはじめたらどうするか？　クレイグは考えた。一か八《ばち》かやつに飛びかかり、死ぬまえになんとか銃を奪う。そして、犠牲者がそれほど出ないうちに、誰かがスクーターを取り押さえてくれることを祈るか。

「酒が欲しい」沈黙を破って、パディがきっぱり言った。

「そうね」スカイラーの顔色は雪のように白く、表情はピアノ線よりぴんと張りつめている。「お願い、みんな落ち着いて。もう夜も遅いわ。だけど私たち……いままで楽しくやってきたじゃない。おいしい食事、音楽、愉快なゲーム。明日はクリスマスよ。雪もやみ、道も通じ、あなたがたは自由に逃げられる。だからいまは……グラスでも傾けましょう」

パディが回れ右をして台所に歩きだした。

「おい、じいさん！」クインティンの怒号が響く。

パディが振り返り、眉を吊《つ》りあげる。

「誰も単独行動は許されない」

パディはクインティンを無視してまた歩きだす。

クレイグはパディの目を見た。これは演技だ。彼は怯《おび》えながらも、時間稼ぎのために演技をしているのだ。

「酒か。そいつはありがたい、そう思わないか、クインティン？」クレイグは言った。

「おれはまだ熱があるようだし、外は凍えるほど寒かった。少し体を温める必要がある」

「いいだろう。酒ぐらい」クインティンはしばらく考えてから言った。「だがまずは父親を縛りあげる」

デヴィッドの口元がこわばったが、こらえてじっとしている。

「どこかにロープはないか？」クインティンはフレイジャーに向き直った。

「パパ、ロープなんてあったっけ？」

「押しこみがロープを忘れるとはね」ジェイミーが、世をすねた典型的なティーンエイジャーの口ぶりで言った。スクーターがうっかり笑った。クインティンが彼を睨みつける。

「妻と娘と息子たち、わが家に客人として来た罪のない娘さん、それに妻のおじまでが人質に取られている。私に何ができるっていうんだね？」デヴィッドは疲れきっているだけでなく、すっかり打ちのめされているようだった。

クレイグはデヴィッドがこちらを見ているのに気づいた。その視線は不信感に満ちていた。

仕方のないことだ。スクーターが言ったように、キャットを捕まえたのは自分だ。だがそうするほかなかった。たとえデヴィッドに不信感を植えつけたとしても、クインティンの信用はかちえなければならなかった。

「全員台所に行け」クインティンが言った。「あんたもだ、パパ。ちきしょう！」彼は汚い言葉を使っても謝りもしない。「どっかにロープがあるはずだ。ロープが見つかるまでは、楽しい冬の夕べには戻れないからな」

スカイラーはまだ娘を手元から離す気になれないらしい。スイングドアを通って台所に入るときも、キャットと腕を組んだままだった。「そのパーカー、ちょうだい。濡《ぬ》れてるわ」彼女は娘に言った。

銃を持った男たちに家を乗っとられているというのに、濡れたパーカーも何もないだろう、とクレイグの胸を冷めた思いがよぎる。

それでもキャットはパーカーを脱いだ。「ママ、ホットトディを作ってくれる？」

「もちろん。あなたが風邪の死に神に捕まったりしたら大変」

その言葉がなぜか部屋で宙ぶらりんになる。

まだショックが抜けきらず、顔色の悪いスカイラーは、こんろに近づいた。彼女がやかんに手を伸ばし、流しに移動して水を満たすのをクレイグは眺める。彼女が何を考えているのか、手に取るようにわかる。湯が沸騰したら、僕に投げつけてやりたいと思っているのだ。

少し離れておこう、とクレイグは思った。

「おれたちがここに来たとき、あんたの椅子はなかった。つまり、あんたは家族のディナーに招かれてなかった、ってことなのか？」スクーターがキャットに尋ねた。「どうして？　はみだし者かい？」どことなく馴《な》れ馴《な》れしいその口調がクレイグは気にかかった。

「数をまちがえただけだよ」ジェイミーが言った。

「へえ、そうなのか？　おまえらは数をまちがえ、おれたちはロープを忘れた。誰も彼もがどじを踏む」スクーターが言った。

「おれたちはべつにどじを踏んだわけじゃない」クインティンが言った。「こんなにいつまでもここに居座るつもりじゃなかった。それだけだ」

いまのは脅しだ。全員が悟った。

クインティンの気分は狂気の瀬戸際で揺れ動いているようにクレイグには思えた。キャットの登場で動揺しているのだ。

「外は寒かった。僕にもホットトディをお願いします」クレイグは場の緊張をほぐすように言った。

スカイラーが彼に投げた視線は、〝あなたを許さない〟と告げていた。

まったく、誰にもわかってもらえないのだろうか？　あのとき僕がタックルしなかったら、キャットはスクーターの銃弾で殺されていたんだぞ。いや、本当はわかっているのかもしれない。それでも部外者を排除せずにいられないだけかもしれない。

「おい、もう十一時四十五分だ」スクーターが言った。「あと十五分でクリスマスだぞ」

「キャット……怪我《けが》はない？」ブレンダがそっと尋ねた。

「ええ、大丈夫。ありがとう、ブレンダ。ただ体が冷えただけよ」

「ブレンダはトリビアル・パスートの天才なんだ」ジェイミーが藪《やぶ》から棒に言った。

いや、藪から棒ではない、とクレイグは悟った。彼は張りつめた空気の栓を抜き、キャットが見つかるまえのもっとなごやかだった雰囲気を取り戻そうとしているのだ。

「驚かないわ。ブレンダって優等生という感じだもの、そうでしょう？」キャットはブレンダにほほえみ、兄に目を向けた。

「でも《ヤンキー・ドゥードル》を鼻歌で歌うことさえできない」ブレンダが言った。

小柄なブロンド美人はしだいに自信を取り戻しはじめている。ずっとショックで呆然《ぼうぜん》としているようだったが、いまは……たぶん、いちばん落ち着いてさえいる。

「ミセス・オボイル、あの手作りクッキーをいただいてもいいかしら？」ブレンダが言った。

クインティンが一歩前に出る。「全員座れ」

「座ったらお酒も作れないし、クッキーも持ってこられないわ」スカイラーが抗議する。

「偉そうな口を利くな」クインティンはそう言いながらも、多少は緊張がほぐれた様子だった。「とにかく酒を作れ」

「私がクッキーを取ってきましょうか?」キャットが手をあげた。

クインティンが彼女を睨みつける。「おまえにはひとつもやるつもりはない」

「でも……私だってばかじゃないわ」キャットは彼に言う。「あなたがもし私だったら、やっぱり隠れたはずよ」

彼はキャットをじっと見つめ、やがてうなずいた。「ああ。ただ、おれならちゃんと逃げおおせた。さあ、クッキーのことは忘れて全員座れ」

彼らは命じられたとおりにテーブルに着き、スカイラーがトディを手渡していく。

「僕のぶんも忘れないでよ」ジェイミーが言った。

母親が手を止める。

「いいじゃないか、飲ませてやれ。そうすれば少しは眠れるかもしれない……サンタが来るまえに」デヴィッドが皮肉っぽく言う。

「プレゼントか!」スクーターが興奮して声をあげたが、すぐにおずおずとクインティンのほうを見た。「ただし、おれたちはここの住人じゃない」

「プレゼントはいつも余分に用意してあるの」スカイラーが言った。

スクーターがにんまりし、それぞれ飲み物を口にしはじめた。ホット・ウイスキーの猛攻によって緊張はしだいにゆるみ、消えていく。

そのとき玄関のベルが鳴った。すかさず緊張感が部屋に舞い戻ってきた。

9

スカイラーはかろうじて悲鳴をのみこんだ。

キャットは母の内心の葛藤《かっとう》に気づき、ひそかに祈る。だめよ、ママ！　悲鳴をあげちゃだめ。とたんにここは血の海だわ。

クインティンが弾《はじ》かれたように立ちあがった。すぐさま銃を抜き、ひとりひとりに順に銃口を向ける。彼はデヴィッドを見て言った。「誰なんだ、いったい？」

「さあ」デヴィッドが答える。

「外に逃げだした娘を知らなかったようにか？」

「本当だ」デヴィッドは落ち着き払って言った。「わからんよ、誰か。ほかには誰も招いてないし、第一、こんな時間に訪ねてくるなんておかしいだろう？　無視すればいい」

「そうだ。無視しよう」クレイグも賛成する。

クインティンは首を振った。「サツだ」

「そうだ。サツだよ」スクーターが顔をしかめて繰り返す。

クインティンはキャットを責めるように睨《にら》みつけた。「おまえ、何をした?」

「べつに何も」

「何をした?」クインティンは繰り返す。

「私に何ができたっていうの?」相手をなだめるように低い落ち着いた声で話し、目が泳がないように努める。「クインティン、わかってるでしょう? 電話は通じないのよ」

「私たちをなんだと思ってるんだ?」デヴィッドが尋ねた。「奇術師か? ここは小さな町だ。毎年クリスマスに私たちがここに来ることを誰もが知っている。たぶん、この吹雪を無事に切り抜けられたかどうか、誰かが確かめに来てくれただけさ」

「いや、まちがいない、サツだ」クインティンがまだキャットを睨みながら言う。

「だとしても、たどりつける範囲の家々を確認して歩いているだけよ」キャットがしらばっくれてクインティンに視線を返す。「保安官事務所はそこの道をほんの数キロ行ったところよ。わが家の灯《あか》りが見えたんだわ」心臓がどきどきしていた。いきなりなかに踏みこまれ、Eメールを受けとったぞ、とわめかれたらどうしよう。しかも、もう銃を抜いていたら?

またベルが鳴り、いよいよ空気が張りつめる。キャットはごくりと唾《つば》をのみこみ、わずかにうつむいて動揺を隠そうとした。彼らの言うとおりだ。玄関に立っているのは警察にちがいない。もし彼らがなかに入ってきたら……。

キャットは肩越しに母を見た。とはいえ、以前ジェイミーが悪ふざけをしたせいで、この家から連絡があっても本気にしてもらえない可能性もある。どっちに転んだほうが困るだろう？　またいたずらかもしれないと思って、とくになんの用心もせず来た？　それとも、大真面目《まじめ》に受けとって、銃を構えながらなかに踏みこんでくる？　どちらでもないかもしれない。救いの神かもしれない。いまは身動きがとれない状態だと、こっそり伝える方法が何かあるはずだ。

クインティンはスカイラーを指さした。「おまえ、こっちに来い。スクーター、おまえとクレイグは連中と一緒に玄関に出て応対しろ。ただしおまえは別だ」彼はジェイミーに銃口を向けた。「おまえもこっちだ。ほかは全員で客を迎え、さっさと追い払え。言うとおりにしなかったら、ママと息子を殺す。そしてもし何か揉《も》めごとが起きれば、警官も死ぬぞ」

「警官じゃないかもしれない」フレイジャーが言った。

「そうかな？　とにかく相手が誰にしろ、早く追い払うんだ」

三度目のベルが鳴り、クインティンがさらに体をこわばらせる。

「スクーター……おまえとクレイグなら兄弟で通る。クレイグ……おまえはその娘のボーイフレンドだ。いいか、言っておくがおれの指は緊張で痙攣《けいれん》している。もしうっかりママがクリスマスを迎えられないようなことになったら謝るが、そっちで何か不穏な動きがあれば、まちがいなくママとこのにいちゃんは死ぬ。わかったな？」

「これ以上ベルに反応がないと、ドアを破って強引に入ってくるかもしれないぞ」クレイグがささやく。

「行け！」クインティンが命じた。

デヴィッドが先頭に立ち、玄関ホールに向かった。キャットがそのあとに続く。すぐ後ろにいるクレイグのことをいやでも意識してしまう。そしてもちろん、台所でクインティンが銃を向けているジェイミーと母のことも。

キャットが見守る前で、父がのぞき穴から外を見た。喉がぎゅっとこわばるのを感じる。お願いです。警官たちが、助けを求めたのは誰だとわめきながら、乱入してきたりしませんように。

そうよ、結局メールは届いていないかもしれない。あまりに吹雪がひどいので、誰かが心配して見に来ただけかも。

「どうだ？」ブレンダの背後からスクーターが急《せ》かす。そのブレンダは、フレイジャーの手をきつく握っている。

「やっぱり警察だ」デヴィッドが言った。

「ドアを開けろ。何も企《たくら》むなよ。裏切ったらおまえの女房が、息子が死ぬ。そしておれは最初におまえの娘を撃つ。いいな？」スクーターは言った。

デヴィッドがドアノブに手を伸ばした。

「おまえらみんな、怯《おび》えた兎《うさぎ》みたいに縮こまるのはよせ！」スクーターが命じる。「自然にふるまうんだ」

デヴィッドはうなずき、ドアを開けた。

立っていたのはふたり組だった。郡保安官の制服の上にフードのついた分厚い紺のコートを着こみ、雪道を歩くためのごついブーツを履いている。女性のほうはシーラ・ポランスキー保安官補で、キャットも幼いころから知っている。隣の若者は見かけない顔だった。背が高く、体はよく引き締まっている。ハンサムで笑顔に好感が持て、人当たりがよさそうな感じだ。

お願いだから、Eメールについては口にしないで。キャットは心のなかで祈った。不審そうに私たちを見るのもやめて。

驚いたことにふたりともほほえんでいた。寒さで震えているけれど、笑顔だった。やっぱりメールは届いていなかったんだわ、たぶん。

「シーラ、どうしたんだい、いったい？」デヴィッドが言った。「クリスマス・イブにこんなところで何を？」

「みんな無事か確認して回ってるだけよ。入ってもいい？」シーラは答えも聞かず、どうぞと言われたわけでもないのに、つかつかと歩を進める。

引き留めるわけにもいかず、デヴィッドはふたりの突然の訪問客を居間に通した。「デヴィッド、こっちはティム・グレイストーン。数カ月前に事務所に来たばかりなの」

「はじめまして」ティムは言い、デヴィッドと握手した。

「ティム」シーラは何気なく片手をさっとひるがえす。「こちらはフレイジャー・オボイル、双子の妹のキャット、彼らの大おじのパトリック。元気、パディ？」

「ああ、おかげさまで」パディはシーラを抱き締めた。

「腰はどう？」

「調子いいよ。ああ、ほんとに」パディが答える。

「それと……」シーラが続ける。「ごめんね、デヴィッド。お客さんがたのことは存じあげないから紹介できないわ」

「シーラ、ティム、こちらは息子のガールフレンドのブレンダ、そしてこちらは……クレイグだ」デヴィッドは言った。

クレイグがいきなり体に腕を回してきたので、キャットはびっくりして飛びあがりそうになりながらも、かろうじて顔に笑みを張りつける。

「僕はキャットの友人です」クレイグはそう言ってからスクーターのほうにうなずいた。「あちらにいるのは兄で、スクーターって呼ばれています」

「大勢で祝うクリスマスは楽しそうだね」シーラは言った。

「それで、どうだい、外は？　吹雪は収まりつつあるのかな？　みんな無事かい？」

父のごく自然な口調にキャットは驚いた。でも思えば、自分もよくこうして立っていられるものだ。本当はパニックで全身を巡る血が沸騰しそうなのに、何事もないかのようにほほえんでいる。

「どこも停電してるよ」シーラが父に告げた。

「だから、寒さに凍えている人や、急病になったのに病院に行けずにいる人がいないかどうか、一軒一軒見てまわっているんです」ティムが言った。

いい人そうだわ、とキャットは思い、今夜、彼が死ぬようなはめになりませんように、と祈った。ティムの言葉に嘘《うそ》はないように思えた。たまたま立ち寄ったというのは本当かしら？

「奥さんは？」シーラがデヴィッドに尋ねる。

「スカイラー？　ああ、ちょっと疲れたらしくてね。もう寝たよ」デヴィッドは答えた。

「あら、そう。明日会えるかどうかわからないから、クリスマスおめでとうって伝えてもらえるかい？」

「もちろん」

「末っ子は？」またシーラが尋ねる。

「ジェイミー？　あの子もさっきベッドに入った」

「ティーンエイジャーが夜更かしもせずに?」訝《いぶか》しげな口調だが、顔はにやけている。

「あの子、サンタを信じてるのよ」キャットはこの話題を打ちきるために、あわてて冗談で紛らした。

「サンタを信じているティーンエイジャーがこの世にいるなんてね」ティムが丁寧に応じる。

クレイグがキャットを抱き寄せる。そこまで力を入れることないのに。「違うよ。ジェイミーが信じているのは、プレゼントさ」

「そうなんだ」デヴィッドが言う。「明日の朝、樅《もみ》の木の下で新品のコンピュータが待ち受けていることを知ってるんだよ。早く寝ればそれだけ早く目が覚めて、夜明けと同時にそいつが自分のものになると思ってるんだ」

「おかげで僕らまで起こされちまう」フレイジャーがぶつぶつ言う。

「僕たちも夜更かしできないのかい?」クレイグがキャットに尋ねる。

彼女は恋する女の笑みを無理やり浮かべた——意外にも、そう難しくなかったのだけれど。「だめよ、ダーリン。残念だけど。クリスマスだもの」

「ああ、青春だなあ」パディがつぶやく。「わしとあんたみたいじゃないか、なあシーラ」

シーラは首を振って笑っただけだった。

「完全にこちらに住まいを移して、あんたを正式に妻にしてもいい」パディが彼女に言う。

シーラは首を振りながら、スクーターとクレイグを交互に見た。「この人、ほんとにおもしろいでしょう？」シーラはほほえんだ。

「おふたりはあまり似てないんですね」ティムがクレイグからスクーターへと視線を移しながら、考えこむようにして言った。

「異母兄弟なんです」クレイグが応じる。

大丈夫、なんとかなりそうだわ、とキャットは思う。あのメールを打ったとき、私、いったい何を期待してたのかしら？　ジェイミーと母をクインティンに人質に取られているうえ、スクーターとクレイグがこんなに近くにいては、シーラとティムに真実を伝える方法はない。いまはとにかく一刻も早く立ち去ってほしい。私たちを助けるために。

「せっかくの家族団欒《だんらん》にお邪魔して申し訳ないのですが……ひょっとしてコーヒーの用意などないですか？」ティムが言った。「外は凍えるほど寒くて、できれば少し温まっていきたいのですが」

永遠にも思えるこの沈黙は、きっと本当は数秒のことなのよね？「コーヒー？」キャットはささやいた。

「座ってください。私が淹《い》れてこよう」デヴィッドが言った。

「ティム」シーラがたしなめる。「ご迷惑よ」

「いいえ、かまわないわ」キャットは言った。「私がやるわよ、パパ」彼女は言ってクレイグの腕から逃れる。「すぐに戻るわ」

「頼むね」クレイグが小声で言った。

頼むって……何を？　彼の視線を意識しながら、キャットは台所に向かった。

そのまなざしが、胸に焼きついている。かつてのように私を見つめるその瞳。どういうこと？　なぜ彼はここに？　彼は本当に私を銃弾から守ったの？　もしかして当代一の役者？　だとしたら、彼は誰を欺こうとしているの？　私や私の家族？　それとも……あの仲間たちのほう？

キャットは、向こうで待ち受けているものに怯えながらも、台所のドアを押し開けた。ジェイミーと母はテーブルに並んで座り、母の背後に立つクインティンが彼女のこめかみに銃口を押しつけている。

キャットは胸が締めつけられた。クインティンがさっき自分で言っていたように、指が本当にひくついているように見えた。

「問題ないわ」キャットは小声で報告した。「若いほうの警官がコーヒーを欲しがってるの」

クインティンが憎々しげに顔をしかめる。唾をのみこむのもはばかられるほど緊張しながら、キャットは彼の人さし指を見つめた。

「ママとジェイミーはもうベッドに入ったことになってるわ。コーヒーを飲んだらすぐに出ていくと思う。大丈夫よ」彼女は早口でささやいた。

母のこめかみから一瞬銃が離れ、カウンターのほうに振られる。「さっさとやれ」

スカイラーはじっと娘を見ている。はしばみ色の目は大きく見開かれているが、揺るぎなかった。キャットはそちらに背を向けて急いでコーヒーの準備をし、カウンターの下に手を伸ばした。

「何してる?」とたんにクインティンが噛《か》みついてきた。

「お盆を出すのよ。それにカップとクリームとお砂糖も」キャットは答えた。そういえば、母もジェイミーも両手をテーブルの上に置かされている。やがて母が息子の手を取り、そっと握った。

スイングドアがわずかに開いた。「ダーリン」クレイグが呼びかける。「コーヒーの用意はできた?」

「まもなくよ」ありがたいことに、母はわずか六十秒で湯が沸く新しいポットを買ったばかりだった。

「僕もひとつ頼む」彼は言った。

「ほかには?」キャットは尋ねた。

「君のパパのぶんを」

とても自然で気安い会話だった。「オーケイ。すぐ行くわ」

「手伝おうか？」

「いいえ、大丈夫。すぐに行くから」

クリーム入れと砂糖壺《つぼ》をお盆に置くときも、震えを抑えるので必死だった。クインティンの視線をひしひしと感じながら、四つのカップにコーヒーを注《つ》ぐ。終わると、もう一度彼のほうを見た。

銃はまた母のこめかみに押しつけられている。

母が無理に笑みを浮かべるのを目にすると、キャットは背中でスイングドアを押し開けて部屋を出た。居間に着く手前でクレイグが待ちかまえていて、お盆を受けとる。目と目が合う。その瞬間だった——彼を信じる気になったのは。

でも……。

たとえ彼がこちらの味方でも、それでどうなるというの？ 彼は銃を持っていない。彼が相手を阻止するとしても、そのまえに少なくとも誰かひとりは撃たれてしまう。

クレイグはお盆をコーヒーテーブルに置いた。ブレンダは、大きな肘掛け椅子に座るフレイジャーの膝の上。父は別の肘掛け椅子に腰かけ、アンクル・パディはラブシートを選んでいた。両手で杖《つえ》をくるくると回し、キャットが見ると、その目は暗く沈んでいた。ところがシーラに話しかけられたとたん、大おじは笑い声をあげた。ショーは続くのね、とキャットは思った。

ティムとシーラはソファに座っている。スクーターは暖炉の横に立ち、マントルピースに片肘をついている。ウエストに挟んだ銃がフランネルのシャツをふくらませている。

警官たちにはあれがわからないの？

でもシーラはスクーターのほうを見てもいない。「ティムに、ここの子どもたちはみんな音楽の才能があるんだ、って話してたんだ。彼のために何か演奏してやってくれない、キャット？」

クレイグがシーラの座るソファに腰を下ろしたのが、キャットの目に入った。とても冷静に見える。そりゃそうよね。しょせん、彼らの仲間なんだもの。でも本当にそうなの？いま台所はどうなっているんだろう？　クインティンにはこちらの会話が聞こえているの？　こんななかでどうやってピアノを弾けというの？　どうしてクレイグやスクーターはこの茶番を止めようとしないの？

「いつもピアノを弾くのはママなのよ」キャットは言った。

「あなただってうまいじゃない、キャット。お願い、コーヒーを飲むあいだ、一曲だけ」シーラが拝む。

フレイジャーがブレンダを膝から下ろし、ピアノのところにいるキャットに近づいた。

「市民のために身を粉にして働いてくれている公僕のおふたりに、コーヒーのおともに、音楽のクリスマス・プレゼントを贈ろうよ。僕がコーラスをつけるから」

「だめよ。あなたが主旋律を歌って。ハーモニーは私が担当する」キャットが言った。

「わかった」

双子の兄と視線を交わす。兄が目に力をこめ、彼女を励まそうとしているのがわかる。必ず救いはあると言わんばかりに。

キャットは兄を見つめ返し、悲しげにほほえむ。本当はおたがいわかっていた。クインティンたちは彼らに最後まで演技することを求めている。そしてしまいには全員死ぬのだ。それでも私たちは何事もないようにふるまうんだわ、悲しい終幕を迎えるまで。キャットは室内を見渡してから演奏を始めた。

スクーターは、マントルピースの脇《わき》に陣取った場所からふたりを眺め、目を潤ませているようにさえ見えた。父は椅子の肘掛けをぎゅっと掴《つか》んでいる。クレイグはシーラのほうに身を寄せている。何か話したように見えなくもない。そしてシーラは……。

シーラは、音楽などまるで耳に入っていないかのようだ。もの思わしげな表情でスクーターを見つめている。クレイグからいま聞かされた話を吟味しているのだろうか。

キャットはわれ知らず胸に希望が湧《わ》くのを感じていた。

またピアノに意識を戻し、フレイジャーと歌いだす。終わると、観衆から拍手が沸き起こった。ティムはスタンディングオベーションまでしていた。「シーラ、あなたの言うとおりだ。すばらしいよ」

「どうもありがとう」フレイジャーは言い、肘掛け椅子のブレンダのところに戻った。

「さて、そろそろまた寒空の下に戻らないとね」シーラがため息をつく。彼女とティムは立ちあがり、ドアのほうに歩きだした。

クレイグが何気なくキャットに近づき、ウエストに腕を回した。思わず息をのむ。ここで体を引くわけにはいかない。ふたりの関係は見せかけだとたちまちばれてしまう。まして彼に向き直り、真実を話してと詰め寄ることなどできるはずがない。

とりあえずは、クレイグがつつがなく演技をまっとうしてくれたことを喜ばなきゃ。さっきまでは自分が送ったメールが唯一の希望だったけれど、いまは、むしろ届かなかったことを神に感謝しよう。とにかく私も演技を続けなきゃ。シーラとティムが立ち去るまで。全員が命を落とすその瞬間まで。

クレイグが彼女をドアのところまでエスコートした。ふたりの警官を見送りに、全員がそこに集まってくる。

「このあたりの家はもうみんな確認したの?」フレイジャーが尋ねた。

答えるまえに、一瞬躊躇《ちゅうちょ》しなかった? 何か思惑があるみたいに、ふたりが目を見交わしたように見えたのは錯覚?

「行ける範囲でね。じつは、ミセス・オーフェンのことが少し心配だったんだ。ほら、もう八十歳だし。でも無事だったよ。このあたりじゃどの家にも発電機の用意がある」シーラが言った。

「僕は、事務所に戻って暖を取り、朝番の交代要員が来るまで待ちましょうと、シーラを必死に説き伏せようとしてるんです」ティムが言った。

「連中が事務所にたどりつければ、の話だろう？」どうやらシーラは期待していないようだ。「午後まで待たされる予感がするよ」彼女がそう言うと、ティムは肩をすくめた。「さて、おやすみなさい、みなさん。コーヒーと演奏をありがとう」シーラが言った。

「ほんとにありがとうございました」ティムが言った。「お会いできて楽しかったです」

「おやすみ。気をつけて」デヴィッドが言う。

「安全運転で」クレイグがつけ足す。

ふたりは玄関から出ていこうとしている。キャットは思う。彼らが消えたら、大急ぎで台所に行き、母の無事を確かめなきゃ。

「おい、ちょっと待て」突然スクーターが呼び止めた。喉の奥でうなる低い声だった。

10

クレイグは心臓が止まりそうになった。うまく切り抜けたはずなのに。警官たちは立ち去ろうとしている。ちゃんと承知して。そう、ポランスキー保安官補はわかっている。クレイグはポランスキー保安官補に手短に事情を耳打ちし、彼女もわかったとうなずいた。これで当分は安全が確保できたし、警官たちも準備を整えて戻ってきてくれるだろう。まさに奇跡だ。

いや、さっきまでは奇跡だと思えた。ところが土壇場になって……スクーターが警官たちを呼び止めた。いったいなんなんだ？

「待てよ」スクーターが繰り返す。

「なんだよ？」クレイグはスクーターに尋ねた。まずいことに、声がうわずっている。

「肝心なことを忘れてる」スクーターが言った。突然にっと笑ったので、細い顔が急に太ったように見えた。「もうクリスマスだぜ！」声を張りあげる。「日付が変わったんだ。メリー・クリスマス！」

ほっとして口から漏れたため息が、外でまだ激しく吹き荒れている吹雪にも思えた。開いたドアから垣間見るかぎり、先ほどより勢いが弱くなってはいたが。

しかしスクーターは、すっかり舞いあがってほかには頭が回らないらしく、相変わらずにやにやしている。「さあみんな、たがいに祝おうじゃないか」

「そうだな。メリー・クリスマス」デヴィッドもやはりほっとしたらしく、ため息をつく。

「メリー・クリスマス、ブレンダ」フレイジャーが小柄な恋人にほほえみ、唇に軽くキスした。

「メリー・クリスマス、パパ」キャットが父に向かって言う。

それはそうさ。クレイグは心のなかでつぶやき、がっかりするのはおかしいと思いながらも落胆を抑えきれなかった。

「シーラ、愛してるよ」パディが笑いながら保安官補を抱き締めた。

「メリー・クリスマス、兄弟」スクーターがクレイグを睨《にら》みつけてから肩に腕を回す。

兄弟？　クレイグは思う。ばかな。こんなやつとどこに血のつながりなんか。それでもいやな顔をするわけにはいかなかった。もちろん、これからどうなってしまうんだろうという恐怖心を表に出すことも許されない。

クインティンとスクーターが窃盗犯だということは最初から知っていた。ただ、何をどこまで盗むのか、そこまでは考えなかった。金目のものだけじゃない。正気、愛、クリスマスの静けさ。それに人の命まで。

彼は明るい表情を崩さないようにしながらスクーターから身を引き、まわりを見まわした。日付はすでにクリスマス・イブからクリスマス当日へと変わった。家族や友人に、愛情と、和解のしるしとしてのオリーブの枝を与える日。

スクーターに視線で促されて、キャットが兄を抱き締めた。それからパディを、ブレンダを、それにティムとシーラも。

それからクレイグの番が来た。

彼は努力した。必死に目で説明しようとした。いままでどうしても言えなかったことを。今夜けっしてここに来るつもりはなかった、君の家族を危ない目に遭わせる気など毛頭なかった、と。あのとき真実を話せなかったのは、真実があまりにも残酷だったからであり、たとえ打ち明けても、君には僕を愛せない、いや愛したくなくなる、と思ったからなんだ、と。

クレイグは彼女の顎に手を添えて顔を上げさせ、小声で言った。「メリー・クリスマス、キャット」それからさらに声をひそめる。「君の人生にたくさんのたくさんの幸せを」そうささやくと、唇にそっとキスをした。

キャットは体を引かなかった。

クレイグが顔を上げたとき、彼女はこちらをじっと見つめていた。昔と変わらぬ美しい瞳。アイルランド系ならではのエメラルドグリーン。名前に似つかわしい、シャム猫みたいな緑の瞳。

シーラが咳払《せきばら》いした。「ほんとにもうおいとましなきゃ。みなさん、いいクリスマスを。おやすみなさい」

「メリー・クリスマス」ティムが言った。

そしてようやくドアが閉まり、クレイグは心のなかで安堵《あんど》のため息をついた。警官たちはいなくなった。今日はクリスマス。すでに奇跡は起きた。

誰も死ななかったし、ついに希望の灯《とも》が灯った。


「行ったぞ」クレイグがスイングドアを押し開けて言った。「やっと出ていったよ、クインティン。オボイル一家もみんなプロの役者みたいに演技しおおせた」

ドアが開いた音でスカイラーはぎくりとした。実際、どんなにわずかな動きにも、ぎくりとした。それはあまり利口なことではなかった。なぜなら、ぎくりとするたび、肌に銃口が触れるから。そのうちこちらが驚いた拍子にクインティンも驚いて、思わず引き金を引いてしまうかもしれない。

「殺してしまったほうがよかったかもな」クインティンが考えこむようにつぶやく。目の前にスカイラーがいることを、彼女のこめかみに銃を押しつけていることをすっかり忘れているかのような、何気ないつぶやきだった。

「クインティン、ばかなことを言うな」クレイグがとりなす。「警官を殺したら大変だぞ。仲間が黙っちゃいない。連中はここに来て、もう立ち去った。何も疑っている様子はなかった。考えてもみろよ。願ってもない成り行きじゃないか」

「ああ、かもな」クインティンはそう言いながらも、まだ納得しきれていないふうだ。

スカイラーはクレイグの口調が気になった。これまで以上に神経を尖《とが》らせているようだ。

「クインティン、ほんとだぜ、僕の言うことは」クレイグが必死に訴える。

スカイラーはクインティンの唇の歪《ゆが》みが気に入らなかった。クレイグを嘲笑《あざわら》っている。彼のことを嫌っているのだ、心の底から。そして、銃を持っているのはクインティンだ。

だけどクレイグは……。

スクーターは、キャットを捕まえたのはクレイグだとはっきり言った。たとえそうだとしても、クレイグの様子、そしてキャットの様子を見ると、どうもそれだけじゃないと思えた。ふたりのあいだには何かある。まるで、最初から知りあいだったかのようだ。年は近そうだからその可能性はあるけれど、フレイジャーは彼を知っているようには見えない。

でもふたりが旧知だったからって、いまの状況に何か関係あるというの？

おおありだわ。クレイグが味方か否かが、事態を左右するときが来るかもしれない。

スクーターが、ほかの家族を前に押しやるようにして、スイングドアからどかどか入ってきた。「クリスマスだぞ」明るい声で言う。「メリー・クリスマス、クインティン！」

「メリー・クリスマス、スクーター」クインティンは言ったが、スカイラーのそばから動かなかった。ジェイミーも動かない。三人は石になり、そのまま一週間ぐらい過ぎたかのようだ。

スカイラーは息子の手をぎゅっと握った。励ます材料もないのに励ますつもり？　彼女は自分を笑う。でも本当に材料はない？　たとえ絶望に胸をふさがれていても、希望を与えるのが親の仕事では？

スカイラーは果敢にも銃口から顔をそむけると、息子のほうを見た。「さて、次なる危機をなんとか乗り越えたみたいね」彼女は笑顔を作った。息子の手を放すと、クインティンを見上げる。「コーヒーポットの電源を切ってもいい？」

「ああ、どうぞ」

彼女が立ちあがると、デヴィッドは犯人たちを無視して妻に近づき、抱き寄せて顔を自分に向けさせた。スカイラーはかすかに顔をしかめて考える。フレイジャーもデヴィッドも顔にこんなにくっきり痣《あざ》ができているのに、警官たちは気づかずに立ち去ったのかしら。

「メリー・クリスマス、スカイラー」デヴィッドは言い、妻にキスをした。

スカイラーもキスを返し、つかのまわりに人がいることも忘れて、夫への愛と、ここまでなんとか全員生き延びられたことを喜ぶ気持ちをそのキスに注ぎこんだ。

「別に部屋を取れよ」フレイジャーがからかう。

「部屋なら取ってある」デヴィッドはにやりと笑ったが、妻から目はそらさない。

「ああ、ふたりの部屋はちゃんとある。だが今夜は使えない」クインティンが言った。

「でもちょっとぐらい寝かせてくれてもいいだろう?」ジェイミーが尋ねる。

「もちろん。寝たいやつは居間のほうに退散してかまわないぞ」クインティンが言った。

「眠れっこないわ」スカイラーが断言する。

「でも、眠る努力だけでもしてみたらどうだい?」デヴィッドが言う。

「あんたは休んだほうがいい。朝になったら七面鳥を料理しなきゃならないんだから」スクーターが言った。

スカイラーはうなずいた。急に疲れが押し寄せる。「そうね。努力してみる」

「そのまえに姪《めい》っ子に〝メリー・クリスマス〟を言わせてもらおう」パディは言い、キャットに歩み寄って抱き寄せると、その機に乗じて彼女にささやいた。「シーラは承知している」

キャットは大おじを抱く手に力をこめた。全身にどっとアドレナリンが噴きだす。おじさん、どうかしちゃったの?　私を少しでも励まそうってわけ?

それとも本当なの?

パディが身を引いたとき、キャットはうつむいて、瞳に宿ったかすかな希望の光を隠した。信じてみよう。アンクル・パディの言葉〝シーラは承知している〟は本当だとしたら、いよいよ慎重に行動しなければならない。

さもないと、誰かが命を失う。


シーラはオボイル家からなるべく遠ざかりたくなかったが、外は身を切る寒さで、雪もまだ降りつづいており、スノーモービルでは吹雪から身を守る役には立たない。慎重に今後の戦略を立てなければならないというのに、凍えていては頭もまともに働かない。

そこで、わが家で対策を練ることにした。彼女が住む小さなコロニアル様式の家は事務所よりわずかにオボイル家に近い。どのみち事務所にいても誰にも連絡できないのだから、わざわざ戻っても意味はない。

「あの男の顔、見覚えがある」シーラが手早くかき熾《おこ》した火の前で両手を揉《も》みあわせていると、ティムが言った。「あの若い男」

「どこで?」

「わからない。でもどこかで見たことがある」

シーラは訝《いぶか》しんでいる。「最重要容疑者リストかい? あたしは絶対に知らないな。一度見たら忘れられない顔だと思うけど。だけどあの男、あたしに話しかけてきたんだ。絹みたいにひそやかに、なめらかな声で。銃を持っている男がふたりいて、ひとりはあの居間、もうひとりは台所でミセス・オボイルとジェイミーを人質に取っている。でも少しでも疑わしい行動をとれば、人質のふたりは殺されるって。だからふたりを一度に倒す方法を考える必要がある、とさ」

ティムは彼女のほうを見た。「本当にそんなことを？」

「アイルランドの子守り歌に紛れてね」ティムの疑念を跳ね返すようにシーラは言った。

「うーん、犯人はあそこだと思っていたが、やっぱりね」彼は言った。

シーラが一枚の紙きれを出した。「嘘《うそ》じゃないと思うよ。パディ・マーフィーがあたしのポケットにこれを忍びこませた」

ティムはそれを受けとった。小さく丸めてあったせいでくしゃくしゃだ。パディは、シーラを抱き締めたときにそれをポケットにそっと入れたらしい。

「〝銃を持った男がふたり。同時にやっつけること。いざとなれば平気で人を殺す。慎重に〟」ティムは声に出して読み、それから彼女に目をやった。「じいさん、なかなかやるな」

「用心していって正解だったね」シーラが言った。「だけど、これからどうする？　どうにかして州警察と連絡をとる？　こちらも銃で対抗すれば……」

「だめだ」ティムがさえぎった。

シーラが彼を見る。

「シーラ、ライオネル・ハドソンは死んだ。やつらが殺したんだ。ひとり殺そうとふたり殺そうと、連中には関係ない。力でねじ伏せようとすれば、やつらは活路を見いだすため、まずはオボイル家の人たちを殺すだろう」

ふたりは黙りこみ、考えを巡らせる。

「あのクレイグとかいう男の言うとおりだね」シーラは言った。「本名かどうか知らないけどあのスクーターってやつと、台所にいる男をいっぺんに倒さなきゃならない」

「問題はどうやって倒すか、だよ」ティムは暖炉から回れ右をして、部屋のなかを行ったり来たりしはじめた。「何か口実を見つけてあそこに戻るか」

「なるほど。で、さっきと同じことを繰り返す。ただし今回はあたしたちも事情を承知している。犯人のひとりがオボイル家の人間をふたり人質にしてどこかに立てこもり、こちらが何か行動を起こせば人質は殺される。たとえ自分たちが死ぬとしても、あいつらはやるよ。誰かを道連れに、と思ってるはずだから」

「なんてことだ」ティムが突然言った。

「何？」

「あいつらはすぐに気づくはずだ。僕らがあいつらの正体を見破ったことだけでなく、あいつらの顔も見たってことを。逃げきるためには、僕らのことも殺さなきゃ」

「ティム、あたしたちに必要なのは、論理的に、そして冷静に考えることだよ」シーラは言った。

「交渉はできないかな？」彼が尋ねる。

「無理だね、絶対に」シーラは言う。「だがこちらも妥協はしない。それにあたしたちには味方がいる」

どういうことだ、というようにティムが彼女を見る。

「オボイル家の人たちさ。武器はないし、めちゃくちゃ怯《おび》えているけど、家族のためなら徹底的に戦うはずだよ、きっと」

ティムはうなずいた。「そうだね」

「それと、あのクレイグって男が誰かは知らないが、彼も手を貸してくれると思う。あの男は連中の仲間じゃない」

「あなたをだまそうとしてるのかもしれない」ティムが一石を投じる。

「違うね。あのときの言葉に嘘偽りはなかった。それは確かだよ」シーラは主張した。

「とにかく、僕とあなたで銃が二丁。そして向こうにも銃が二丁。とすると、威嚇射撃はできない。僕らはふたりを同時に倒さなければならない」

「言うは易《やす》く行うは難し、だね」シーラが応じる。

「いずれにせよ、あの家に戻らなきゃ」

「またベルを押すのかい？」シーラが言う。「乗れないね」

「しないよ、もちろんそんなこと。こっそりなかに忍びこむんだ」

外気は切るような冷たさだろうに、家のなかはまだ心地よく温《ぬく》もっている。発電機のおかげでクリスマスツリーの電飾がちかちかと光り、〝楽しいクリスマスだよ！〟と訴えつづけている。しかし居間は静まり返っていた。

クインティンは布地張りの大きな椅子を玄関ドアの前に引っぱってきて、通ろうとする者を阻んでいた。彼はそこで夜警さながら居間に監視の目を光らせる。銃は無造作に膝の上に置かれている。スクーターは別の肘掛け椅子で眠っている。銃はウエストバンドに挟んであるから、盗もうとすれば彼を起こしてしまうだろう。

アンクル・パディはラブシート、キャットの両親はソファで横になり、ほかは全員床にじかに毛布を敷いて寝ている。キャットはクレイグを意識せずにいられなかった。彼はもう恋人同士のふりなどしなくていいのに、すぐ横で寝そべっている。

刻々と時は過ぎる。キャットは時計を見た。もうすぐ一時だ。

そして一時半。

奇跡を、おやすみの挨拶《あいさつ》と見せかけてアンクル・パディがささやいた言葉を、信じたかった。シーラとティムはきっと戻ってくるし、銃を乱射しながら突入するような真似《まね》をしないだけの分別がある。だって、もし彼らがそんなことをしたら？

クインティンは、自分が死ぬまえに家族の半分は道連れにするだろう。母は父に寄り添い、目を閉じている。状況を無視すれば、とてもほほえましい光景だ。ちかごろではこんなふうに仲睦《むつ》まじい両親の姿などめったに見なくなってしまった。

寝心地のいい体勢を探して寝返りを打つと、たちまちクインティンが銃を掴《つか》んだ。無言のままキャットをじっと見つめているので、彼女は目をつぶり、眠っているふりをした。

その直後、クレイグが寝ぼけて彼女の体に腕をかけ、ぐいっと抱き寄せたので、危うく悲鳴をあげそうになった。歯を食いしばって押しのけようとしたとき、彼が眠っていないことに気づいた。目が開いていて、何か伝えようとするようにキャットを見つめている。

「こっちに来て」彼がささやく。「彼らは戻ってくる。状況を理解しているんだ」

キャットは目を見開いた。「どうしてわかるの？」

「僕が話した」

キャットはしばらく押し黙っていた。「できれば信じたいけど」

一瞬、彼が傷ついた表情を浮かべた。「僕もできれば信じてほしい」そして彼の目を何かが覆った。カーテンだ。まるで……まるで心を遮断するかのように。

「おまえらみんな黙れ！」突然スクーターががばっと起きあがってどなった。何事か始まったと思いこんでいるようだ。

きっと夢を見ていたのね、とキャットは思う。それから時計を見た。

二時ちょうど。

恐怖に縮こまり、横にいるクレイグに心をかき乱されているにもかかわらず、信じられないことにまぶたが重くなってきた。それだけ消耗しているんだわ。

母も父も眠っているようだ。フレイジャーも目を閉じている。ジェイミーは動かない。キャットは部屋の奥に目を向けた。アンクル・パディの目は半開きになっている。唇をにやりと歪《ゆが》ませ、親指をぐいっと立てて彼女にサインを送ってきた。

キャットもなんとかほほえみ返そうとした。

選択肢について何度も検討を重ねた結果、シーラとティムは夜中にあの家に忍びこむのは得策ではないと判断した。

虐殺が起きるとしても、クリスマスの夜までは始まらない可能性が高い。残念ながら断言はできないのだが。生まれてからずっとこの土地で暮らしてきたシーラは、風を読み、雪を予測することができた。この吹雪の様子では、少なくともあと数時間は犯人たちも身動きできないだろう。

軍事訓練を受けた経験を持つティムは脱出作戦に詳しい。真夜中にたったふたりで屋敷に侵入しても、犯人のうち少なくともひとりは寝ずの番をしているはずだし、一方眠っているであろう人質はいざ逃げようとしてもまだ寝ぼけていて、作戦はかなりの確率で失敗してしまうだろう、というのが彼の意見だった。

そこでふたりは、夜が明ける直前に行動を起こそうと決めた。スノーモービルは音を聞かれないようになるべく遠くに停《と》め、残りは歩く。暗いうちに家までたどりついておき、実際に侵入するのはなかの住人が起きだしてから、という計画だ。

「あたしたちって、やっぱり無謀だね」シーラは言った。

「あたしたちじゃなくて、僕が無謀だと思ってるんだろう?」ティムがにやりと笑う。

「どっちでもいいけど」シーラがぶっきらぼうに答える。

「覚悟はいいかい?」彼が尋ねた。

「まだまだ。もう一回おさらいさせて」

ティムが顔をしかめる。「あのクレイグって男、どこで会ったか思い出せたらなあ」一瞬黙りこみ、記憶をたぐり寄せようとする。「もしかして実際に会ったわけじゃなく……写真を見ただけかも」

「ほんとに最重要指名手配犯じゃないって言いきれる?」

ティムは首を縦に振った。「絶対に違う。第一、助け船を出してくれたのは彼だと、あなたも言ったじゃないか」

「うん」

「でももし……」

「もし全部嘘だったら？　あたしたちをだまそうとして？」シーラが疑問を口にする。

ティムは答えなかった。


いつしか時は過ぎ、いつ眠ってしまったかもキャットには思い出せなかった。

ふと目覚めると、彼女はクレイグの腕のなかにいた。そして彼ももう眠ってはいなかった。

クレイグの指が彼女の髪をやさしく撫《な》でている。キャットは顔の向きを変え、彼の目を見た。胸を衝《つ》かれ、つかのま彼を見つめる。そのまなざしに痛々しいほどの悲しみが満ちていたから。やがてまたその視線を膜が覆い、彼はぎこちなく顔をそむけて〝ごめん〟とつぶやいた。

クインティンとスクーターの手前、謝ったの？　だって、本当は少しもすまないと思っていないように見えたから。ふたりで一緒に眠り、おたがいの腕のなかで目覚めたあのころをつかのま回想していたの？

キャットは胸の痛みをこらえて目を閉じた。一瞬、彼女も思い出に浸っていたのだ。

気がつけば夜が明けはじめ、空が白みつつある。まわりも起きだそうとしていた。

「ようやくみんな目が覚めたみたいだな」クインティンが言った。「けっこう。コーヒーが飲みたいと思っていたんだ」

「コーヒーね、わかった」スカイラーが言った。

「私が淹《い》れるわ、ママ」キャットが立ちあがりながら言った。

そしてクレイグから離れる。

キャットは伸びをして、片目でちらりとクインティンを見た。少しも眠そうに見えない。ほんとにひと晩じゅう起きていたのかしら？

「スクーター、起きてるか？」クインティンが尋ねる。

「ああ」

「よし、おまえは幸せ家族を見張ってろ。おれはその脱出マジックの名人がコーヒーを淹れるのを監視するから」

「待って」スカイラーが言った。

クインティンが振り返る。

「トイレ休憩の時間よ」彼女が言った。「まさか一緒になかに入るなんて言わないでよね。それならこの場で撃ち殺されたほうがまし」

「お望みならそうしてもいいぞ」クインティンの目が細くなり、危険な光を帯びる。

「おい」デヴィッドが割って入る。「ゆうべと同じようにしろよ。各自に一分ずつトイレにこもる時間を与える。その必要があるのはみんな一緒なんだ」

クインティンは不服そうだった。だがもう一方の選択肢と天秤《てんびん》にかけて、やはりこちらを選んだようだ。彼は一階のトイレの前で全員を一列に並ばせ、交替で使わせた。どうやらクインティン自身はサッカーボール並みの膀胱《ぼうこう》の持ち主らしい。ひと晩じゅうトイレには行かなかったし、いまもまったくもよおさないようだ。

あるいは……スクーターを信用できず、たとえ一瞬でも姿を消す気になれないのか。

「おまえ。コーヒーを淹れて、何か見つくろって朝食にしろ」彼はスカイラーに命じた。

「妻にそんな口を利くな」デヴィッドはそう言ったあとでつけ加えた。「頼むから」

「わかったよ。ミセス・オボイル、コーヒーと朝食をお願いしたい」

「そこまでご丁寧に頼まれれば、まあ……」スカイラーは皮肉っぽく答えた。

「手伝うよ」ジェイミーが手をあげる。

「私は食卓の用意をするわ」ブレンダが言う。

「よし。スクーター、おまえは連中を見張れ。クレイグ、おまえもなかにいろ。おまえ」

クインティンがキャットを指さす。「おれと来い」

「ちょっと待て」父が顔をしかめて引き留める。

「落ち着けよ、パパ」クインティンが言った。「その娘に二、三質問したいだけだ」

「娘とどこに行く?」

「ちょっと玄関を出て、天気の様子を見るだけさ」クインティンが言った。

フレイジャーが慎重に言う。「天気予報なら得意だ。最悪のお天気が続くでしょう」

「雪は夜までやまんよ」パディが言った。クインティンが怪訝《けげん》そうに彼を見る。「わしにはわかるんだ。腰の加減でな。当分よくならんよ。早くても夜だ」

クインティンは妙な視線をパディに向けた。道路が通行できないあいだはみんな殺されない……誰もがそのことに気づいているとクインティンにもわかっているのかしら、とキャットは思った。

全員が台所に姿を消すと、クインティンはキャットに向き直った。「玄関のドアを開けろ」そう言って、銃をそちらに振る。

キャットは肩をすくめると、彼の先に立ってホールを進み、言われたとおりにした。雪はまだ降っていたが、屋内は暑いほどだったので、どっと吹きこんできた冷気が一瞬気持ちよく感じられた。

「外に出ろ」クインティンが命じた。

キャットは息をのんだ。背後に立っているクインティンが自分に銃を向けていることがはっきりわかったから、言われたとおりにする。

「こっちを向け」

正面から撃つつもりなの？　自分が死にゆくのを目撃させるために？

ゆっくりと振り返る。どきどきして、頭がどうかしてしまいそうだ。

「クレイグは何者だ？」クインティンも彼女に続いて雪の降りしきるなかに出てきて、ドアを閉めた。

「は?」キャットは言葉を詰まらせ、目を剥《む》いた。

「やつを知ってるんだろう?」クインティンが言った。

「私の家に押し入り、家族を脅している悪党だってことは知ってるわ」

大股で近づいてきたクインティンにいきなり頬をぶたれ、キャットは呆然《ぼうぜん》とした。「嘘をつくな」

「言ったでしょう――」

「嘘をつくな。さもないと次は歯をへし折ってやる」クインティンが言った。

放《ほう》ってはおけない、とクレイグは思った。クインティンがキャットを外に連れだしたということは、何かを聞きだそうと考えているからで、そのためなら彼女を痛めつけることも辞さないはずだ。クレイグは家族とスクーターの前では平気な顔をしようとしながらも、彼女の両親も残りの家族も同じくらい不安に駆られていることがわかった。

最初に行動を起こしたのはデヴィッドだった。彼はいきなり台所のドアのほうにつかつかと歩きだした。

「戻ってこい!」スクーターがどなる。「撃たれたいのか!」

「みんな落ち着いて」クレイグが言った。「冷静に。僕が行って様子を見てくる。いいね？」

「クレイグ」スクーターが眉をひそめる。「クインティンはここに残れと――」

「ああ、だが七面鳥にありつくまえに騒動なんか起こしたくないだろう？」

彼はスクーターの答えを待たずに回れ右すると、部屋を出た。スクーターがばかな真似をしませんように、と心のなかで祈りながら。

玄関のドアを開けたとたん、キャットの頬が赤く腫《は》れあがっているのが目に入った。クインティンのやつ、彼女を殴ったな！　自爆テロ志願者よろしく、その場でクインティンに飛びかかりたい衝動を抑えるので精いっぱいだった。

「どうしたんだよ、いったい？」できるだけ何気なく尋ねる。

「出てこいと頼んだ覚えはないぞ」クインティンが言う。

「彼女の父親がぴりぴりして大変だ、といちおう報告しておこうと思ってね。思い余って妙なことをするんじゃないかと心配なんだ」

彼を見つめていたクインティンは、やがてにやりとして肩をすくめた。「おれはただ、ここにいるミス・オボイルに、どこでおまえと知りあったのかいますぐ白状しろ、と話していただけさ。おれに歯を折られるまえにな」

クレイグは衝撃のあまり間抜けなぐらい口を開けてしまうところだった。

「だがこうしておまえが来たからには、本人の口から聞かせてもらおうか。さもないと、この女の喉に歯が転がりこむはめになるぜ。ついでに鼻も折れるかもな」クレイグは、さも心外だという顔をしてクインティンを見つめた。「いったいなんの話だ?」

クインティンはキャットから視線をはずし、クレイグに顔を向けていた。次の瞬間クレイグは、不幸中の幸いだった、と胸を撫でおろすことになった。というのも、雪だまりの向こうに何かがちらりと見えたからだ。

何か青いものが。警官を連想させる青。保安官の制服の青。

「しらばっくれるのもいい加減にしろ。おれを怒らせれば、おまえが息をつく間に弾をぶちこめるんだからな」クインティンが言った。

クレイグはわざとぐずぐずして時間を稼いだ。あの雪だまりでは体を完全には隠せない。そこにいる誰かは、この家の裏に回ろうとしているのだ。救世主たちが無事に目の届かない場所にたどりつくまで、自分がクインティンの注意を引きつけておかなければ。「学生時代の知りあいだよ」ようやく彼は打ち明けた。たとえかけらではあっても、真実を告げるのがいちばん安全だと判断した結果だ。

「大昔の話」キャットが言った。

「同じ大学に通ってたんだよ、クインティン。ただそれだけだ」彼は言った。

ありがたいことに、クインティンはまだ彼を見つめたまま眉をひそめた。「大学?」

「そう、大学」キャットが力強く繰り返す。

「おまえ、大学の学位を持ってんのか、坊や」クインティンが尋ねた。「スクーターとどこで会ったって言ったっけ？　おれは鵜《う》呑《の》みにしてたぜ」

「彼、学位は持ってないわ。中退したから」キャットが言った。

「だが、そこで知りあった」クインティンが疑念を持ったことは明らかだった。

「そう言っただろう？」クレイグは言った。警官たちは無事姿を消した。もちろん、いまクインティンがあたりを散歩するようなことがあれば雪の上の足跡に気づくだろうが、やつが散歩に行く理由はない。

冷静に対処しなければならないが、一刻も早くクインティンを屋内に引き返させ、ゆうベキャットが家を抜けだすのに使った窓だかドアだかを警官たちが首尾よく見つけられるよう、時間稼ぎをしなければならない。そうすれば彼らは家のなかのどこかに身を隠し、そのときが来るまで耳をそばだてて、行動を起こすタイミングを見計らうことができる。

「ほかに誰がおまえを知ってる？」クインティンが尋ねた。

「いないよ、ほかには」クレイグが答える。

「家族には会ったことがないのか？」

「どうして家族と会う必要があるんだ？」クレイグはいらだたしげに問い返した。

「一度も家に招待されなかったのか？」

「私たち、授業がいくつか一緒だっただけよ。デートもしたことないわ」キャットはクインティンを正面から見据えて言った。

「さあ、早くなかに入ろう」クレイグが言った。「彼女の両親がもし騒ぎだしたら、スクーターが何をするか心配だ」

「いいだろう。だが覚えとけよ。おれは女にも本物の愛とやらにも興味はない。もしあんたが何かしでかしたら、すぐに殺す。そしてクレイグ、もしこの女をかばったりすれば、おまえも殺す。いいな？」

クレイグは思う。こいつの顔に一発食らわせることさえできたら。

「私、何もしでかしてないわ」キャットが言った。

「へえ、そうかい」クインティンは彼女を横目でじろりと睨んだ。「何も？　ゆうべ家を抜けだそうとしたのはなんだ？」長いことキャットを値踏みするように眺めていたが、やがて視線をクレイグに移し、最後に空を見上げた。

「クインティン」クレイグはこみあげる恐怖心を声に出さないよう気をつけながら言う。「なんなんだよ。なあ、勘ぐりだけで人を脅したり不安にさせたりして、いちいちみんなをはらはらさせるなって。なかに戻ろう。スクーターがばかな真似をしないうちに」

「ねえ、お願い」キャットも加勢する。

「そうだな」やっとクインティンもうなずいた。「今日はクリスマス。七面鳥を食う日だ」

「そのまえに母が豪勢な朝食を作ってくれるわ」キャットは言った。彼女はしびれを切らしつつある。クレイグにも声でわかった。「私たちがそれに間に合えばの話だけど！」

「仕切るのはあんたの仕事じゃない。だが……」クインティンは言葉を切り、意味ありげに沈黙を長引かせてから、おもむろにほほえんだ。「とにかく戻ろう」彼は手をさっと振った。それを合図に最初にキャットが家に入り、クレイグが続く。

そしてクインティンがしんがりを務めた。

11

ベーコンを焦がさず、フレンチトーストも失敗せずにすんだのは奇跡だ、とスカイラーは思った。こんなに恐ろしい思いは生まれて初めてだ。血に、骨に、筋肉に……全身に恐怖があふれ、体が震えて、立っているのがやっと。それでも作業を続けなければならない。

あの怪物が娘を外に連れだした。

いまにもデヴィッドが爆発するのではないかと不安だった。フレイジャーはまるで起爆装置のスイッチだ。ジェイミーさえ怒りがじわじわとたまっているように見える。

なんとか落ち着きを保っているのはパディだけだった。「デヴィッド、わしにコーヒーを注《つ》いで持ってきてくれんかね？　脚が痛くてかなわんのでな」

デヴィッドは挑戦し、なんとかコーヒーをカップに注いでいる。でもスカイラーはそれを見守りながら、いつカップが落ちて割れるかとはらはらしどおしだった。

「スカイラー、妖精《ようせい》さえ誘われちまうくらい、いい匂《にお》いだな」パディが言った。「もちろん七面鳥はごちそうだ。だが、フレンチトーストみたいな当たり前の料理でも、わしは充分幸せになれる。なんでこいつを〝フレンチ〟っていうのか見当もつかないがな」

「私にもわからないわ、アンクル・パディ」スカイラーは答え、どうしておじはこんなに平然としていられるんだろう、何か企《たくら》んでいるのかしら、と訝《いぶか》った。

「どうだっていいじゃないか、そんなこと」フレイジャーは言い捨て、父に目を向ける。

父と子がいま交わした目配せが、もう一度スクーターに歯向かおうという合図だったら？　スカイラーはぞっとした。惨劇が始まるまえにどうしてもふたりを止めなきゃ。

スクーターはカウンターにあるスツールのひとつに腰かけ、銃を出し、安全装置をはずしている。デヴィッドもフレイジャーもキャットのためなら喜んで命をなげうつ覚悟なのだろうけれど、そんなことはしてほしくない。でも、もしいまふたりが行動を起こせば、避けられない結果だろう。そして、クインティンと一緒に外にいるキャットも、やはり死ぬことになる。でもクレイグは？　連中は、用がすめば彼も殺すつもりなのかしら？

スカイラーが絶望に駆られたそのとき、キャットが台所に入ってきた。後ろにクレイグとクインティンも続く。

「いい匂いじゃないか」クインティンが陽気に言う。まだ手に銃を握っているというのに。

スカイラーは、とっさにはありがとうのひと言が出てこなかった。「ベーコンとコーヒーの匂いだと思うわ、たぶん」

「コーヒーをもらおうか」クインティンが言った。

「僕が持ってこよう」クレイグが急いで言う。彼はコーヒーを注ぎながらスカイラーにほほえんだ。

「どういうことだ?」クインティンがうなる。「ママには会ったことがないって言ってたじゃねえか」

「ないよ。男ってのはきれいな女性にはほほえむものだろう? それのどこが悪い、クインティン?」クレイグが反論する。

「あんたは会ったことないか、この男に?」クインティンはデヴィッドに尋ねた。

「どこで会うっていうんだ?」

「おまえは?」クインティンは振り返ってフレイジャーと目を合わせたが、フレイジャーは首を振った。

「まったく、勘弁してくれよ」クレイグがクインティンに言う。「キャットとは大学が同じだっただけだ。いくつか授業が一緒だったんだよ」彼はほかのみんなに訴える。「クインティンは、僕があなたたちと裏で通じていたと疑ってるんです。この家の前でわざと車を雪に突っこませた、と」彼はまたクインティンに視線を戻し、睨《にら》みつけた。「至難の業だよな。あのとき僕は殴られて気を失ってたんだから」

「あなた、キャットと同じ大学に行ってたの?」スカイラーは、彼の言葉の後半を無視して尋ねた。

「ええ」クレイグは、足をすくわれる危険の少なそうな話題に切り替えようと必死だった。

「ねえ、それってフレンチトーストですか？」

「そうよ。いるなら、いま最初に焼いたぶんを大皿に盛ったところだから持っていって」スカイラーが言った。

「待てよ」クインティンが大皿に手を伸ばすクレイグを止める。「おれのコーヒーは？」

「忘れてた。おまえが余計なことを言ったからだろ？」クレイグが彼に言い返す。

「私にまかせて」ブレンダが明るく声をかけ、クレイグがカウンターに置き去りにしたカップを手に取った。

「おまえ！」クインティンが突然ブレンダに指を突きつける。「この男に会ったことないか？」

ブレンダは彼にカップを渡し、クインティンはそれを左手で受けとった。右手はまだ銃を振りかざしている。

「言ったでしょう？　私は医学部進学課程にいるの。犯罪学基礎講座じゃなく」

そのひと言が壺《つぼ》にはまったらしく、クインティンが本気で笑いだした。

フレンチトースト、ベーコン、コーヒー、ジュース、バター、シロップがすべてテーブルに並んだ。スカイラーはまだ座らず、次のフレンチトーストを作りはじめる。

ときどき、体がふと金縛りに遭う。彼ら——たぶん人を殺したことさえある、身の毛のよだつような悪党――が現にこの家の食卓に着き、自分が料理した食事を子どもたちと一緒におとなしく待っているのかと思うと。

とても耐えられない。でも耐えなければならない。

「で、七面鳥はいつ料理を始めるんだい？」クインティンが尋ねた。

スカイラーは一瞬ためらい、それから彼のほうを向いた。「すぐよ。発電機のガソリンがなくならないうちに、なかまでちゃんと火を通さないといけないから。いまから少しずつ燃料を節約するようにしないと、今夜の暖房と照明がおぼつかないわ」

「もっと灯《あか》りを落として、暖房の温度も下げようよ」フレイジャーが提案する。

「その必要はない」クインティンが断じた。

やっぱりだ。言葉には出さなくても、明白だった。

クインティンは、夜のぶんの燃料がなくなってもかまわないのだ。彼はすでにここにいないから。そしてオボイル家の人々にももう必要なくなるから。

クインティンのひと言のあと部屋に立ちこめた冷たい沈黙を破って、突然アンクル・パディが口を開いた。「さあ、クリスマスだ。プレゼントを開けよう」

「そうだよ、プレゼントだ」スクーターが言った。「いや、待てよ。おれがプレゼントを気にしてどうする？　どうせおれのなんかないのに」

「言ったでしょう？　いつだって多めにプレゼントを用意してあるって」

「なんだよ？　フルーツケーキかい？」スクーターがふてくされて言う。

スカイラーは首を振り、本気で噴きだした。「違う違う、もっといいものよ」

「一年じゅういい子にしてなきゃ、サンタはプレゼントを持ってきてくれないんじゃないのか？」クインティンが言う。「スクーターはすごく悪い子だったと思うけどな？」

いまの、ひょっとして冗談かしら？　スカイラーはとまどった。

「無視、無視。おれはプレゼント大歓迎だぜ」スクーターが言う。

「で、プレゼントはどこなんだ？」クインティンが尋ねた。

「いつもならもうクリスマスツリーの下にあるはずだけど」スカイラーは答えた。

「だが、今日は〝いつも〟とは違うからな？」クインティンが意味ありげに言う。

「大部分は私の部屋にあるわ」

「あとはそれぞれの部屋に」フレイジャーが言った。

「じゃあ、みんなで上に行きましょう」スカイラーが提案した。

「だめだ。スクーター、おまえはママと台所にいろ」クインティンが言った。「ブロンドのねえちゃんもだ。後片づけを手伝え」

「私も手伝うわ」キャットが口を出す。

「おまえはだめだ」クインティンが禁じる。

「でも――」

「僕は今度はどこだ、クインティン?」クレイグが尋ねる。

「おまえはだめ」

「おれといろ」

「まだ僕を信じないんだな」クレイグは言った。

「大学を中退した秀才さんだからな。さあ行くぞ」

人々が台所からいなくなると、ブレンダが皿を流しに運びはじめた。「朝食をありがとうございました、ミセス・オボイル」礼儀正しく彼女が言う。「とてもおいしかったわ」

スカイラーはこの奇妙な状況を思い、思わず大笑いしたくなったが、なんとかこらえた。

「ありがとう、ブレンダ。気に入ってもらえてよかったわ」

「ああ、ほんとにうまかった」スクーターがまるで子どもみたいにスカイラーににっこりほほえむ。

彼女に銃を突きつけている子ども。

「ありがとう」何か言わないと機嫌を損ねそうな気がして、スカイラーは早口でつぶやく。

ブレンダが手を貸してくれたおかげで、片づけはあっという間に終わった。トランペットを吹く天使の模様のあるクリスマス用の特別な皿をブレンダが出しているあいだ、スカイラーはごみ箱にそれ以上ごみを詰めこめなくなったことに気づいた。

彼女はごみ袋の口を縛り、いつもの調子で地下室に続くドアのほうに歩きだす。ふと気づいて足を止め、声をかけた。「スクーター？」

「なんだ？」

「地下室にこれを置いてきてもいい？」

彼は顔をしかめた。「クインティンが黙ってないぞ、もし――」

「地下室のドアを開けて放《ほう》りこんでくるだけよ。そうすれば通行の邪魔にならないし、台所も臭《にお》わない」

彼はブレンダのほうを見た。こちらに背を向けて、次々に皿を出している。「そうだな。わかった、行けよ」

スカイラーはうなずいて、食料庫を横ぎり、使用人用の階段の前を通り過ぎる。二階から声がもれ聞こえてきた。

「箱が大きいだけだよ」ジェイミーの声だ。「ほんとさ。危ないものなんかないよ」

「わかった、わかった」クインティンが不服そうに言った。

「妻が話していた追加のプレゼントをスクーターに渡したいなら、あのクローゼットを開けさせてもらわないと」今度はデヴィッドだ。

涙がこみあげそうになって、首を振りながら地下室のドアを開けたスカイラーは、ぎょっとして思わず金きり声をあげてしまいそうになった。顔がふたつ、こちらを見上げている。文字どおり、心臓が止まりそうになった。

やっと救世主が現れたのだ。

シーラ・ポランスキーと、初めて見る若者だ。ゆうべシーラに同伴していた保安官補にちがいない。ふたりは階段のいちばん下に立っていた。どうやら階上の会話に耳を澄ましていたらしい。シーラが唇に指を押し当て、スカイラーはうなずいた。彼らは待っている。タイミングを見計らっているのだ。

「おい、何ぐずぐずしてるんだよ?」スクーターが非難がましく言ってよこす。

「ぐずぐずなんてしてないわ」スカイラーは彼のほうを見て言い返し、ごみ袋を階段から投げおろした。階下を見るのが怖かった。でも、きっとふたりはすばやくよけてくれたはず。

体がひどく震えて、スクーターに勘づかれるのではないかと気が気でなく、顔も見られなかった。とにかく急いで冷蔵庫に近づき、ドアを開ける。スクーターがすぐ後ろにいると気づいたとき、ぎょっとして飛びあがりそうになりながら、息を詰めて振り返った。

「いったいどうしたんだ?」彼が尋ねた。

「びっくりさせないでよ」スカイラーは言った。

「悪かったな」彼はそう言ってにやりと笑い、ブレンダのほうを見やった。彼女も目を丸くしてこちらを見ている。「ママが七面鳥を出してるぞ」スクーターがうきうきして言った。

「ええ。この小皿はどこにしまえばいいんですか、ミセス・オボイル？」

「ディナーのときにまた使うから、カウンターに出しておいていいわ」

「詰め物はどこにあるんだ？」スクーターが冷蔵庫のなかをきょろきょろ見まわしながら尋ねる。

「別に作るの」

「どうして？」

「私は七面鳥のなかに詰めない主義なの。米粒が水分を吸ってしまうのよ。七面鳥がぱさぱさになるのがいやなの」

「そりゃ賢い」彼は感心したようににっこり笑った。

スカイラーはスクーターの向こう側、食料庫のほうにちらりと目をやった。地下室に続くドアが開いていて、その陰にシーラの姿が見える。幸いスクーターはドアに背中を向けているが、クインティンは……クインティンは二階だ。銃を持って、家族みんなと一緒に。

スカイラーは七面鳥をわざと床に落とし、スクーターがかがんで拾った。彼が注意をそらしたその瞬間を利用して、スカイラーは激しく首を横に振ってみせる。一同が階段を下りてくる音がする。いまはタイミングが悪すぎる。全員が揃《そろ》っているときでなきゃだめ。犯人がふたりとも何かに気を取られ、その隙《すき》に同時に倒せるときでなきゃ。

スクーターが彼女に七面鳥を渡し、あたりを見まわした。何かを見たような気がしたのだが、気のせいだったらしい。

「どうなってんだよ？」彼が怪訝《けげん》そうに尋ねた。

ちょうどそのとき台所のドアが開き、残りの家族がぞろぞろと入ってきた。最後は銃を持ったクインティンだ。

「プレゼントをツリーの下に準備したよ」ジェイミーが言った。

「ママのために最高のプレゼントを見つけたのよ」キャットは母に歩み寄り、抱き締めた。

「警官が来てる」抱きあうあいだに、スカイラーがささやいた。

「ばか言うなよ。最高のプレゼントは僕のだ」ジェイミーが言った。

「子どもたちからのプレゼントはなんだって最高よ」スカイラーは言って、息子に向き直るとやはり抱き締めた。

フレイジャーが笑う。「どうかな、最高のプレゼントはこの僕のかもしれないぜ」

部屋の奥のほうを何気なく見たスカイラーは、スクーターの表情が目に入った。とても悲しそうな顔だ。そしてそのまなざしは、こいつら全員殺してやりたいと訴えていた。実行するのがクインティンだったとしても、スクーターに止める気はないだろう。

でも、すべては七面鳥を食べてからの話だ。

「こうすることが本当に正解なのかどうか」地下室でシーラがささやき、ティムに身を寄せて身震いする。

「おいおい、もう侵入しちゃったんだぜ？」ティムが言う。

「うん、わかってる。だけど……状況は何も変わってない。連中がオボイル家の誰かを撃つまえに、ふたりを一度に倒すにはどうしたらいい？」

「辛抱強く待つことさ」彼は言った。

地下室内は、汚れた窓から朝日がかすかにさしこんでくるだけでひどく薄暗く、ティムの顔も陰になっている。それに、ここからでは階上の状況を聞き分けるのは困難だった。さっきだって、もしドアに近づいてきたのがスカイラー・オボイルひとりでなければ、彼らは即座に捕まっていただろう。彼女がそこにいると気づいたときには、すでに遅すぎた。間一髪で階段の下に下りるのがやっとだった。

「なるほど、辛抱ね。だけどさ、いつどうやって決行する？」シーラがささやく。

「七面鳥がテーブルに出されたとき？」ティムが提案する。

シーラは息をついた。「そんな、ティム。それじゃクリスマスがめちゃくちゃだよ。あたりは血の海になる」

「一発ずつで仕留める」彼は言った。「スクーターとクインティンを」

「七面鳥がのったテーブル越しにね」シーラが言う。

「七面鳥なんか、かまってられないよ」ティムは顔をしかめ、耳を澄ました。

いましも七面鳥がオーブンに入れられ、足音から察するに、どうやら全員が居間に移動したようだった。

「わあ！」ジェイミーが歓声をあげて、開けたばかりのプレゼントをほれぼれと眺めていた目を両親に向け、またプレゼントに視線を戻す。「見つけてくれたんだね」信じられないというようにつぶやく。

布地張りの椅子に腰かけているスカイラーはほほえんだ。「お父さんが見つけたのよ。さあキャット、あなたのを開けて」

「どうしてこの女が次なんだよ？」スクーターが尋ねる。

キャットは彼のほうを向いた。「年の順なの。いちばん年下がジェイミーで、次が私」

「あんたとそこのにいちゃんは双子じゃないのか？」クインティンが尋ねる。

「そうだよ。だけど僕が先に生まれた」フレイジャーが答えた。

「だからなんだよ？　五秒の差で？」クインティンが鼻で笑う。

「正確には十分だ」フレイジャーが言い返す。「そうでなくても、キャットはせっかちなんだよ。僕は違うけど」

「どこが？」キャットがからかう。

「たしかに。せっかちは僕だ。だからさっさと開けろよ。そうすれば今度は僕の番だ」

「おれはいつ開けられるんだよ?」スクーターがすねる。

「フレイジャーのあとよ。あの子より年上でしょう?」スカイラーが言い渡した。

スクーターがため息をつく。

「本当は、キャットも僕もブレンダのあとなんだけどね」フレイジャーがつけ足す。

「ええーっ」スクーターがふくれる。

「わが家のクリスマスの決まりだもの」キャットが知らん顔で言った。

「わかったよ」スクーターはまたため息をついた。

銃を持っているのだから、次に開けさせろとごり押しすることもできたはずだ。でもそうしなかった。スクーターは本気でこのクリスマスを楽しみたいのだ。本物のクリスマス、家族で過ごすクリスマスを。たとえ、ディナー後に全員を抹殺するつもりでも。

スカイラーは笑みを漏らしそうになった。だけど彼とクインティンは地下室に警官がいることを知らない。

「私ならあとでかまわないわ」ブレンダが言った。

「開けろよ」スクーターが命じる。

「家族みんなからのプレゼントよ」スカイラーが言う。

「ママ、僕からブレンダへのプレゼントを先に開けてもらってもいいかな?」フレイジャーは訊《き》いた。

「もちろん」スカイラーが答える。

そのとき彼女は悟った。ブレンダが箱を開けてきゃっと声をあげるまえからわかっていた。それは婚約指輪だった。

フレイジャーときたら、親である私たちにさえ内緒で！

いいえ、話すつもりだったのかもしれない。その機会がなかっただけかも。息子を見たとき、その目が〝ごめんね〟と訴えていたので、やはり話すつもりだったのだとわかった。

たぶん、みんなでお祝いしてよと頼むつもりでさえいたのかも。

「ああ、フレイジャー」ブレンダがため息をつく。

「結婚してくれないか、ブレンダ」フレイジャーがそっと尋ねる。

「ええ、ええ、もちろんよ」彼女は言い、フレイジャーにキスをした。

「別に部屋を取ってくれよな」ジェイミーがうめく。

ブレンダが頬を染めて身を引いた。「大人をからかわないの、もうすぐ弟になる君」

スカイラーは、フレイジャーが息をのむのがわかった。息子はまだ、階下に救援隊が来ていて、全員助かる可能性があることを知らない。彼には、自分が指輪を買ったことをブレンダに知っておいてもらうことが何より大切だったのだ。

なぜなら、結婚式は実現しないかもしれないから。

「いい品じゃねえか」スクーターが近づいてきて、指輪をまじまじと見た。

スカイラーは、クレイグが彼を不安げに注視しているのに気づいた。その場でブレンダの手から指輪をひったくるんじゃないかと心配しているかのように。「さて」彼女は大急ぎで言った。「私はそろそろ七面鳥に肉汁をかけてこなきゃ。続けてていいわよ。でも、ブレンダ、フレイジャー、ほんとにおめでとう」

「さあ、次だ」スクーターが命じる。「キャット、プレゼントを開けな」

「先に謝っておくけど、パパと私のプレゼントが、フレイジャーからブレンダへのプレゼントに勝てるかどうか」スカイラーは娘に言った。クレイグのほうは見ないようにした。彼はまだスクーターを警戒している。そしてスクーターは指輪を見つめている。

スカイラーはふいに胃がよじれるのを感じた。彼らはたぶん宝石泥棒なのだろう。だとすれば、ブレンダの指輪を見逃すはずがない。そして、いますぐ手に入れようとしないのは、あとでゆっくり、と考えているからだ。

七面鳥に舌鼓を打ったあとで。

「あのブーツだわ！」箱を開けたキャットは歓声をあげた。感謝祭後の週末、ともにショッピングに出かけたときに、キャットはこの膝丈の毛皮の裏地つきブーツをブティックのショーウィンドウで見つけたのだ。目玉の飛びだしそうな値段だったので、娘はため息をつき、素通りした。でも本当はすごく欲しそうだった。それを見たスカイラーは、あとでもう一度店を訪ねたのである。

「指輪より大きさでは勝ってる」ジェイミーが言った。

「よし、いいプレゼントだ。フレイジャー、次はおまえだ。開けろ」スクーターが命じる。

「私からのプレゼントを先に開けてもらってもいいですか?」ブレンダがおずおずとスカイラーに尋ねた。

「いいですとも」ひょっとしてブレンダもフレイジャーに指輪を買ったのかしら?

でも指輪ではなく、メダルだった。とても美しいシンプルな聖クリストフォルスの金のメダル。

またしてもスクーターは席を蹴《け》るようにして立ち、ほれぼれとそれを眺めた。そして改めてスカイラーがクレイグのほうを見ると、やはりまた顔をこわばらせていた。

「ブレンダ……すごくきれいだ」フレイジャーが言った。

「あんたたちはふたりともなかなかの目利きだ」スクーターが評した。「さあ、やっとおれの番だぞ!」

「クレイグのほうがあなたより若く見えるけど」スカイラーがきっぱりと言う。

スクーターが顔をしかめる。「こいつにもプレゼントがあるのか?」

「クリスマスにはいつ誰が立ち寄るかわからんからな」デヴィッドが言った。「スカイラーはどんなことにも準備に抜かりがないんだ」

「いいんですよ」クレイグが言った。「僕は何もいらない。スクーターにプレゼントを開けさせてやってください」

　スカイラーがクレイグの視線をたどると、そこにはどっかりと座り、全体に目を行き届かせているクインティンがいた。もちろん、銃は手のなかにある。

「だめだ。おまえもプレゼントをもらえ。そして年下はおまえのほうなんだから、おまえが先に開けろ」スクーターがクレイグに頭ごなしに言った。

「スクーター……」クレイグが反論する。

「今日はクリスマスだぜ。ちゃんと流儀にのっとって祝わなきゃ」スクーターは曲げない。

　クリスマスらしい希望を感じさせる言葉だわ、とスカイラーは思う。なのに、このあとに待ち受けている出来事を思うと、ひどく不吉でもある。

　スカイラーが急いで渡した箱を、クレイグが開ける。

「文句のつけようのないプレゼントだ」彼は紺色のカシミアのマフラーを取りだしながら言った。「本当にすばらしい。ありがとう」

　こちらを見たクレイグに、スカイラーはほほえんだ。あなたがこの家を占拠した怪物どもの一員じゃないってことはわかっている。そう告げたかった。その瞬間、また胃がぎゅっと縮こまった。地下室にいる警官たちは、彼も悪党のひとりと考えているのだろうか。家族を救おうとしてくれているあの警官たちが、彼を殺すかもしれない。

　スカイラーは目をそらし、気持ちを抑えこんだ。彼のことまで心配する余裕はない。家族が優先順位の筆頭だ。これから迎える事態を家族全員が乗りきれるかどうかさえ、まだまったくわからないのだから。

第一、彼の何を知っているというの？　ほかのふたりと一緒にここに来たのは確かな事実だ。つまり、同類ということだわ。ただ……多少の良心が残っているというだけで。

でも、彼のことをキャットも見つめているのにスカイラーは気づいた。しかも、いまにも泣きだしそうな顔をしていた。ふたりはどの程度の知りあいなの？

「おれの番だぞ！」スクーターが浮かれる。

「ああスクーター、あんたの番だ」デヴィッドが辛抱強く言った。

「どの箱がおれのだよ？」彼が尋ねる。

「こいつだよ」パディが杖《つえ》で箱をスクーターのほうに押しやった。

すぐに包装紙を破るようなことはしなかった。スクーターは箱を手に取り、ためつすがめつしている。まるで、ラッピングそのものに感心しているかのように。

「かっこいいリボンだ。包装紙もきれいだし」

「私が包んだのよ」キャットが言った。

スクーターはキャットのほうを見て、にっこり笑った。「へえ」

「さっさとしろよ、スクーター」クインティンが急《せ》かす。

「いま開けるって」

それでも破りはしない。注意深く丁寧に結び目をほどき、リボンをはずし、テープをはがす。リボンと包装紙を折りたたみ、そっと脇《わき》に置く。それも贈り物の一部なのだと言わんばかりに。それからやっと箱を開けた。

スクーターは中身を見つめ、それからスカイラーのほうを見た。「クラニアムだ」声を詰まらせながら彼が言った。

「ゲームが好きそうだったから」

「すげえや。こんなにかっこいいクリスマスプレゼント、初めてだ」彼はそこで口ごもり、何かを思い出そうとするように眉根を寄せた。「いや、考えてみりゃ、クリスマスプレゼント自体、初めてだぜ」

「その下も見て」スカイラーが言った。

下をのぞきこんだスクーターは目を丸くした。「トリビアル・パスートだ」うれしそうに言う。「クインティン、見ろよ、ゲームがふたつも」

「よかったな」

「ねえ、今度はママの番よ」キャットが言った。

「ちょっと待って」スカイラーは立ちあがり、台所のほうに歩きだした。「七面鳥に肉汁をかけなきゃ」必要以上に大声を出す。警官たちが様子をうかがうために上がってきていることを想定し、この声を聞いて引き返してくれればと願って。せっかく救出しに来てくれた警官たちが、うっかり見つかったりしたら大変だ。「ちゃんと肉汁をかけないとぱさぱさになっちゃうの。ぱさぱさの七面鳥なんて興醒《きょうざ》めでしょう、クインティン?」

「おれのプレゼントはそれだな。七面鳥が」クインティンが上機嫌で言う。

「ソーダが飲みたい」ジェイミーが言った。

「私も水が欲しいわ」キャットが続ける。

「みんなで一緒に台所に行ってはだめかしら?」スカイラーはクインティンに穏やかに尋ねた。

クインティンは首を振る。「スクーター、ママを台所にお連れしろ。目を離すなよ。ミセス・オボイル、戻るときに子どもたちに飲み物を持ってきてやれ」

スカイラーは肩をすくめた。なんなの、クインティンの慎重さは? まさか気づいているとか? どうして家族をばらばらにしたがるの?

彼女に続いてスクーターが台所に入ってきた。スカイラーは、オーブンに近づく途中、ブレンダがカウンターに積んだ皿がわずかに移動しているのに気づいた。誰かがカウンターの縁に寄りかかり、お皿の山にぶつかったみたいに。

何気ないふうを装ってオーブンを開け、七面鳥に肉汁をかけるものの、心臓が胸から飛びだしそうだった。地下室へのドアに引き返したかった。引き返さなければならなかった。でも運びだすべきごみ袋はもうない。それに、これといった理由もなくそちらに行けば、まちがいなくスクーターも確認のためついてくる。

「うーん！」スクーターが言った。

スカイラーはぎくりとした。すぐ横に彼が来ていた。

「待ち遠しいなあ」子どもみたいな言い草だ。

ふいにスカイラーは悟った。地下室へのドアを開ける必要はない。ふたりはすでに階下にはいないのだ。でも、それならいったいどこに？

12

「スクーター！」クインティンがどなり、それからもどかしげに室内を見渡した。「いったいいつまで七面鳥に肉汁をかけてるんだ？」

「スカイラーがほかの料理も作りはじめたんだろう」デヴィッドが突き放すように言う。

「みんなで確かめに行ったらどうだい？」クレイグが提案する。

「おまえが戸口まで行って見てこい」クインティンがクレイグに命じる。

「わかった」クレイグは答えた。クインティンのやつ、頭のなかにレーダーでもあるんじゃないのか？　やつらを倒すには、ふたりをひとところに集めなければならない。これではそれも難しそうだ。とにかくクレイグはスイングドアに近づき、言われたとおりにドアをわずかに押し開けて声をかけた。「ミセス・オボイル？　どんな具合ですか？」

するとスクーターがこちらを振り返って堂々とこう宣言した。「ふたりで料理中だ」

クレイグはクインティンに顔を向けて言った。「ふたりで料理中だとさ」

「ふたりで？　スクーターに料理ができるかよ」クインティンが言う。

「ミセス・オボイルに教えてもらってるんだ」スクーターがうれしそうに言ってよこす。

クインティンが立ちあがった。「気に入らねえ」いらいらした様子で言う。「パパ、あんたは息子たちとここにいろ。アンクル・パディは台所だ。ブロンドと〝ミス・問題児〟も台所に来い」

プレゼントを開けていたときは穏やかで、くつろいでいると言ってもよかったのに、いまはクインティンは目に見えて機嫌が悪くなり、どこか不安そうだ。たぶん、スクーターが家族となじみすぎて、いよいよのときに手をくだせなくなるのではないか、と心配しているのだろう。

「僕はどこにいればいいんだ、クインティン？」クレイグは尋ねた。

「台所だ」クインティンが鋭く目を細める。「おまえのことは、その赤毛のガールフレンドと同じくらい信用してないんだ」

「私はこの男のガールフレンドじゃないわ」キャットが声をこわばらせる。

「あんたは女だし、こいつの友だちだった」クインティンがしびれを切らしたように言う。

クレイグは息をのみ、全身の筋肉を緊張させた。クインティンがキャットの腕を掴《つか》み、銀色に光る銃口を彼女のこめかみに押し当てたからだ。「さあ、全員行動開始」

娘が銃で脅されているのにじっと座っていなければならず、デヴィッドの顔が苦しそうに歪《ゆが》んだ。一方ブレンダとパディは立ちあがり、命令どおり移動を開始する。

「姪《めい》っ子に銃を突きつける必要なんぞないだろう」パディが重々しい口調で言う。「いたいけな娘をわざわざ脅さずとも、あんたの命令にはちゃんと従うよ」

「つべこべ言わずに台所に行け」クインティンが言った。「スクーター」さらにどなりつける。彼はドアを開けたままにして、両方の部屋に目が届くようにしている。

「なんだよ」

「台所から出ろ」

「でも――」

「こっちに来い。安全装置をはずし、銃をパパに向けて見張れ。いますぐだ」

スクーターが顔をしかめて姿を現した。「さつまいもの砂糖煮を教えてもらってたのに」

「おまえが料理する必要はない。ただ食えばいいんだ」クインティンが言う。

「クインティン、せっかくのディナーを台無しにするなよ」スクーターは言った。

「さっさとこっちに来い。おれはなんにも台無しにするつもりなどない。ただ、さつまいもの砂糖煮を作りながらどうやってママを見張るつもりなのか、と言いたいだけだ」

スクーターは口を尖《とが》らせながら居間のほうに行った。

先にパディとブレンダを通し、続いてクレイグがクインティンの前を素通りして台所に入った。パディがいらだたしげにため息をつき、椅子に腰を下ろすと、前のテーブルの上に杖《つえ》を置いた。ブレンダは流しの脇《わき》に立ち、キャットはクインティンに押される格好で母

「ほかの料理にも取りかかってるの？」キャットが尋ねる。

スカイラーはうなずいた。せっかくうまくいきかけていた契約交渉に失敗したかのような、がっかりした表情を浮かべている。「ええ。おいもにブラウンシュガーを加えようとしていたところ。ブレンダ、さやいんげんのキャセロールをお願いするわ。とっても簡単なの。お豆とマッシュルームスープと揚げたオニオンリングを入れるだけ。みんな気に入ると思うわ。さやいんげんやマッシュルームやオニオンが苦手でなければ」

とくに意味もなく自分が饒舌《じょうぜつ》になっていることにスカイラーは気づいた。とにかくこの張りつめた空気をやわらげたかったのだ。ところがブレンダは無言でうなずいただけでキャセロールに取りかかった。さつまいものほうはキャットにまかせ、スカイラーはため息をついてオーブンを開けると、もう一度七面鳥に肉汁をかけた。

クインティンはパディの横に座った。これでは、地下から誰かがこっそり上がってきても、クインティンを撃つことはできない。いや、撃とうとさえしないだろう。クインティンはわざと全員をばらばらに配置して、何があってもオボイル家の誰かひとりは確実に殺せるようにしたのだ。

「なあ、クインティン」クレイグが言った。

「なんだ？」

「今日はクリスマスだ」

「大学にまで行ったんだから、何かおれの知らないことを言ってみろよ」

クレイグは無理に笑顔を作った。「お祝いに乾杯でもしないか?」

「まだ時間が早い」

「アイルランドならそうでもないぞ」パディが助太刀する。

「私もいただきたいわ」ブレンダまで言う。

「どうだい?」クレイグはもうひと押しした。

「ったく。じゃあ飲めよ」

立ちあがり、酒が置いてあるカウンターに向かいながら、クレイグはクインティンの敵意に満ちた視線が追ってくるのを感じていた。どうやらクインティンは、九ミリ口径のスミス&ウェッソンで彼の背中を撃つシミュレーションをしているらしい。

あの銃なら、彼の体にディナー皿ぐらいの大穴を空けるだろう。なぜかふいに、お腹《なか》にぽっかり空いた穴を見下ろしているアニメのキャラクターになった気分になる。幼いころによく観《み》たアニメはけっこう残酷だったが、いまもそうなのだろうか、とふと思う。

「何がいい?」彼は振り返り、みんなに尋ねた。

「ウイスキーをストレートで」パディが言う。

クインティンは肩をすくめた。「じいさんに同じ」

クレイグが飲み物を注《つ》いでいると、すぐ横をキャットが通った。三年も経《た》ったなんて、信じられない。その三年のあいだに、僕の世界は大きく変わってしまった。

クレイグはパディとクインティンの前にグラスを置いた。全員に目を配ろうとしているクインティンの視界をさえぎり、いまの場所から、警官がもっと狙《ねら》いをつけやすそうなところに、やつを移動させることはできないだろうか。だが、彼がもたもたしていると、すぐにクインティンが訝《いぶか》しげに目を上げた。とにかく、もしふたりの警官が家に入れたとしても……いや、きっと入れたはずだが、タイミングが合うまでは行動を起こさないだろう。それに、スクーターに狙いがつけられなければ、クインティンのことも撃たないはずだ。彼はカウンターに戻った。「ブレンダ、君もストレートでいいかい？」

「まさか、何かで割ってください」彼女は言った。

「ソーダ？」クレイグが尋ねる。

「ええ。コーラでも、レモンライムでも、なんでも」ブレンダはそう言って、最後のマッシュルームスープの缶詰めの中身を空ける。

「上等なウイスキーをそんなものと混ぜちまうなんて」クインティンが言った。「ひでえ二日酔いになるぜ。まあ、どうせ関係ないか」

とたんに室内がしんと静まり返る。

クレイグはあわててブレンダにグラスを渡した。震える手で彼女がそれを受けとる。青い瞳が恐怖に見開かれている。

安易に励ますことはできない。いまは。「スカイラー、キャット……君たちは?」

スカイラーはふたたび七面鳥に目を戻し、首を振った。

キャットは彼を睨《にら》みつけた。なぜこんな連中とつるんでいるのか訊《き》きたがっているのがわかるし、彼からは何も受けとるつもりはないという強い拒絶がひしひしと伝わってくる。

クレイグは自分にも酒を注ぎ、パディの隣に腰を下ろした。「乾杯」そう言ってグラスを持ちあげる。

「乾杯」パディは彼を見て、ゲール語で返す。

クレイグはクインティンに向き直り、もの思わしげに言う。「連中は僕たちを見たんだ。そうだろう?」

「は?」

クレイグは首を振った。「ゆうべここに来た警官たちだよ。彼らは僕たちの顔を見た。だからなんというか……事後に僕たちがここを立ち去るとしても、彼らにはぴんとくる」

意外にも、クインティンはこちらをまじまじと見て瞬《まばた》きした。つまり、いま初めて自分が犯した過ちに気づいたのだ。やつはここを避難所として利用することにばかり神経を尖らせてきた。すべてを思いどおりに操っている気になっていたのだ。だから自分のまちがいに気づかなかった。

クインティンがあまりにも長いあいだじっと考えこんでいるので、とうとうクレイグが口を開いた。「だからここで誰かを殺しても無意味だよ」

クインティンがゆっくりとほほえみ、スミス&ウェッソンをまっすぐにクレイグの顔に向けた。「だが、おれのことは見てない」よこしまな笑みを浮かべる。「だからおまえをいまここで殺したって、べつにかまわないってことだ」

本気だろうか？　だがクレイグに確かめるチャンスは来なかった。なぜならスカイラーがたまりかねた様子で割って入ってきたからだ。「もうやめて！　本気で怒るわよ。喧嘩《けんか》はもうたくさん。あなたたちふたりだろうと、子どもたちだろうと容赦しないわ。よく聞いて。今日はクリスマスなの！　私はいま七面鳥を焼いている。二歳児の集団みたいなふるまいにはうんざりよ。この食卓で喧嘩するならさっさと出ていって。いいわね？」

クインティンはあっけにとられていた。腰に手を当て、目をぎらぎらさせて、目の前で憤然としているスカイラーを、ただ見つめている。

彼はクレイグも、スカイラーも撃たなかった。一瞬ののち、突然大声で笑いだしたのだ。キャットがふうっと安堵《あんど》のため息をつくのがクレイグにも聞こえた。肩越しに振り返ると、彼女はかがみこんで体を震わせていた。

クレイグは立ちあがった。「キャット、本当に飲み物はいらない？」

「自分で注げるわ」彼女はそう言って、こちらに背を向けた。

デヴィッド・オボイルは、居間で椅子に座ったまま、クリスマスツリーを、息子たちを、そして自分に銃を向けている男を眺めた。

スクーターは、自分への罰が厳しすぎると思っているようだった。ジョークも口にしなくなったし、クリスマスのことも話さない。ただ、戻ってこいとクインティンに言わせようと念じるかのように、ちらりちらりと台所に目をやっている。

台所での会話が打ち寄せては引く波のようにときおり聞こえてくる。どうしたんだろう？　デヴィッドは心配になる。だが自分では何もできないのだから、スクーターに話しかけて気を紛らすことにした。「クインティンの下で働くようになってどれくらいなんだ？」

「クインティンの下で働いてるわけじゃねえ」スクーターが顔をしかめて言った。

「ほう？」礼儀上、あいづちを打つ。彼は膝の上で手を握りあわせた。

「クインティンの下で働いてるわけじゃないぞ」スクーターが、今度はもっと激しい口調で繰り返した。

「わかるさ。それはそうだろう」

「事実だ」

「わかったと言ってるだろう？」

「誰かの下で働くってことは……とにかく、これはおれの計画だ。おれの仕事なんだ」

「なるほどな」デヴィッドは言った。「あんたが持ってるその銃もたいそうな代物だな」

スクーターはせせら笑った。「おまえに銃の何がわかる?」

「私は銃を持ってない」デヴィッドが言った。「だからといって、銃について知らないわけじゃない。販売店に行って店員の売り口上を聞き、法律について書かれた用紙を読んだこともある。まずは必ず用途について訊かれるよな? 猟ですか? スポーツ射撃ですか? それとも護身用ですか? 妙だな、強盗とか、なんの罪もない一家を脅すためにいちばんいい銃はどれか、なんて尋ねる客は見たことない。ああ、もちろん殺人用ってのもね。単なる想像だが」

スクーターの口元がひくひくと痙攣《けいれん》しはじめた。「うるさい。だ……黙れ。あんただって銃があれば、おれを撃ってたかもしれないだろう?」

「そして、私がそうするあいだに、クインティンが家族の半分を撃ってただろうな」

スクーターが恥じ入ったように一瞬うつむいた。やがて顔を上げて言った。「いい家族だよ。だからあんたは……とにかくおとなしくしてることだ。いいな?」

「クインティンは全員殺すつもりさ。いずれにせよ」デヴィッドは言う。

「そんなことねえよ」だがスクーターは嘘《うそ》が下手だった。

「銃で生きる者は銃で死ぬ」ジェイミーが言った。

スクーターは笑っただけだった。「この州には死刑がない。だから来たんだ」

「どこから?」フレイジャーが尋ねる。

「ルイジアナさ。まずはフロリダに行き、そのあと、死刑がない州のほうがいいと思いついた」自分の頭のよさに感じ入ったかのように得意げだ。

「だがなスクーター、警官に撃たれる可能性もあるぞ」デヴィッドが言った。

「そうだよ。あんたはいいやつだけど、警官にはそんなことはわからない」フレイジャーが言い添える。

「警官に撃たれるような真似《まね》はしねえよ」スクーターは言った。「おれは必ずなかに人がいないことを確かめてから盗みに入る。つまり……」声がしだいに細くなる。

「本当に銃の撃ち方を知ってるのか?」デヴィッドが尋ねた。

「当たり前だ! ビール瓶なら年じゅう撃ってるさ。おい、おれをなめんなよ。腕はいいんだぜ。こいつが火を噴けば、あんたのどてっ腹に風穴が空く。第一、あのランプを見ただろう?」

デヴィッドは胸が悪くなった。スクーターがあえて口に出さなかったこともすっかり理解できたからだ。スクーターは一度も人を殺したことがない。だが、クインティンはある。

やつは大喜びでそれを繰り返すだろう。そしてスクーターも、さっきはあんなことを言っていたが、クインティンに命じられればそのとおりにする。つまり、いざとなれば自分の身かわいさに、ここにいる人間をいくらでも撃ち殺すだろう。

「ビール瓶と人間じゃ、わけが違う」デヴィッドは言った。

「だが……」スクーターが急に黙りこんだ。

「どうした？」デヴィッドが尋ねる。何よりこの男の気まぐれがいちばん恐ろしい。

スクーターは顔をしかめ、階段のほうを見つめている。「なんだ、ありゃ？」

「え？」デヴィッドの頭に危険信号が灯《とも》る。

スクーターがこちらを睨む。神経を尖らせ、憤っているようだ。「あんた、いったい何人子どもがいるんだ？」

「三人だよ」

「違う。本当のことを言え」

「本当だよ、スクーター。子どもは三人だけだ」

「階段のところに誰かいた」

「単なる光のいたずらだろう」デヴィッドは答えた。心臓がどきどきしはじめる。

さっきクレイグが、助けが来ると耳元でささやいた。たしかにゆうべクレイグは、シーラの隣に座っていた……。デヴィッドは息をすることさえ恐ろしかった。警官がこの家に？　さっきスカイラーが意味ありげな視線をこちらに送っていたのは、それが理由なのか？

「たしかに何か見えたぞ」スクーターは言い張った。

「光の加減さ」デヴィッドは答える。

「クインティン！」スクーターが声を張りあげた。

スクーターは話すつもりなのだ。だがそんなことをすればすべて水の泡だ。デヴィッドは立ちあがり、言った。「おや……」

「どうした？」スクーターがあわてて振り返る。

「七面鳥の匂《にお》いだ」

台所のドアがばたんと開き、クレイグが現れた。どうやらクインティンは伝令として彼をよこしたらしい。「クインティンが、何事だ、とさ」

「七面鳥だよ」デヴィッドが言った。「すごくいい匂いだ。ディナーはまだかな、と話していただけさ」

スクーターはクレイグを見つめ、何を考えてたんだっけ、と思い出そうとするかのように顔をしかめた。

「スクーター、どうした？」クレイグが尋ねる。

「こっちの部屋じゃなく、台所のほうに行きたい」スクーターは言った。

「クインティンに伝えよう」クレイグが請けあった。スイングドアが閉じる。

「クインティンの下で働いてるわけじゃないんだよな？」デヴィッドが茶々を入れた。

「そうさ」スクーターはそのまままっすぐ台所に向かおうとして、ふと足を止めた。「クインティンの下で働いてるわけじゃない」彼はきっぱり言った。「だが……おれたちはチームだ。チームメイトなんだよ！」

「なるほど」デヴィッドが言う。

「違う。あんたは誤解してる」スクーターは言い募る。

「あんたがそう言うならそうなんだろう」デヴィッドは答えた。

「そこんとこ、はっきりさせとくぞ。クインティンは……おれの仲間なんだ。あいつはおれを気遣ってくれる。だから友だちなんだ。おれもあいつを気遣ってるってとこ、見せないと」

「友だちは友だちを傷つけたりしない」デヴィッドは言った。

「結果的に傷つくようなことをさせたりもしない」フレイジャーがそっとつけ加えた。

「クインティンはおれの友だちだ」スクーターの銃を持つ手が震えている。

「あんたがそう言うなら。信じるよ」デヴィッドはとりなすように言った。

「ほら、七面鳥の匂いだよ」ジェイミーが明るい調子で言う。

スクーターの指の痙攣が治まる。

「七面鳥、ポテト、グレイビー……それにデザート。デザートは山ほどあるよ、スクーター」フレイジャーが請けあった。

これは芸術なのよ、と言わんばかりに、キャットはもったいぶった手つきでさつまいもにブラウンシュガーを加え、それからバターを細かくカットすると、上にぱらぱらと振りかけた。このままできるだけ台所で母のそばにいたかった。怖くてたまらなかったこともあるけれど、それ以上に頭のなかがすっかり混乱していたから。

クレイグはあえて真実を引きずりだしてみせた。それについて口にしなければ現実にはならない、とでもいうように、誰もが見て見ぬふりをしていた真実を。それから彼は、もしかすると全員の命を救うことになるかもしれない事実についても指摘した。

一方私は……私はずっと祈りつづけている。この家に忍びこんだ警官たちが、クインティンとスクーターを撃ち殺してくれることを。

そんなことを考えるなんて恐ろしい？　人の脳が飛び散るのを見たがるなんて？　そうかもしれない。でも、あのふたり組は私の家族を恐怖のどん底に突き落としたのだ。恐ろしかろうとなんだろうと、そう祈らずにいられない。

だけど、クレイグはいったいどういうつもりなの？　どちらの味方？

彼の行動の意味はキャットにもわかった。この家に忍びこんだ警官がふた手に分かれ、ひとりがスクーターに狙いをつけることができたとして、もうひとりがクインティンのほうを狙いやすいようにあちこち移動させようとしていた。ところがクインティンはクレイグの誘いに乗らず、結局何も起きなかった。

いいえ、クレイグは何も起きないと最初から知ってたの？　彼の行動は全部ただの演技？　中立の立場で両方にいい顔をして、最後にどちらか優勢になったほうに鞍替《くらが》えするつもりなの？　もしクインティンとスクーターがまんまと逃げおおせたら、彼も手に手を取りあって一緒に逃げるわけ？　そしてもし逃げられなければ、自分は最初からあの銃を振りまわしていたふたり組の仲間ではなく、生き延びるために仕方なくそのふりをしていたのだ、とでも言うつもり？

昔、私は彼に憧《あこが》れていた。毎朝、彼に会いたくて起きだしていたようなものだ。誰かに夢中になってしまった女の子がしそうなつまらないことをなんでもした。脚をきれいに剃《そ》らない日はなかった。食事に気をつけ、エクササイズを欠かさず、体型の欠点に悩んだ。そして、じつは彼も私が好きだったとわかったとき、本当に心臓が止まりそうになった。

セックスも、ふたりが愛を深めた大きな要素だった。雑誌の表紙を飾ってもおかしくないような端整な顔立ち。体はしなやかな筋肉で適度に引き締まり、健康的に焼けていた。たまに授業が一緒になると、知りあいになれればいいなと思いながら彼を見つめていた。そして本当につきあうようになったとき、自分の幸運が怖いくらいだった。春の休暇にはふたりきりでバハマに行こうと話していた。どこかのビーチで小さなコテージを借りて、ダイビングしたり、シュノーケリングしたり、泳いだり、パラセーリングしたり……さわやかな風に吹かれながら、波間で愛しあったり。

そして……いきなり、それは冷酷な終焉《しゅうえん》を迎えた。

ああ、あの失恋の痛手といったら……傷心を忘れるため、徹底的にはめをはずした。夜遅くまで町をほっつき歩き、やけ酒を飲み、アメフト選手だという理由だけで男性と一夜をともにしそうになったこともある。たしか、歯でビール瓶を開けられるような男だった。あんなことをして、あの人いまもまだ歯が残っているのかしら、とぼんやり思う。

あのままいけばドラッグにさえ手を出したかもしれないが、誤った道に進みかけたとき、突然フレイジャーがそこに立ちはだかったのだ。私をどやしつけ、双子の兄として苦しみを分かちあってくれた。どんな兄弟でもそうだと思うけれど、成長するにつれ、ふたりは何かというとぶつかるようになったが、いざというときはいつもそばで支えてくれた。兄のおかげで立ち直ったのだ。

そして母も……当時、クレイグの心変わりに深く傷ついていた私は、母のやさしい言葉ひとつひとつに、心配してかけてくる電話一本一本に、反発した。でもいま、命が細い蜘《く》蛛《も》の糸一本でつながっているいまはこれまで以上に、自分で自分が許せなかった。私を心から愛してくれている人になぜあんなに冷たくできたのだろう。

そしてもちろん、父も、ジェイミーも、アンクル・パディさえも。私の家族、かけがえのない人たち。いま失うわけにはいかない。

思わずわっと泣きだしそうになる。家族にまつわるいろいろな物語が思い出され、いつの日か子どもを持つようなことがあれば、きっと話して聞かせたいと切実に思う。

生き延びて、子どもを持てる日が来れば。

昔、クレイグと抱きあって横たわりながら、ふたりで将来についてとりとめもなく考え、子どもの話をしたことがあった。彼は、子どもには父親と母親の両方が必要だと一途《いちず》に信じていて、ひとりっ子ではかわいそうだから、少なくともふたりは欲しいと言った。そして、両親はともに夢を持たなければならない、というのが彼の信念だった。

なのに、あなたの夢はどうしちゃったの？

「いったい全体、何してるんだよ？」

キャットは飛びあがりそうになった。いつのまにかクインティンが横に立っていたことに気づき、ぎょっとした。「さつまいもよ。砂糖煮を作ってるの」

「《モナリザ》でも描《か》いてんのかと思ったぜ」

「これはクリスマス・ディナーよ。完璧《かんぺき》に仕上げなきゃ」そう言ってあたりを見まわすと、台所にはクインティン以外、誰もいなかった。みんなどこに行ったの？　いつのまに？

「そいつをオーブンに入れろ。それから行くんだ」

「どこに行くのよ？」心臓が止まりそうだった。びくびくせずにいられない。クインティンのことが怖くて仕方がなかった。

彼はにやりとした。キャットの怯《おび》えを見抜き、楽しんでいるかのように。

「クリスマスだぜ、ベイビー。まだ開けてないプレゼントがあるじゃないか。ママやパパだってプレゼントをもらわなきゃ」

そのときクインティンが彼女に触れた。指先が頬をすっと撫《な》でたのだ。うっかり金きり声をあげるか、相手を突き飛ばすか、とにかくそれをきっかけに彼女が、そして家族全員が死ぬはめになる何かとんでもないことをしてしまいそうになる。

スイングドアが開き、クレイグが入ってきた。犯罪者？　それとも正義の味方？　いずれにせよ、ちょうどいいところに来てくれた。キャットは必死に動揺を静めようとした。いまはまだ彼を許せない。たとえ全員が死ぬことになろうとも。自分を踏みにじった相手をみすみす許すなんて、ただのお人よしだわ。

「おいクインティン、早く来いよ」クレイグがじれったそうに言う。「ミセス・オボイルによれば、キャットがさつまいもをオーブンに入れたら、一時間でディナーになるとさ」

クインティンは一歩退いて銃の狙いを彼女に定め、一瞬だけそれをクレイグに向けた。

「仕切るのはおれだ《アイ・コール・ザ・ショット》」彼はふたりに釘《くぎ》を刺し、それからにんまりした。「撃《ショット》つのもな？」

キャットは彼に背を向けてオーブンを開け、七面鳥の真下に料理を入れた。

二階では、シーラとティムが背中を廊下の壁に押しつけて縮こまっていた。地下室の階段を駆けあがって最上段にたどりついたらすかさず犯人たちを撃つ、なんてことは無理だと、建物内に入るとすぐ思い知った。だから、みんなが居間にいるあいだに裏階段をそっと上がったのだ。

「くそ」ティムが階段から階下をのぞきながら悪態をついた。

「何？」シーラがささやく。

「なんだか気づかれたみたいだ」ティムが答える。

「そんなわけないよ」シーラが言った。「絶対に誰にも見られてない」

「ミセス・オボイルが地下室のドアを開けたとき、スクーターが何か気づいたのかもしれない」ティムが考えこむようにしてつぶやく。

「いまとなってはもういいじゃないの、そんなこと。あたしたちふたりが同時に、まともにあいつらを狙える場所を見つけたんだから」

「そんなチャンスはないかもしれない」

「必ず、隙《すき》はできるよ」

彼はうなずき、シーラに目を向けた。「シーラ、覚悟をしなきゃ……最終的には、多少の犠牲者が出ても――」

「いや、だめよ」彼女は拒んだ。

「もう時間がない」断固としたティムの口調。「何か手を打たないと」

「辛抱だよ」

「シーラ、聞こえないのか?」

彼女は息を詰めた。「嵐《あらし》だろう?」

「弱まってきた」

「わかってるさ」

「戦場に犠牲者はつきものだよ」

「ここは民間人の家だよ。戦地じゃない」

「兵士というのはときには死ぬものなんだ」

「ここでは兵士はあたしたちふたりだけだ」シーラは彼に言った。「時間はまだ少しある。

それにすでにこの家の部屋の配置も頭に入った」

「じゃあ、僕の作戦でいくんだね?」

彼女はうなずき、ティムは階下の居間を見下ろすと、片手を上げた。

シーラは彼の脇をすり抜け、使用人用階段の踊り場へと急いだ。

13

クレイグは必死に不安を表に出さないようにしていたが、考えずにいられなかった。シーラとティムは何をしているんだろう？　いつになったら行動するんだ？　階上に行ったのだろうか？　昨日のキャットのように、踊り場からこちらをうかがっているのか？

きっと階上だ。とにかくそろそろ行動を起こしてもらわなければ困る。残り時間はもうわずかだ。

しかし、こんな状況で、彼らにチャンスはあるだろうか？　クインティンとスクーターはいままで以上に用心深くなっている。自分たちの盾になるように、つねに家族の誰かをまわりにはべらせているのだ。でもいったい何から身を守ろうとしてるんだ？

警官がこの家にいることを、やつらが知っているはずがない。そうだろう？　外に出たとき、クインティンはふたりの保安官補の姿を見ていない。それは絶対に確かだ。

毎秒、胃が縮んでいく思いだった。

クインティンはもっと音楽を、と考えたらしく、スカイラーをまたピアノの前に座らせた。スクーターはベンチの彼女の横に腰かけ、その体の陰に隠れている。彼を狙《ねら》っても、銃弾はまずスカイラーに当たるだろう。

緊張感が、家族の元気を明らかに奪いつつあった。スカイラーがクリスマス・キャロルを何曲か演奏し、みんながそれに合わせて歌ったものの、ひどく精彩を欠き、いま彼女はただそこに座って途方に暮れている。

「おい、どうしたんだよ?」クインティンが尋ねた。

スカイラーは肩をすくめた。「私はただ……」

突然、美しくも哀切なメロディーが部屋を満たした。クリスマスツリーの横の床に座っていたフレイジャーが、バイオリンを弾きだしたのだ。スカイラーが、その音にエネルギーをもらったかのように、にっこりほほえむ。鍵盤《けんばん》の上で指が動きだし、歌いはじめる。古い民謡のようにクレイグには思えた。家族全員が声を合わせ、驚いたことに、スクーターまで最後の一節でそれに加わった。

船乗りは私に薔薇《ばら》をくれた
けっして枯れない薔薇を
私にずっと忘れさせないために
私のタイムを盗んだのは彼だということを……

曲が終わったとき、スクーターは目に涙をためてスカイラーを見つめていた。「悲しい、ほんとに悲しい歌だ」彼は言った。

「気が滅入《めい》ってきた」クインティンがいらだたしげに言った。「別の曲にしてくれ。もっと陽気なやつに。明るいクリスマス・キャロルを頼む」

「《フロスティ・ザ・スノーマン》がいい」スクーターが提案する。

それから《赤鼻のトナカイ》が続いた。スクーターはそれも気に入ったらしい。

最後にクインティンが腕時計を見た。「そのへんでいい。ミセス・オボイル、そろそろプレゼントを開ける時間だぜ。だがここでするんだ。おれにちゃんと見える場所で」

スクーターも相変わらず用心深く、スカイラーのすぐ後ろに陣取った。これでは階段の最上段から狙っても撃てっこない。クレイグはがっかりした。そうしてスクーターに気を取られていたせいで、ジェイミーが母親にプレゼントの箱を渡したのにもほとんど気づかなかった。

「まあすてき！　とても気に入ったわ」彼女があげた声に、ようやくクレイグもそちらを見た。「すばらしいわ」

プレゼントは金のロケットだった。チェーンは細く、ロケット自体も小さく、フレイジャーとブレンダが交換した品物に比べれば、それほど価値はない。クインティンとスクーターはそのあたりの品定めに抜かりはないはずだ。実際、彼らが幸せな気分を味わうのをディナーが終わるまでクインティンが許しておくとは意外だ。ブレンダを冷酷に射殺したあと、血にまみれたその指から指輪を抜きとるつもりなのだろうか？　クレイグは、うっかり階段のほうに目をやって手の内を明かしてしまうのが怖くて、必死に自制した。

「おじいちゃんとおばあちゃんの写真を入れておいたよ」ジェイミーが言った。

「ああ、ジェイミー。ほんとにすてきな贈り物だわ」スカイラーは目を潤ませて言ったが、すぐに瞬《まばた》きして涙を隠した。立ちあがり、息子を抱こうとする。

「座れ」かりかりした様子でスクーターがどなったが、すぐに肩をすくめた。なぜそんなきつい口調を使ってしまったのか、自分でも解せないというように。

スカイラーが彼を怪訝《けげん》そうに見る。

「とにかく……とにかく残りのプレゼントを開けろよ」スクーターは言った。

クインティンは眉をひそめ、彼のほうを見た。「大丈夫か、スクーター？」

「ああ、なんでもねえよ」

スカイラーは箱を次々に開けていった。キャットからのプレゼントは小粒のダイヤモンドがはめこまれたクローバーが連なる華奢《きゃしゃ》なブレスレットだった。フレイジャーとブレンダからはカシミアのショールとブローチ。宝飾品の数々にクレイグの不安は募るばかりだったが、彼女が夫からのプレゼントを開けたとき、緊張はいよいよ頂点に達した。箱のなかにあったのは、ダイヤモンドのネックレスだった。三連のダイヤモンドが美しく澄んだ輝きを見せている。

しかし、彼女がそれを手に取って夫に礼を言うと、そのあと誰も動こうとしなかった。

「パパの番だよ」フレイジャーが言った。

ふたたびプレゼントのお披露目が始まる。クレイグには、オボイル一家がたがいに申しあわせて、招かれざる客たちを無視しようとしているようにさえ見えた。最後のプレゼントはアンクル・パディへの、温めて体をマッサージするホット・ストーンだった。

「これで、腰の痛みに愚痴をこぼさず毎日をやり過ごせるわね」キャットがからかう。

全員がどっと笑った。ほんの一瞬、これから起きようとしていることを忘れ、クリスマスを祝うふつうの家族が団欒《だんらん》を楽しんでいるかのように。

だが、楽しい時間はどんどんすり減っていく。いや正確には、あいつらの手で奪われているのだ、とクレイグは思った。

大丈夫、この家のどこかに警官がいる。彼は自分に言い聞かせた。警官がふたりと僕と家族とブレンダ。だが、方法は？

スクーターの様子がおかしいのは、気分が落ちこんで、家族が欲しくなったからではないだろうか。そしてクインティンとスクーターの関係は、形は歪《ゆが》んでいてもある種、家族的なのだ。クレイグが、いよいよいらつきはじめているクインティンのほうに目をやると、いきなりスクーターが立ちあがり、スカイラーの腕を取って一緒に立たせた。「もう七面鳥も焼けただろう。さあ来るんだ。早くクリスマス・ディナーが食いたい」

「スクーター、切り分けるまえに七面鳥を少し寝かせておかないと」デヴィッドが言った。

「だが、オーブンから出すのはかまわないだろう? なあ、クインティン?」スクーターが言う。「スカイラーと台所に行って七面鳥を出してくる。いますぐに」

「ああ、いいだろう」クインティンが答えた。そこで彼は何かに気を取られているかのように、しばらく体の動きを止めた。「耳を澄ましてみろ」彼が小声で言う。

「何に?」ジェイミーが尋ねる。

「風の音だよ」クインティンが言う。

「何も聞こえないよ」ジェイミーが応じた。

クインティンはにやりと笑い、そっと言った。「そのとおりさ」

14

七面鳥はこんがりと黄金色に焼きあがった。

クインティンとスクーターを除く全員がテーブルの準備を手伝い、キャットは飲み物の担当に回った。おかげで、グラスを満たしてテーブルとカウンターを行き来するあいだに、みんなの様子を観察することができた。スクーターは興奮してすっかり舞いあがっていて、クインティンはそんな相棒を見て憤然としている。

いよいよ七面鳥をテーブルに出す段になると、クインティンがスカイラーの肘を掴《つか》み、椅子に座らせた。「ほかの誰かに七面鳥を運ばせろ。あんたはおれの隣に座れ。いますぐ」

スカイラーは肩をすくめた。「いいわよ。切り分けるのはデヴィッドの仕事だから、七面鳥は夫の前に置いてちょうだい」

「おれ、皮が欲しいな」スクーターが言った。

「好きなだけ取ってあげよう」デヴィッドが応じた。

いままで以上に空気が張りつめ、状況が悪くなっている、とキャットは思った。それもこれも、風がやんだからだ。嵐《あらし》は通り過ぎようとしている。まもなく除雪車が出て、クインティンとスクーターはここを出ていくだろう。そしてクレイグも？　でもそのまえに……。

「私が持ってくるわ」キャットは言い、七面鳥をテーブルに運んだ。

「貸して」クレイグが手を出し、重い皿を彼女の父親の正面に置いた。父が、肉切り包丁のほうについさまよいだす視線を押し留《とど》めようとしているのがキャットにもわかる。

「待て」クインティンが言った。「包丁を下ろせ」

「七面鳥の切り方に何か提案でもあるのかね？　あんたが自分でやるかい？」デヴィッドがクインティンに尋ねる。

クインティンは彼を正面から見据えた。「わかったよ。やれ。だがあんたから目を離さないからな」

「まずはお祈りを」スカイラーが宣言する。

「急げよ」クインティンが命じる。だんだん辛抱が利かなくなっているようだ。

「ありがとう」スカイラーは言い、こうべを垂れて祈りの言葉を唱えはじめた。「偉大なる神よ、善良なる神よ、この食事に感謝します。われらが神イエス・キリストよ、アーメン」

お祈りが終わったとたんスクーターが弾《はじ》かれたように立ちあがり、銃を振りまわした。

「聞こえたか？」

「聞こえたって何が？」クインティンが尋ねる。

「あれだよ！」

「なんだよ？」クインティンは繰り返す。

「この家に誰かいる」スクーターが訴えた。

　クインティンは立ちあがり、スカイラーの髪を掴むと椅子から立たせ、ドアのほうに引きずっていった。デヴィッドがあとを追って駆けだす。

「待て！」スクーターがわめき、その声に振り向いたデヴィッドはとたんに顔が真っ青になった。ふと気づくと、スクーターがキャットに銃を向けていた。

「やめるんだ、スクーター」クレイグが言い、驚いたことにキャットの前にさっと立ちはだかった。「さあ、一緒に様子を見に行こう」

　スクーターに言い返す暇も与えず、クレイグは彼の腕を引いて部屋の外に連れだした。あわててほかの家族もそれに続く。居間ではクインティンがスカイラーを盾にしながら、標的を探すように銃を振りかざし、必死の形相であたりを見まわしている。

　クインティンに駆け寄ろうとしたデヴィッドを、クレイグが捕まえた。危害を加える目的ではなく、ただ止めたのだ。

「みんな落ち着くんだ」クレイグが訴えた。「クインティン、彼女を痛めつけるのはやめろ」

「おまえの命令など聞くか。上に誰がいるか知らないが、いますぐ下りてこなきゃ、この女の頭を吹き飛ばすからな」

「クインティン、いったいどうしたんだよ？」クレイグは問いかけた。

「スクーターは〝作業場でいちばん切れ味のいい道具〟ってわけにはいかないが、犬ころみたいに鼻は利くんだ」クインティンが言った。「上に誰かいるとやつが言うなら、誰かいるんだよ」そこで声を張りあげる。「誰か知らねえが、さっさと下りてこい。いますぐだ」

彼が撃鉄を起こす。その音は嵐にも負けない大音響に聞こえた。

「早くしろ！」クインティンがどなる。

キャットは息をのんだ。恐怖のあまり膝ががくがくして、いまにも気が遠くなりそうだ。

ママ……。

クインティン……。

銃……。

「いますぐ下りてこい。さもないとこの女は死ぬ。おまえのせいだからな」

一瞬時が止まる。そのとき、二階の踊り場から男の声がした。「やめろ！　待て！」

キャットはひっと息を吸いこんだ。最後の希望を砕かれ、失望にあえぐ。両手を高く上げ、ティム・グレイストーンが階段を下りてきた。

「銃を捨てろ」クインティンが命じた。

「彼女を解放するのが先だ」ティムが言う。彼が震えているのがキャットにもわかった。でも表情には決意がみなぎっている。それに彼はひとりだった。

「女を撃って、それで終わりにしたっていいんだぜ」クインティンが吐き捨てる。

「代わりに僕を撃て」ティムが懇願した。

「やめろ！　誰も銃を撃つな！」クレイグの声が響き渡った。

室内にいる全員が驚いて彼を見た。「みんな、落ち着くんだ。クインティン、頼むからミセス・オボイルを放してくれ。お巡りさん、銃を捨ててください。さあ」

「銃をゆっくり下に置け」クインティンが命じる。

「わかった」ティムは承諾する。

クインティンがスカイラーから手を放し、ティムはクインティンの目の前の床に銃を放《ほう》った。

「取れ、スクーター」クインティンが言った。

クレイグに取れとは言わないのね、とキャットは気づく。

「相棒はどこだ？」クインティンは尋ねた。

「相棒？」ティムが訊《き》き返す。

「ばかにするなよ。おまえのパートナーだ。ゆうべ一緒に来た女だよ。この近くにいるはずだ」

「ああ、シーラのことか」ティムが言った。

「ああ。そいつだ。すぐにここによこせ」

「それは無理だ。事故が起きたらしいんで、そっちを確認しに行ってる」ティムが言った。

「嘘《うそ》つけ」

「嘘なんかついてない」ティムも曲げない。「事務所にふたりしかいないから、手分けすることにしたんだ」

つかのま、ぞっとするような間が空き、次の瞬間クインティンが銃でティムを殴った。思いきり。反動でその年若い保安官補は引っ繰り返り、背中から壁にぶつかった。それからクインティンはティムに銃口を向けた。「相棒はどこだ?」

「高速道路からの救援要請に応《こた》えている」

クインティンは彼に一歩近づいた。膝頭に狙《ねら》いをつける。「相棒はどこだ」繰り返して言う。

「急所をはずしながら最後に殺すって寸法か」ティムが言い捨てる。「だが事実は事実だ。彼女は別の出動要請のほうに行っている。この屋敷の様子はどこかおかしいと僕が訴えたのに、どうかしてると彼女は言うんだ。本物の緊急事態が起きているのに、またあのがきのたわごとにつきあうつもりはない、と」

「なんだと?」クインティンが訊き返す。

「僕のことだよ」ジェイミーがもごもご答えた。「去年、ちょっと悪ふざけをしたんだ。助けて、と警察に嘘の通報をして……僕が悪いんだ」

クレイグが前に出てきて、クインティンと倒れた保安官補のあいだに立った。「クインティン、考えてもみろよ。彼女が家にいたら、いまごろもう下りてきてるさ」

クインティンはクレイグに目を向け、銃をその顔に向けた。

「ああ、撃てよ」クレイグがもどかしげに言う。「だが、彼女がここにいないって事実は変わらない。それに耳を澄ましてみろ。また風が吹きだした。嵐はまだ収まってないんだ」

「収まるよ。まもなくだ」クインティンは言い、目を細める。

「みんな冷静になる必要がある」クレイグは静かに言い、すぐ鼻先に突きつけられた銃を無視してクインティンに顔を向けた。

クインティンは室内を見まわした。すっかり頭に血がのぼり、全身が硬直している。まだ引き金を引いていないことが不思議なくらいだ。「こいつを縛りあげろ。きつく」彼は腹立ち紛れにティムを蹴《け》った。

「ロープなんてねえよ」スクーターが言う。

「電話線を持ってこい」クインティンが言い返す。

クレイグが電話に歩み寄り、壁から引きちぎる。

「縛りあげろ。小細工はするなよ。きつく縛るんだ」クインティンが命じた。

「何もしやしないさ」クレイグは約束した。彼がティムに向けるまなざしに、無念さと許しを乞《こ》う祈りが垣間見えたようにキャットには思えた。

ティムも小さくうなずいたかに見えた。やるべきことをやってくれ、とでもいうように。

「どんなふうに縛ったか、ちゃんと見せてもらうぞ」クインティンが言った。「スクーター、ほかの連中から目を離すなよ」

「わかったよ、クインティン。ちゃんと銃を向けとくさ。七面鳥に関係なく、いざとなったら迷わず撃つ」

クインティンは、クレイグがティムの両手首を背中に押しつけ、縛りあげるのを見守った。作業が終わったとき、彼は突然笑いだした。

「なんだよ、いったい……？」クレイグが思わず声をもらす。

「手錠だよ。こいつは警官だ。手錠を使えばすんだのに。とにかく、なかなかの仕事ぶりだった。さあ、こいつを台所に運ぶぞ。そうすれば、食事のあいだも見張っておける」

誰も動かなかった。緊張のあまり、全員の足がその場に張りついてしまったかのようだ。

「始めろ！」クインティンがどなった。「クレイグがこの警官を台所に運ぶのを手伝え」

彼はフレイジャーに命じた。

一瞬フレイジャーはきょとんとクインティンを見返していたが、すぐにクレイグとは反対側に回り、立ちあがろうとするティムを助けた。

台所では、クレイグとフレイジャーが古い延長コードを使ってティムを使用人用階段の手すりに縛りつけたあと、全員がまためいめいの席に着いた。

「七面鳥を配れ」クインティンがデヴィッドに告げる。

デヴィッドはクインティンを見た。「白身の肉かい？　それとも赤身？」その声は憎しみと怒りにいろどられている。

「白身」

こうして全員に料理が配られたが、皿を前にしても誰も手をつけない。

「食えよ」クインティンが命令した。

スカイラーは肉をフォークですくったものの、しばらくそれを眺めたのち、またフォークを置いた。「食べられない。食べる気にもなれない」

「なあ、これでもおれはずっとこらえてきたんだぜ」クインティンが言った。「だが、あんたにはさすがにもう勘弁ならない」

スカイラーは身を乗りだし、彼を睨《にら》みつけた。「あらそう？　私たちを、私たちみんなを殺そうとしているのはあなたでしょう？　あなたたちがここまで待った理由は……まあ、本当のところはわからないけど、たぶん、ここに隠れているあいだは楽しく過ごしたかったんでしょうよ。あるいは、スクーターがクリスマスを味わいたかったのか。知ったことじゃないわ。でも、私たちは少しでも命を長引かせるため、操り人形みたいに踊らされつづけた。強制されて歌を歌い、プレゼントは開けたけど、このクリスマス・ディナーだけは無理よ。テキサス州にも負けない大きさの塊が喉につかえているのに、何がのみこめるっていうの？　善人が怪我《けが》をさせられ、階段の手すりに縛られている目の前で」

「善人？」クインティンが鼻で笑う。

「善人よ」スカイラーは繰り返した。

「どうして善人だとわかる？」クインティンがにやにやしながら尋ねる。「警官だから？　冗談じゃない。善人というのは、誰を信じていいか、誰を信じたらいけないか、ちゃんとわかってるやつだ。人に信頼され、信用される人間さ」

「その定義からすると、ティム・グレイストーンは善人だわ」彼女は言った。

「おれはスクーターを大事にしてる。ってことは、おれも善人か？」彼はまぜ返した。

「自分を善人と思わせたいなら、ティムをテーブルに着かせ、何か食べさせてあげて」

「ばか言うな」クインティンははねつけた。

「クインティン、なんなら縛ったままでもかまわない」デヴィッドが提案する。「だがこちらに座らせてあげてくれ。そうすれば、われわれで口に食べ物を運ぶよ」

「そうでもしないと、誰も何も食べられないわ」スカイラーが言った。

「どういうつもりか、全然わからない」唐突にブレンダがしゃべりだしたので、全員が目を丸くした。彼女はほほえみ、薬指の指輪に目を落としてからフレイジャーを見た。「さあどうぞ」指輪を抜き、クインティンの目の前に置く。「あなたたち、泥棒なんでしょ？つまり、どのみちここを出ていくまえにそれを奪う気よね？　どうやって奪うのかについては考えたくもないけど」

「ブレンダ……」フレイジャーの声がわなないている。

「フレイジャー、いいのよ。こちらからさしだしてやるわ。クインティン、それはただの物、ただのシンボルよ。でも指輪を持っていようといまいと、それを買うためにフレイジャーが一生懸命働いたことを私は知っている」彼女はほほえんだ。「しかも彼は誰の援助も受けてない。ご両親の顔を見て、何も知らなかったんだとわかったわ。さあ持っていって。いっそ命も一緒にどうぞ。だけど、フレイジャーと私の気持ち、私たちが胸に温めているもの……それは誰にも奪えない。このあと何が起きようと、私はあなたを憐《あわ》れむわ」

クインティンは彼女をただ見つめ、一瞬言葉が出ない様子だったが、すぐに態勢を立て直した。「はなはだけっこう。さあ、全員余計な口を利かずにさっさと食え」

スクーターは、食卓に漂う暗いムードなどものともせずにさっそくかぶりつき、完璧《かんぺき》にローストされた皮に包まれた胸肉に舌鼓を打ったが、ほかは全員、皿の上の料理をつつきまわすだけだった。

「ったく。あのくそお巡りを連れてこい」クインティンが吐き捨てた。

クレイグが立ちあがってティム・グレイストーンに近づき、クインティンは椅子を調達してこいとスクーターに命じた。クレイグに支えられてティムが食卓にやってくる途中、言葉が交わされた気配はなかった。

そうしてティムが席に着いたとき、クインティンがキャットのほうを見た。「あんた、まだ食ってないじゃないか」

「お腹《なか》が空《す》いてなくて」

クインティンが急に身を乗りだしたので、キャットはぎくりとした。彼は非難がましく言った。「恩知らずな女だ」彼はまた身を引き、食卓を見渡した。「みんな、おれを怪物か何かだと思ってるだろう？　ああ、そうなんだろうよ。だがな、おまえらのような連中がおれをこんなふうにしたんだぞ」

「違う」デヴィッドが言った。「われわれはみな、自分の人生に責任を持たねばならない」

「あんたがそう言うのは簡単さ。あんたはなんでも持ってる」

「なんでも持ってたわけじゃない」デヴィッドは言った。「両親は移民で、一生休みなく働きつづけた。私は十三歳で芝刈りの仕事を始め、十六歳でドラッグストアの軽食コーナーに氷を配達した。私も働きづめの人生さ」

「違う違う、まったくわかってねえな」スクーターが言った。

「黙れ、スクーター」クインティンが言った。

しかしスクーターは彼を無視して続けた。「金だけの問題じゃないんだよ」

「そいつは、銃を持った強盗が口にする言葉とは思えんな」パディが口を挟む。

スクーターはちらりと老人のほうを見る。「ほんとにわかってねえ。クインティンの母親は娼婦《しょうふ》だったんだ。父親が誰かもわからない始末さ。結局自分じゃ育てられず、あいつは里親のとこにやられた」

「スクーター……」クインティンがやめろというように声をすごませる。

「なかにはさ、金目当てで子どもを引きとるような連中もいるんだよ。そんなところに行くことになった子どもは悲惨なものさ。ほんとに目も当てられねえ」

「スクーター、十秒後にはこの銃が火を噴くぞ」クインティンが警告した。

「で、おれの母親はってえと」スクーターは続ける。「ただの酔っぱらいさ。酔っぱらって、おれをさんざん叩《たた》きのめした。十四歳までに骨折した回数を数えたら両手じゃ足りないくらいだし、母親が新しい恋人と寝てるあいだトイレでじっと座ってなきゃならなかった回数はといえば千八百万回ぐらいだ。初めて盗みを働いたのは、母親に命じられたからさ。ウォッカのボトルを盗《と》ってこいってな。おれは怖くて後ろも振り返らなかった」スクーターはフォークを振った。「で、十七歳になったとき法廷に引きずりだされ、おれを少年として裁くわけにはいかない、と連中は決めつけやがった。それで、図体《ずうたい》のばかでかい野郎どもと一緒に刑務所に放りこまれた。娑婆《しゃば》に出たおれがどうなったと思う？　刑務所帰りの人間を雇ってくれるところなんかどこにもないさ。仕方なく家に帰った。そのあと起きたことはおれにもよくわからねえ。母親は飲んだくれておれにわめき散らし、ウォッカの瓶を振りまわした。神に誓って言うが、あいつは自分で落ちたんだ。おれは何もやってねえ。あの売女《ばいた》にはふさわしい最期だったが、おれは殺しちゃいねえ。なあ、もうちょっとグレイビーをもらえないかな？」

全員押し黙ったまま微動だにせず、ただ彼を見つめていた。そのとき母がごくりと唾《つば》をのみくだす音がキャットにも聞こえた。「ジェイミー……グレイビーをお願い」

「苦労の多い人生だったってことはわかるよ」デヴィッドがスクーターに言った。「だが、変わるチャンスはきっとある」

クインティンが笑いだす。「くそ食らえ、オボイル」

デヴィッドはクインティンのほうを向いた。「あんただってそうさ。成長してからやったことはすべて、悲惨な里親家庭で育ったせいにしていいと、あんたは考えてる」

クインティンが苦笑する。「そうだな。ああ、そう考えてるよ」

「われわれは、いつだって自分で人生を選んでるんだ」デヴィッドは頑固に主張した。

「なるほどな」クインティンは言った。「おまえはどうなんだ、大学出の坊ちゃんよ。身の上について聞かせろよ。いい話を頼むぜ。そしたら涙のひとつもこぼしてやるよ」

キャットも思わずクレイグを見つめた。あなたの話を聞かせてよ。いい話を頼むわ、そしたら涙のひとつもこぼしてあげるから。

クレイグは肩をすくめた。「よくある話さ。コカインだよ」

「あなたがコカイン中毒のはずがない」キャットは彼をじっと見据えた。

彼はゆっくり悲しげにほほえんだ。「ああ。僕じゃない」彼はためらった。「父親さ。そんな人間じゃなかったんだ、もともとは。ところが……どっちが先だったかはわからない。アリス・ディアスか、ドラッグか。とにかく、途中をはしょって言うと、ある日、男が僕に会いに来た。おまえの父親にはたっぷり貸しがある、金を返せなきゃ父親を殺す、と男は言った。僕に何ができる？　血を分けた父親なんだ」クレイグは言った。「すべてを変えたのはドラッグさ。そして、努力すれば父親はもとに戻れると僕にはわかってた」

「おい、そろそろバイオリンを取ってこいよ」クインティンはつまらなそうにフレイジャーに言った。

「しーっ」スクーターが言う。「いい話じゃねえか」

「続けて」キャットが告げる。

クレイグは肩をすくめた。「当時、僕はアルバイトをしながら大学に通っていた。そんな金を用意できるはずもなかった。連中にだってもちろんわかっていたことさ。僕に何をさせるか、すでに連中の頭のなかには計画があったんだ。本当は父にやらせるつもりだったのに、とてもそんな状態になかったから、僕が次の候補に選ばれた」

「その計画って？」スクーターがわくわくした様子で尋ねる。

「父は、ヤク中になって仕事を失うまでは警備会社に勤めてた。宝飾店に警報システムを設置してたんだ。連中は父から情報を聞きだし、僕を一緒に連れだした。僕は、父に嘘をつかせないための言わば保険だったんだと思う。システムを突破する方法を教えないと息子を殺す、と父は脅された。そして僕は、手伝わなければ父親を殺すと言われた。だから手伝った」彼は口ごもった。「そのあと連中は僕を撃った。だが運よく急所をはずれてたんで、助かった。だが連中はその店の金品を洗いざらい奪い、店主を殺した。そして結局、父親も殺したんだ」

静寂が流れる。

クレイグはキャットを見つめていた。

彼女も見つめ返す。どうしてあのとき話してくれなかったの？　心のなかで訴える。なぜ警察に駆けこまなかったの？　でもキャットにはわかっていた。家族に危険が迫れば、人はなんでもする。人殺しさえ。自分の命をさしだすことさえ。

「さあ、乾杯だ！」沈黙を破ってパディが言った。

全員が彼に目を向ける。キャットは首をひねった。酔っぱらっているのかしら、それとも名演技？

「アンクル・パディ、もう飲みすぎだわ」スカイラーが穏やかにたしなめた。

「何を言う、まだまだだ」パディが反発する。「撃たれるとわかっているなら、そのまえに酔いつぶれておきたいじゃないか」

「誰も撃たないし、誰も撃たれない」クレイグが言った。クインティンが眉を吊《つ》りあげて彼を見た。「撃っても仕方がないじゃないか」クレイグはそう続けてティムのほうに顎をしゃくった。「そうだろう？　彼の相棒はここに一緒には来なかったが、居場所は知っている」

「そのとおりだ」ティムも同意する。

「前にも言ったが、この家の人たちを殺してもなんの意味もない」クレイグが断言した。

「そろそろデザートにしよう」クレイグの言葉など耳に入らなかったかのように、クインティンが言った。

「なんだって？」クレイグがとまどったように尋ねる。

「ティムの相棒はこの家のどこかにいると、おれは確信してる。とりあえずディナーを食い、それからその相棒を見つけに行こう。さっきそう考えたんだ。もちろん、捜すのはそんなに難しくないだろう。いまもこの会話が聞こえる範囲にいるはずだ。だが、おれたちふたりを同時に倒すのは困難だから、何もしかけてはこない。だから……デザートだ」

全員が彼を見つめている。

「デザートだ」クインティンが繰り返す。「いますぐ」

キャットは気持ちが沈んでいくのを感じた。

警察も作戦を失敗した。もうおしまいだわ。そして……。

クレイグがこちらを見て彼女の視線をとらえ、口の動きで何か伝えようとしている。でもキャットには意味がわからない。彼女は眉をひそめた。なんなの？　何をするつもり？

「私が取り分けるわ」スカイラーが言った。

クインティンがうなる。

スカイラーがクインティンを見た。「パンプキンパイ？　それともピーカン？」

「おれはピーカン。アイスクリームを添えて」スクーターが言った。

「クレイグ？」スクーターに配ったあと、母が尋ねる。

「パンプキンパイを」彼が言う。

「アイスクリームは？」

「いや、けっこうです」

スカイラーがクレイグの前に切り分けたパンプキンパイを置いた。「うまそうですね、ミセス・オボイル」彼は何気なく言い、フォークを手に取った。そしてどなった。「伏せろ！」そのフォークをスクーターの手にぐさりと刺し、テーブルに釘《くぎ》づけにする。

家族全員がかがみこむ……息をのむ……わめく……叫ぶ。

その不協和音を縫うようにして銃声が響き、キャットは危険を承知でテーブルの上をのぞいた。

クインティンがこちらを見つめていた……見つめながら……でも銃は向けてこなかった。銃は彼の指を滑り落ちていった。テーブルの上に彼の頭がごとんと音をたてて倒れた。後頭部に空いた穴。彼のデザート皿から血があふれはじめ、テーブルへと広がっていく。

スクーターはまだ金きり声をあげている。クレイグのフォークで片手をテーブルに串刺《くしざ》しにされながらも、もう一方の手に握った銃で狙いをつけ、発砲しようとする。

とっさにクレイグが身を呈してテーブル越しに飛びかかったが、その必要はなかった。ぼきりと何かが折れる身の毛のよだつような音がしたかと思うと、スクーターがさらに甲高い声でわめきはじめた。腕が不自然な角度に曲がってだらりと垂れている。その横には、杖《つえ》を手にしたアンクル・パディが立っていた。大おじがそれでスクーターの腕をへし折ったのだ。クレイグが大急ぎでスクーターの手から銃をもぎとった。即座に安全装置を戻し、腰にさす。

「ああ、なんてこと」スカイラーが大きく息をついた。「ああ」そう繰り返し、泣きだす。

キャットは混乱はしていたが、クインティンの言葉もひとつだけ正しかったと悟った。シーラ・ポランスキーは最初からこの家のなかにいたのだ。いま彼女は食料庫から飛びだし、台所に走りでてきた。

「みんな、大丈夫?」心配そうにシーラが尋ねる。

この状況を考えるとあまりにばかげた質問に聞こえたので、キャットは思わず噴きだしそうになった。死者の鮮血がテーブルじゅうに飛び散り、スクーターはまだテーブルに釘づけになったまま、悲鳴をあげている。

自分でもぞっとしたのだが、キャットは本当に笑いだしていた。

それから彼女はシーラ・ポランスキーと、そして兄弟と抱きあった。誰かがティム・グレイストーンを縛っていたコードを解いている。今度はブレンダと抱きあって泣いた。次に気づくとキャットは母の胸に抱かれていて、そのあと父の胸に飛びこんだ。

興奮状態が、笑いと涙とハグとキスの大混乱が、いつ終わるともなく続くように思えた。そしてそのあいだずっと、シーラの問いかけがキャットの頭のなかでぐるぐる回っていた。

〝みんな、大丈夫?〟

キャットは、みんなが大丈夫になる日など、金輪際ないような気がした。

そのとき彼女の目にクレイグの姿が映った。彼もこちらを見ている。完全に元どおりにはならないかもしれないけれど、みんなきっと立ち直っていく。そうキャットには信じられた。

15

しばらくはすべてがスローモーションだった。めくるめく音と映像。一生忘れられないだろうと、スカイラーは思った。

スクーターの叫び声。彼の表情、そのまなざし。クインティンに命じられれば、彼はまちがいなく私たちを殺したはずだ。クリスマスに心から憧《あこが》れ、心から楽しんでいたのは事実だけれど、躊躇《ちゅうちょ》なくクインティンには従っただろう。

また別の画像……クリスマス・ディナーの七面鳥の残骸《ざんがい》、テーブルの上にまだのっていたグレイビーの器……皿から落ちたパイ、溶けたアイスクリーム……。

皿の上で血を流していたクインティンの頭。

混乱に次ぐ混乱、静まりつつあったもののまだ吹き荒れていた風、頭がどうかしてしまうまえに外に出たいという切羽詰まった思い。縛りあげられても、まだわめきつづけていたスクーターの傷をブレンダが診た。

どこかに行かなきゃ、とスカイラーは思った。今夜この家にはいられない。

クインティンの死にざまが、あふれてテーブルに滴っていた鮮血が、死ぬまで頭から離れないはずだ。そして、その血がクインティンのものであり、家族は全員奇跡的に生き延びたという事実に、生涯感謝しつづけるだろう。

風の勢いがようやく本格的に衰えてきた。シーラかティムが電話か無線を通じさせることになんとか成功したのだろう。驚いたことに、発砲後まもなく表が騒々しくなり、州警察の応援が到着して家を包囲したことがわかった。

なんだか信じられなかった。いまや家のなかは刑事や鑑識の人々であふれ返り、スカイラーはただ、これはきっと夢だ、としか考えられなかった。そう、悪夢だ。さっきまであんなに緊張して過ごし、それが一転……いきなりこんなふうに。何もかも信じられない。

クインティンには同情できなかったものの、スクーターはなんとなく気の毒だった。なんとなく、ではあったけれど。家族を殺されそうになった恐怖は生半可ではなかったから、まだとても許す気にはなれそうにない。でも、いつかそんな日も来るかもしれない。

警察が来たとき、クレイグのことは本気で心配した。彼にどんな過去があるにせよ、けっして人を殺すような人ではないし、家族を命がけで守ってくれたと、スカイラーはいつでも証言するつもりだった。

ところが警察は彼を逮捕しなかった。それどころか、彼とは最初から知りあいで、それもかなり仲のいい友人か何かのように、話を始めた。

スカイラーに事情を説明してくれたのはティムだった。「どこかで見た顔だと思ってたんだ」彼はにんまりして言った。「で、ようやく思い出したんです。彼は州警察の一員です。僕の友人のひとりと一緒に州警察学校を卒業してるんですよ。卒業写真で顔を見たんだ」

「つまり……彼は警官だったの？　最初から？」スカイラーは言った。

「ええ、最初から」ティムは彼女の使った言葉がおもしろかったらしく、そう繰り返した。

たしかに変な言い草だわ、とスカイラーは思った。事件の途中で急に警官になったりするはずはないのだから。

ティムは彼女を見て、その手を取った。「すぐに助けられずに申し訳ありませんでした。あのスクーターってやつがなぜ僕に気づいたのか、どうしてもわかりません」

スカイラーは肩をすくめた。「彼……私もわからないわ。たぶん直感ね」

「ええ、ほんとに、何もかもぶち壊しにするところでした。しかし、あのもうひとりのクインティンってやつがなぜすぐに僕を撃ち殺さなかったのか、それも解せなくて」

「七面鳥のディナーが食べたかったんだわ」スカイラーが答える。

「そこまで七面鳥にこだわる人間がいるんですかね？」ティムが尋ねた。

「こだわっていたのは七面鳥じゃないのよ。クインティンはスクーターの望みをかなえてやりたかった。で、スクーターは……クリスマスを祝いたかった」

「かなえられそうでかなえられない望み、か」ティムが言った。

家族全員が事情聴取を受けた。ずいぶんと気遣いは感じられたけれど、それでも永遠に終わらないように思えた。生存者が受ける罰はいつだって事務処理なんですよ、と警官のひとりが冗談を言った。

すべてをもう一度頭のなかで再現しなければならないのは恐怖以外の何ものでもなかったが、それでもふっと肩の力が抜ける瞬間もあった。たとえば、事情聴取の途中で急にジェイミーが答えるのを中断し、歯を磨いてきてもいいか、と警官に尋ねたとき。つまらないことだけど、そういうことがとても大切に思えたりするのだ。

やがて、遺体袋に入れられた遺体がストレッチャーにのせられて外に運びだされていった。それでもまだスカイラーは、台所に戻る気になれなかった。台所にはもう二度と入れないかもしれない。

至るところに人がいた。ようやく事情聴取と書類仕事が終わったのは、夕方だった。やっと警察が撤収したとき、スカイラーは窓の外に目をやり、月光を反射しながらあたりを覆い尽くす新雪の毛布をぼんやりと眺めていた。どこかで誰かが歌うクリスマス・キャロルが聞こえてくる。

世の人忘るな　クリスマスは

神の御子《みこ》イエスの　人となりて
御救い賜《たま》える　良き日なるを
喜びと慰めの訪れ
今日ここに来りぬ

温かく、力強い手が肩に触れ、スカイラーは振り返った。背後にいつのまにかデヴィッドが立っていて、そっと彼女を抱いた。話しはじめたが、ふいに口をつぐむ。

「いいのよ」スカイラーは言った。

「いや、よくない」デヴィッドは言い、ぎこちなくほほえむ。「われわれはみんな……そう、夫婦というものはみんな、フレイジャーとブレンダみたいに始まるんだ。夢と希望を持って……けっして両親のようにはなるまいとおたがいに誓う。でもやがて……」夫は言葉を切り、悲しげにほほえむと首を振った。「さまざまな問題を前に歩みを止めてしまう。小さな問題が大きくなる。ものの見方が食い違い、人はそう簡単には変われないと勝手に思いこみ、事態はどんどん悪くなっていく。私は、フレイジャーがクリスマスツリーをまっすぐに支えられないからと、腹を立てた。思いも寄らなかったんだ、あいつが精いっぱいまっすぐに支えようとしていた、とは」

スカイラーは夫を見上げ、その目を探った。「デヴィッド……いまさらクリスマスツリーのことなんてどうでもいいじゃない」

夫の笑顔が広がる。「そうだな。だが私が言いたいのはクリスマスツリーのことじゃない。人生についてだよ」

　スカイラーは自分が震えていることに気づいた。「私たちは生きてるわ、デヴィッド。子どもたちもみんな生きてる」

「私に生き延びる資格があったのかな、と思うんだ」デヴィッドが言った。

　スカイラーはあえいだ。

「誤解しないでくれ……もちろん生きていることに感謝している。だが、振り返って思うんだ。みんなとても勇敢だった、と。さぞ恐ろしかっただろうに、子どもたちは負けなかった。スカイラー、私たちみんなで乗りきったんだ。家族として生き延びた。そう考えると……私にその資格はなかったんじゃないか、ってね」

　彼女は夫の頬に触れた。「でも、私たちは実際ひとつの家族じゃないの。誰だって欠点はあるし、完璧《かんぺき》になんてなれやしない。私たちは……ただ最善を尽くすしかないのよ……つまずきながらも。それが人生の旅だわ」

「だが、もし旅の途中で誰かを傷つけてしまったら?」デヴィッドが言う。「いままでに自分が言ったこと、腹を立てたことを思うと……」

「デヴィッド、誰だって精いっぱい頑張って、精いっぱい愛することしかできないのよ。

今日という日のおかげで急に完璧な母親になんかなれないし、それはあなただって同じ。だけど、私たちの人生も、子どもたちも、天からの贈り物だってことくらいは理解できる」

「おまえを愛してるんだ、心から」

「わかってるわ」彼女は夫を力づけた。「クリスマスって、未来を約束してくれる日だとずっと思ってた……」

「そのとおりさ」デヴィッドはかすれた声で言った。

「ねえ、パパ！」ジェイミーが二階から大声で言った。「聞いてよ。ティムのお母さんって大きな家に住んでるらしいんだけど、僕らが今夜はここで過ごしたくないだろうとティムが気を利かせて、そのお母さんに話をつけてくれたんだ。全員招待してくれるって！」

デヴィッドが目を上げる。「それはご親切なことだ。だが、押しかけるには人数が多すぎる――」

「ミセス・グレイストーンいわく、多ければ多いほど楽しいって」シーラが加勢する。

「ママ、パパ、頼むよ」ジェイミーが訴える。

スカイラーはデヴィッドを見た。「私も絶対に今夜ここにはいたくないわ」

キャットにはわかっていた。みんなとても努力している。とくにティムの母親リディア・グレイストーンは、自分の家族とシーラらもともと招待していた客に加え、あとからやってきた一団に本物のクリスマス・ディナーを楽しんでもらおうと、人一倍頑張ってくれた。

リディアは、みなさんがいらしてくれてとてもうれしいわ、と歓迎し、キャットは七面鳥の用意を手伝いながら、彼女の寛大さに感謝した。今度はばっちり食べられそうだ、だっていまはお腹《なか》がぺこぺこだから。

「私にできることといったら、それくらいだもの。事件の話をティムから聞かされたとき……」リディアは言葉を濁し、ぶるっと身震いした。「ほんとにすばらしい家族ね」

キャットは戸口に近づき、そこに寄りかかって向こう側の部屋を眺めた。ついにっこりせずにいられない。両親はまるで新婚みたいだし、フレイジャーとブレンダはもはや自分たちのことしか目に入らない様子だ。それに、ティムには十六歳の妹オリヴィアがいて、彼女とジェイミーは、久しぶりに会った旧友さながら、すっかり意気投合したらしい。

でも何より、キャットがにんまりした理由はアンクル・パディの姿が目に入ったからだ。アンクル・パディ、われらがヒーロー。

本人は自分をヒーローだとは思っていないようだが、大おじとその杖《つえ》の活躍がなければ、クレイグは死んでいたにちがいない。でも彼としては、ただやるべきことをやっただけ、という意識だったのだ。大おじによれば、人生とは闘いの連続であり、移民ならそんなことは誰でも知っている、という。キャットはにっこりし、自分のなかで大おじや祖先に対する評価が大きく変わったことに気づいた。そして、移民の血はこれからもずっと私のなかで脈々と生きつづけるだろう。いまアンクル・パディも、シーラがすぐそばにいてくれることを喜んで、にこにこしている。

そうしてみんながやっと食卓に着いたとき、玄関のベルが鳴った。

全員がいっせいに息をのんだ。次いで母が恨みがましい声でこう言ったとき、キャットはさして驚かなかった。「ああ、お願い。誰も出ないで！」

ティム・グレイストーンがスカイラーの肩に手を置いた。「大丈夫」彼は言い、玄関に向かった。少しして戻ってくると声をかけてきた。「キャット？」

「何？」キャットは立ちあがった。期待で胸が震える。

「昔からの友だちが君に会いたがってる」ティムがそう言っただけで、相手が誰かキャットにはわかった。

クレイグ。

彼に会いたかった。でも会いたくなかった。

あのころにはもう戻れない。それはわかっていたし、この数年間に彼の身に何があったのか本当のところははっきりしない。でも……。

キャットはナプキンを脇《わき》に置いた。「失礼します」一同に告げて、部屋を出る。

花で飾られた玄関ポーチでクレイグは待っていた。途中でシャワーを浴びて、服を着替えてきたらしく、いまはジーンズ、ブーツ、フランネルのシャツ、厚手のウールのコートという姿だ。髪も整ってつやつやと輝き、色は麦藁《むぎわら》のように明るいブロンドで、額に軽くかかっている。瞳は深く濃い青。とても真剣なまなざしだ。

キャットは距離を置いて立ち止まった。「また会えるかしら、と思っていたんです」彼女は堅苦しく言った。「なんなの、かしこまっちゃって。変よ。彼女はごくりと唾《つば》をのみこみ、もう一度挑戦する。「ごめんなさい。最初は、ほんとに彼らの仲間だと……。だって、あんなふうに大学を辞めてしまったから、やっぱりって……それにあなたは刑務所に入ったという噂《うわさ》もあったから」

「ああ。自分で流した噂なんだ。そのほうが姿を消しやすくなると思った」彼は言った。

「会えてよかったわ」

「ほんとに?」彼は訊《き》き返し、キャットはそこに希望の響きを聞きとろうとした。

「今日のこと、お礼を言いたかったから。私たちがこうして生きていられるのは、あなたのおかげだわ」

彼はつかのまうつむき、それからまたキャットの目を見た。「いや、僕ひとりじゃなく、みんなのおかげだと思う」

キャットは肩をすくめた。「かもね。でも、私たちがいなければ、あなたがあの場を切り抜けるチャンスはもっとたくさんあったはずよ」

「そんなことわからない」彼は言った。「クインティンは最初から僕を監視してたんだと思う。あれがあいつらとの初仕事だったんだ。たぶん、僕の偽装は見破られていた」

「それでも、とにかくありがとう」

「どういたしまして」

クレイグはまだキャットを見つめている。彼女は首を振った。「私には真実を聞く権利があったと思う」

「父がコカイン中毒で、強盗の手伝いをしないと父親を殺すと、借金取りに脅されたって話のこと？」彼がそっと言った。

「あなたを愛してたわ。あなたはあなたのお父さんじゃない。あなたと家族の問題は別よ」

彼は賛成しかねる様子だった。「家族と自分は、ある意味では一心同体なんだと思わないか？　君だってご両親のどちらともよく似てるよ」彼は笑みを漏らした。「たしかに君はよく、もう頭がどうにかなりそうって、ご両親について愚痴をこぼしてた。それでも、似てると言ったのは褒め言葉だよ」

「今夜のところは額面どおりに受けとれるわ」キャットは言葉を切り、それから彼の視線をとらえた。「問題を抱えてるって、あのときちんと話してくれればよかったのに」

「君のご両親はバーをやっていた。父はそこで暴れたこともあったんだ」

「それでも私を信じてほしかったわ。そうすればあそこまで傷つかずにすんだ」

彼女の言うとおりだ。僕は彼女に借りがある。でもあのころは僕も若かった。若者特有のプライドと羞恥心《しゅうち》があったのだ。それに本当に切羽詰まっていたし、キャットは、あのキャットなら、きっと手を貸そうとしたにちがいない。あのまま姿を消さなければ、彼女の人生すら危険にさらしてしまったかもしれないのだ。

でもすべては過去の話だ。人生の岐路に立ったとき別の道を選んでいたら、違う選択をしていたらどうなったかなんて、誰にもわからない。

「あなたもディナーをいかが？　きっと歓迎してくれるわ」キャットが言った。

彼はばつが悪そうに首を振った。「僕はただ……君に会いに来ただけだ」

キャットはうなずき、クレイグを見た。そして思い出した。あの痛みも。「もとには戻れない」自分を小声で戒める。でも彼にも聞こえたらしい。

「そうさ。もとには戻れない、けっして。そして妙な話だが……たとえ過去に戻れたとしても、戻りたいかどうか。実際、今日をもう一度やれと言われても絶対にごめんだ。でも……君を傷つけて悪かった」

「ほんとにつらかったわ。徹底的に打ちのめされた。でも謝罪は受け入れるわ。とにかく……さっきも言ったけれど、もとには戻れないんだから」

クレイグはうなずいたが、まだ彼女をまっすぐに見つめている。「でも前に進むことはできる」彼はゆっくりと小さな声で言った。

キャットは彼をしげしげと見た。背後から、兄のバイオリンを伴奏にしたクリスマス・キャロルが聞こえてくる。思わず笑みが漏れる。信じられないことだけれど、大声で笑いだしたくなった。人生ってすばらしい。本当に。この気持ち、きっと忘れない。

「いらっしゃいよ、ディナーの席に」彼女はクレイグに言った。

彼はためらっている。大きく息を吸いこみ、吐きだす。

キャットは手をさしだした。「足を一歩前に踏みだせば、それでいいのよ」

彼はにっこり笑った。キャットの手を取った。そしてふたりは一緒にクリスマス・ディナーの待つ食卓へと歩きだした。

エピローグ

「今日はクリスマス・イブですよ」その男が言った。

〈ハドソン&サン商店〉のハドソン・ジュニアは父親にそっくりで、クレイグは一瞬わが目を疑った。

まさか店が開いているとは思わなかった。ライオネル・ハドソンは亡くなるまえ、店を閉めて西海岸にいる息子と暮らすつもりだったと、シーラから聞いていた。

とはいえ、こちらのハドソンももう若造とは言えない。父親によく似てはいるが、年のころは八十代ではなく六十代だ。

「ええ、すみません。閉店の準備をしていたんですよね。看板が見えたものでつい……」

ハドソンは彼を見て、眉をひそめた。「あなた、もしかしてクレイグ・デヴォンじゃありませんか?」

クレイグはぎょっとした。「僕は――ええ」ばつが悪かったし、後ろめたさも感じていた。「お父さんのことは本当に申し訳ありませんでした」

ハドソンはうなずき、彼をしばらく見つめていたが、やがて手をさしだした。「私はイーサン・ハドソンです。父をかばってくださったと聞きました」

彼のまなざしには感謝の念があふれており、クレイグは自分がぺてん師になったような気がしたが、とにかく何か言わないわけにいかなかった。

「思いも寄らなかったんです……連中が人を殺すとは……。本当にすみませんでした。もっと準備しておくべきだったんです。僕は――」

「いいんです」ハドソンが言い、にっこり笑った。「シーラとティムから全部聞きました。あなたはいい人だ。可能でさえあれば、きっと父を助けてくれたでしょう。いろいろ考えましたよ。じわじわと、苦しみながら死ぬのだけはごめんだったはずだ、と。何がいちばんよかったかなんて、誰にもわからない」彼は肩をすくめ、そしてほほえんだ。「父のことはいまも愛していますし、私の思い出のなかで生きています。大切なのはそれだけだ」

「店じまいしたんだとばかり思っていました」クレイグは言った。

「おかしなもので、私もそのつもりだったんですよ。ところが父が……あんなふうに死んで、私はこちらに戻り、そのまま居ついてしまった。でも喜んでもいるんです。子どものころ、この土地が大好きでした。拡大鏡を取りだして宝石を調べる父の膝の上によく座っていたものでした。ある意味、ここで仕事をし、店を続けていると、父がまだそばにいるような気がするんですよ」彼はクレイグにどこか悲しげな奇妙な笑みを見せた。「ふとしたきっかけで、何が大事か学ぶことがある。そう思いませんか？　こんな思い出があるんです。ひとりの女性が指輪を売りに来た。私が見ても、あまり価値のある宝石ではないと見抜けるような代物でしたが、父はずいぶんといい値をつけたんです。あとで父は言いました。大事なのは物じゃない、その人にとってそれがどんな意味を持つか、その品物から何が生まれるのか、ってことなんだ、と」彼は一瞬口をつぐみ、また続けた。「すみません。クリスマス・イブってのは、どうも人を感傷的にしてしまう」

クレイグはつかのま目をそらし、それから疑問形で言った。「看板ですが……まだ〈ハドソン&サン商店〉とありますが？」

「息子のひとりが一緒にこっちに越してきましてね、やはりここで働いてるんです。ただし今夜は休んでます。子どもが小さいし、だってほら、今日はクリスマス・イブだ、あいつには用事がたくさんある。いずれにせよ、今日はひとりでここにいたかったんですよ」

「なるほど」クレイグはまた後ろめたさを感じ、かすれ声で返事した。咳払《せきばら》いして、ショーケースをのぞきこむ。「どれもすばらしい品ですね」

「ありがとう」

「あのソリテールの指輪……」

「結婚をお考えで？」

クレイグは相手を見て、心臓がぎゅっと締めつけられるのを感じた。そうなのか？　結婚を考えているのか？　ああ、そうさ！

　でも彼女は？

　クレイグは怖かった。どんなものでも奪われる可能性があると、彼はよく知っている。財産はもちろん、命ですら。だが、生きるうえで本当に大切なものは誰にも奪えない――自分から手放さないかぎり。倫理観や愛、自尊心……それらは永遠だ。

　彼女はイエスと言ってくれるだろうか？

　やってみなきゃ、わからないじゃないか。

「見せてもらえますか？」思いきって言う。「警官の給料で買えるものかどうか心もとないのですが」

「そんな、どんと昇給して当然の働きをしたのに」ハドソンが言う。

　クレイグはふっと笑みを漏らす。「ありがとう。でも、そううまくはいかない」

「絶対に飛びつきたくなるようなお値段で提供しますよ」ハドソンが言った。

「そんな……それには及びません」

「まあまあ」ハドソンが言う。「父の顔を立てると思って。物の価値というのは、それ自体にあるのではなく、人がどう使うかにかかっているんです。そうでしょう？」

「ありがとう」クレイグは礼を言った。「本当にありがとう」

二十分後、クレイグはグレイストーン家の私道に車を進め、駐車して車を降りた。空を見上げ、首を振る。ありがたいことに、あの冬とはまるで違う。

夕方だったけれど、もう星が見えた。数えきれないくらい。空気がきんと澄み、地面には雪が積もっている。すばらしい夜になりそうだ。

舗道を歩くうちに、音楽が聞こえてくる。誰かがピアノを弾いている。きっとスカイラーだ。フレイジャーのバイオリンとデヴィッドの声量のあるバリトンが響く。

この一年、いろいろなことがあった。

みんなけっして後ろを振り向かず、前だけを見て歩いた。

日常が積もり積もって人生になる。笑い、泣き、怒る。わくわくしたり、かっかしたり、やきもちを焼いたり……ありとあらゆることが起きる。いつもと違うこと、同じこと。ときには災難にも遭うだろうし、特別な日もある。たとえばクリスマスのように。

パディの笑い声がして、シーラの笑いが続いた。ふたりは六カ月前に結婚した。どちらも老い先短いのだから、婚約期間をだらだら続けて無駄にする時間はない、と宣言して。

オボイル一家は結局エルムの別荘を手放さなかった。当初スカイラーは売るつもりだったし、いざとなればどこかに寄付してもいい、とさえ言っていたのだが。

反対したのはキャットだった。この家で過ごすのが大好きなのに、悪に屈してその幸せを奪われるなんて我慢できない、そう主張したのだ。スカイラーはしばらく思案していたが、最終的には手放さないことに決めた。さすがに台所は全面的に改装したけれど。

とはいえ、クリスマス・イブのディナーはそこではせず、リディア・グレイストーンの招待をありがたく受けることにした。

クレイグが玄関に近づくと、ふいにドアが開いた。立っていたのはキャットだ。月明かりを浴びて燃えあがる炎のような赤毛、彼を温かく迎える輝くエメラルドの瞳。

「遅いじゃない」そう言いながらも、にこにこ顔で彼の胸に飛びこんでくる。

さっそく、途中で宝石店に寄ったことを話そうとしたものの、やはりあとにしようと思い直した。

「メリー・クリスマス」ただそれだけ口にする。「メリー、メリー、クリスマス」

訳者あとがき

冬の嵐《あらし》が吹き荒れるクリスマス・イブ。家族団欒《だんらん》でディナーを囲もうとしていたところに、突然ベルの音が。もしかすると怪我《けが》人か、立ち往生して困っている人かもしれない。家族は総出で玄関に向かいます。でもそれが、オボイル家の人々の恐怖のクリスマスの幕開けだった――。

ロマンティック・サスペンスの名手ヘザー・グレアムが、アメリカ東海岸ニューイングランドの田舎町を舞台に描くこのクリスマス・ストーリーは、さながら密室劇の舞台を観《み》ているかのような、手に汗握る濃密なスリラーです。

吹雪に閉じこめられた山荘で、三人組の強盗をやむなく〝もてなす〟ことになったオボイル一家は、クリスマス・キャロルやプレゼント、七面鳥のディナーなどで犯人たちを楽しませながら、なんとか窮地を脱すべく、一丸となって知恵を絞ります。なぜなら、いざ嵐がやみ、クリスマスが終われば、強盗たちが彼らの顔を見た家族を皆殺しにして逃走することは目に見えていたからです。しかも犯人のひとりは、偶然にも昔、オボイル家の長女キャットを冷酷に捨て、そのまま姿を消した恋人クレイグでした。成績優秀で正義感の強かったあの〝ミスター・ゴージャス〟が、本当に犯罪者に？　それとも……？　そしてオボイル一家は、この恐怖のクリスマスを全員無事に切り抜けられるのか？

読み進めるうちに犯人側と家族側の形勢が二転三転し、はらはらしどおしのストーリー展開のおもしろさもさることながら、一種の家族小説としても楽しむことができるでしょう。

家長を自負する頑固者の父デヴィッド、いさかいを嫌い、つい事なかれ主義に流れてしまうやさしい母スカイラー、何かというと父とぶつかる長兄フレイジャー、フレイジャーの双子の妹で美人で賢い家族の仲裁役キャット、反抗期の真っただなかにいる末っ子ジェイミー、飲んだくれの大おじパディ。子どもたちが成長し、自立するにつれ、家族としてのまとまりを欠くようになっていたオボイル一家ですが、武装した強盗一味に全員が人質に取られるという非常事態に置かれたことで、ひとりひとりがいままでにはなかった別の一面を見せはじめると同時に、家族の大切さを再認識し、団結していくのです。キャラクターそれぞれがとても個性的に描かれており、テンポのいい会話も相まって、物語にぐいぐい引きこまれずにはいられません。

そして、事件解決の鍵《かぎ》、ストーリーの要《かなめ》となるのが、強盗一味のひとり、クレイグの存在です。どうやら彼はわけあって強盗の仲間に加わっているらしいのですが、その理由は最後の最後になるまでわかりません。あんなに愛しあっていたのに、なぜキャットと別れなければならなかったかも……。

クレイグには何かつらい過去があったようなのですが、つらい過去といえば、犯人のクエンティンとスクーターの幼少時代も暗いものでした。それゆえ、ふたりが単なる悪党ではなく、とても人間臭く思え、読み終わったあとも心に何かがずしんと残るような気がするのです。

さて、全編をいろどっているのが、アイルランド系の音楽一家オボイル家の人々が演奏するクリスマス・キャロルやアイルランド民謡です。とりわけ印象に残った〝船乗りは私に薔薇《ばら》をくれた……〟の曲は、《タイムの花束》という古いアイルランド民謡で、〝タイム〟は希望と処女性を象徴しており、それを奪われた娘の嘆きを歌った悲しい曲のようです。

本書がみなさんのクリスマスを、愛と恐怖で美しく演出してくれることを祈りながら。

二〇〇八年十二月

宮崎真紀

訳者　宮崎真紀
英米文学・スペイン文学翻訳家。東京外国語大学スペイン語学科卒。主な訳書にキム・エドワーズ『メモリー・キーパーの娘』（NHK出版）、マルコス・ビジャトーロ『殺人図像学』（東京創元社）、レオナルド・パドゥーラ『アディオス・ヘミングウェイ』（ランダムハウス講談社）があるほか、ハーレクイン社のシリーズロマンスに訳書多数。

聖夜が終わるとき
2008年12月15日発行　第1刷

著　　者／ヘザー・グレアム
訳　　者／宮崎真紀（みやざき　まき）
発 行 人／ベリンダ・ホブス
発 行 所／株式会社 ハーレクイン
東京都千代田区内神田 1-14-6
電話／03-3292-8091（営業）
03-3292-8457（読者サービス係）
印刷・製本／凸版印刷株式会社
装 幀 者／岩崎恵美

ISBN978-4-596-91329-6

哀しい嘘

スーザン・ブロックマン
安倍杏子 訳

デート相手の悪事を通報したエミリーは、潜入捜査に協力するため刑事と同居することに。だがその刑事とは7年前に彼女をもてあそび残酷に捨てたジムで…。

とらわれのエンジェル

スーザン・ブロックマン
安倍杏子 訳

カリーを逃避行に巻き込んだ、正体不明の男。一つだけ確かなことは彼からは逃げられないということ。究極のヒーロー像がここに！『哀しい嘘』関連作。

青の鼓動

アン・スチュアート
村井 愛 訳

美術学芸員サマーの平穏な日々が一変。乳母の形見をめぐり、巨大カルト集団や暗殺者に狙われた彼女は…。親日家の著者が、日本を舞台に贈る衝撃のロマサス！

キスで終わる夜明け

ノーラ・ロバーツ
長田乃莉子 訳

狡猾な窃盗事件を解決するため、女刑事アリーと高級ナイトクラブの経営者ジョーナが手を組んだ。切れ者二人が追いかけるのは犯人そして互いの心…。

孤独な夜の向こうに

シャロン・サラ
竹内 栞 訳

父を殺され自らも生死の境をさまよった末、幼くして天涯孤独となったキャット。家族同然の親友が失踪し、同業者ウィルソンと真相解明に乗り出すが…。

月夜に咲く孤独

ジェイン・A・クレンツ
水月 遙 訳

ゾーイとイーサンは、深く愛し合いながらも、互いに不安な気持ちを抱えていた。そんな中、ゾーイの親友に危機が迫り…。大好評『黄昏に眠る記憶』続編。